「……沒有聯絡。燐到底出什麼事了？」
這是妳與我的最後戰場，或是開創世界的聖戰 10
the War ends the world / raises the world
愛麗絲莉潔・露・
涅比利斯九世
Aliceliese Lou Nebulis IX
涅比利斯皇廳的第二公主。由於與前去營救希絲蓓爾的伊思卡和燐失去了聯繫，為此感到非常擔心。

「妳、妳們兩個不是應該已經就寢了嗎！」
希絲蓓爾・露・涅比利斯九世
Sisbell Lou Nebulis IX
涅比利斯皇廳的第三公主。雖然被帶至凱賓娜的基地，但最後由伊思卡一行人救出。她打算趁著愛麗絲不在的期間加深與伊思卡的交情，不過……

「妳已經逃不掉嘍。」
音音・艾卡斯托涅
Nene Alkastone
帝國軍機構第三師第九〇七部隊的機工負責人。傾全力阻止希絲蓓爾的相親相愛計畫。
米司蜜絲・克拉斯
Mismis Klass
帝國軍機構第三師第九〇七部隊的隊長。傾全力阻止希絲蓓爾的相親相愛計畫。

the War ends the world / raises the world

CONTENTS

這是妳與我的最後戰場，
或是開創世界的聖戰 10

the War ends the world /
raises the world

So Se lu, deus E gilim fert?
你將會紡出何物？

Nevaliss E suo Ez nes pelnis, Ec wop kis Sec eme cs.
你雖然只是個代用的器皿，仍是我所贈與的禮物。

Deris E nes Sec phenoria.
因為你也是我的孩子。

Kadokawa Fantastic Novels

機械運作的理想鄉

「天帝國」

伊思卡

Iska

隸屬於帝國軍人類防衛機構第三師第九〇七部隊。過去曾以最年少之姿晉升至帝國最強戰力「使徒聖」，卻因為協助魔女越獄而被剝奪資格。擁有能阻絕星靈術的黑鋼星劍，以及能將最後斬過的星靈術重現一次的白鋼星劍。是為了和平而戰的直率少年劍士。

米司蜜絲・克拉斯

Mismis Klass

第九〇七部隊的隊長。雖然長著一張娃娃臉，怎麼看都是個小女生，但其實是個不折不扣的成年女子。儘管個性憨傻，但責任感強烈，深受部下們的信任。由於摔落至星脈噴泉，因而化為魔女。

陣・修勒岡

Jhin Syulargun

第九〇七部隊的狙擊手，有著出神入化的狙擊技術。由於和伊思卡拜同一位人物為師，因此結交已久。雖說個性冷酷，而且嘴上不饒人，但也有為同伴著想的熾熱之心。

音音・艾卡斯托涅

Nene Alkastone

第九〇七部隊的機工負責人。是一名開發兵器的天才，能將從超高空拋射穿甲彈的衛星兵器操控自如。她將伊思卡視為兄長般仰慕，是一名純真可愛的少女。

璃灑・英・恩派亞

Risya In Empire

使徒聖第五席，俗稱「全能天才」。是戴著黑框眼鏡、身穿套裝的美麗女子。與米司蜜絲同期入隊，對她相當中意。

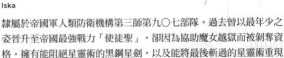

魔女們的樂園

「涅比利斯皇廳」

愛麗絲莉潔・露・涅比利斯九世

Aliceliese Lou Nebulis IX

涅比利斯皇廳的第二公主，亦是下一任女王的有力人選。她是能操控寒冰的最強星靈使，以「冰禍魔女」之名令帝國聞風喪膽。厭惡皇廳內部爾虞我詐的她，在戰場上遇見了敵國劍士伊思卡，與之光明磊落的一戰打動了她的芳心。

燐・碧士波茲

Rin Vispose

愛麗絲的隨從，能駕馭土之星靈。女傭服底下藏滿暗器，在刺殺方面也擁有極高的造詣。雖然總是擺著一張撲克臉，難以看出內心的想法，卻對胸部的大小相當自卑。

希絲蓓爾・露・涅比利斯九世

Sisbell Lou Nebulis IX

涅比利斯皇廳的第三公主，也是愛麗絲莉潔的妹妹。她寄宿著能以影音形式重播過去現象的「燈」之星靈。過去曾被帝國關入大牢，並受到伊思卡救助。

假面卿昂

On

與露家相爭下任女王寶座的佐亞家一分子。居心叵測的謀略家。

琪辛・佐亞・涅比利斯九世

Kissing Zoa Nebulis

被稱為佐亞家祕密武器的強大星靈使。寄宿著「棘」之星靈。

薩林哲

Salinger

曾暗殺女王未果，因而鋃鐺入獄的最強魔人。目前是逃獄之身。

伊莉蒂雅・露・涅比利斯九世

Elletear Lou Nebulis IX

涅比利斯皇廳的第一公主。將精力耗費在遊歷外地上，鮮少滯留在王宮之中。

Prologue 「挑戰天意之人」

「吶，土之魔女啊。妳應該聽得見吧？」

隨著一道嘻笑聲傳來——

那人發出像是孩童在強忍笑意般的嘆息。那既像是少年、亦像是少女的中性嗓音，迴蕩在鋪設了榻榻米的大房間之中。

異國風情。

這並非帝國常見的木造地板房間。

而是鋪設了榻榻米，還焚著薰香的房間。

這間以紅色作為基調的大廳，對於被稱為土之魔女的少女——也就是對燐來說，就像是不同世界的光景。

「那邊的魔女。」

「…………」

「難道沒聽見嗎？真奇怪啊，妳應該已經醒來了才對呀。還是說，妳打算拖著那昏昏沉沉的身體，伺機砍下梅倫的腦袋？」

「……嘖！你這個怪物！」

瞞不了他。

原本雙手被縛、側躺在地的燐一躍而起，以單膝跪地的姿勢撐起身子。

這是一座與運動中心差不多大的大廳。

而待在這裡的只有遭到囚禁的自己，以及說著人話的「怪物」。

盤腿坐在天帝座位上的銀色獸人拄著臉頰，正俯視著自己——臉上還掛著喜孜孜的笑容。

「……你看起來倒是挺開心的呢。能抓到我真的有那麼值得高興嗎？」

「嗯～？這可難說了。畢竟梅倫能不能感到開心，要看妳接下來的表現而定。」

「那是什麼意思？」

「在談這件事之前，吶，魔女——」

「閉嘴！」

魔女。

燐一聽到用在星靈使身上的蔑稱，立即露出牙齒咆哮：

「像你這種有著詭異外型的傢伙，豈有稱我為魔女的道理！」

「講話真難聽耶。梅倫真的長得這麼古怪嗎？」

他銀色的毛皮宛如狐狸。

臉孔的五官像是貓兒和人類少女交融而成的模樣，他的雙眼如幼貓般碩大，整體的長相甚至會讓人心生討喜之情。

——獸人。

至少對燐來說，她從未聽說這個世界存在著這樣的種族。

「……你這傢伙到底是什麼東西？」

「又是這個問題？到底要回答妳幾次才甘願啊？」

呼啊——他大大打了個呵欠。

在作勢表現出「早已厭倦這樣的發問」的動作後——

「梅倫就是梅倫呀。」

「……天帝詠梅倫根。」

「什麼嘛，妳這不是很明白嗎？」

「我哪可能這麼輕易相信你說的話！」

天帝乃帝國的象徵。

對燐來說，他便是宛如世仇般的存在。不對，不只是燐，對於身為她主君的愛麗絲、女王或

是所有星靈使來說，天帝都是頭號死敵。

然而——

她萬萬沒想到，這樣的天帝居然是一名有著非人外貌的怪物。

「把我稱之為魔女的你，才是個貨真價實的怪物吧！」

「這是妳誤會了。」

「什麼！」

「是妳自己說過，妳不打算把自己的名字告訴梅倫的吧？」

「那還用說，我豈有向你這傢伙自報名號的道理。」

「那不就只能稱呼妳為『魔女』了嗎？還真是倔強呀。」

天帝看似無奈地聳了聳肩。

「既然妳都被俘虜了，是不是應該至少告訴梅倫妳的名字呀？」

「————」

沉默。

燐站在原地閉上雙眼作為回應。

——我沒打算聽從你的指示。

既然以魔女的身分淪為俘虜，自己的下場就只有處決、拷問和人體實驗這三種選擇。

這樣就行了。

與其聽從這樣的怪物指示，自己還是選擇這三種下場來得更好。

「唉～……脾氣真的很硬呢，完全就是個典型的皇廳人。光是聽到『帝國』還是『帝國人』一類的詞彙，就會讓妳沖昏頭。」

天帝的嘆息聲傳了過來。

「這下該怎麼辦呢？這時要是有璃灑在的話，她應該會用一些合適的手段讓妳卸下心防。不巧的是，璃灑一時半刻之內還不會回來。」

「——————」

「啊，對了！」

打了個響指的聲響傳來。

就在燐察覺到此事的瞬間，原本束縛住雙手的手銬登時鬆開。

「唔！你這傢伙……」

她忍不住睜開雙眼。

雙手重獲自由的燐擺出備戰姿勢，而待在高一階臺座上的天帝詠梅倫根則是站起身子。

「梅倫想到一個好點子。」

他隨即一跳。

在宛如貓兒般在空中翻了一圈後，於燐的眼前落地。

「吶——」

「唔！」

燐連忙向後退開。

而銀色獸人則是隔著大約五公尺的距離，窺探著燐的臉孔。

「吶，魔女。妳很憎恨梅倫對吧？」

「那還用說。」

「不過梅倫可是很無聊呢。所以我們來一場對決吧。」

「……你說對決？」

「儘管放馬過來吧，魔女。」

銀髮獸人緩緩甩動著毛絨絨的尾巴。

「雖然對梅倫來說只是在消磨時間，對妳來說卻是個死裡逃生的機會。假如能勝過梅倫，就賜予妳獎勵吧。梅倫會無條件讓妳逃出帝都。」

「……你說什麼……」

她懷疑自己聽錯了。

居然說要將特地帶到這種地方的俘虜無條件釋放？

自己根本就是被看扁了。

之所以會開出這種寬宏大量的條件，完全是基於天帝一時的心血來潮，認為「她絕對不可能辦到」。

「你這傢伙，到底打算將我踐踏到什麼地步才肯罷休！」

「這是一樁交易喔。」

天帝詠梅倫根攤開雙臂。

這便是他的備戰姿勢。

那肯定是連涅比利斯皇廳歷任女王都從不曾見識過，屬於天帝的「戰鬥架勢」。

「要是梅倫勝利的話，就告訴梅倫妳的名字吧。還有，在璃灑回來之前，妳要負責陪梅倫打發時間。妳願意接受嗎？」

「……還真是被你看扁了呢。是因為知道我操控的是土之星靈，所以才把我帶到沒有土壤的房間嗎？」

她大大甩動自己的裙襬。

而就在那一瞬之後，燐的雙手已經各自握了一把戰鬥用的匕首。

「哦？身上居然還有武器啊？」

「敢解開我的手銬，我這就讓你後悔莫及！」

燐對著榻榻米用力一蹬。

在充斥著濃烈藺草氣味的大廳中，燐朝著天帝的懷中直衝而去。

Chapter.1　「我與四名護衛們」

1

遠東阿爾托利亞轄區——

在這處位於帝國東端城鎮其中一間旅館的客房——

「是我，可以進去嗎？」

『伊思卡哥？當然可以，音音我這就開門喲！』

音音的話語聲越過房門傳來回應。

隨即一道腳步聲傳來，並以驚人的氣勢打開伊思卡面前的門扉。

「伊思卡哥，早安！」

這位將豐沛的紅髮綁成馬尾髮型的少女名為音音，她和伊思卡一樣隸屬於第九〇七部隊，是以通訊兵的身分大展長才的少女。

「來來來，快點進來！隊長剛好也在吃早餐呢！」

「**她**呢？」

「那孩子還睡在沙發上喔，看起來暫時還無法起身。」

「……這也沒辦法啊。」

伊思卡與音音聊了幾句後，走進房間之中。

客廳正受到晨光的照耀。

率先映入伊思卡眼裡的，是女隊長手持剛烤好的吐司、正在塗抹奶油的身影。

「早安，米司蜜絲隊長。」

「啊，阿伊，早呀。阿陣還在睡嗎？」

「他老早就醒來了，還繞著旅館晨跑了一番。他剛剛才回到房間沖澡，應該很快就會過來會合了吧。」

「好喔～那等阿陣也過來，咱們就來開朝會吧。」

米司蜜絲隊長點點頭後，隨即咬了一口手裡的吐司。

「胃口還好嗎？」

「人家嗎？人家的胃口和平時一樣喔。早餐吃吐司都能吃掉兩片呢！」

「啊……呃，我是問**她**的狀況。」

伊思卡瞥向一行人的身後。

也就是躺臥在沙發上的一名少女。

她粉金色的長髮沐浴在晨光中顯得熠熠生輝。雖然她此時睡得深沉，但五官宛如人偶一般惹人憐愛。

希絲蓓爾・露・涅比利斯九世。

雖說對於帝國士兵（伊思卡一行人）來說，這名少女的立場是與他們敵對的魔女；但基於雙方的約定，此時此刻的伊思卡一行人正肩負著將她護送回皇廳的任務。

「希絲蓓爾的身體狀況還好嗎？」

「啊——她昨天沒吃晚餐呢……音音小妹幫她從旅館餐廳拿了營養飲料回來，而她也只喝了飲料充飢。」

「體溫呢？」

「人家在天亮的時候曾幫她量過，溫度是三十八・七度。」

「……這不是比昨晚的溫度更高嗎？」

希絲蓓爾的額頭上擱著用以降溫的袋裝冰塊。

她昨晚驀地倒了下來，而且還發高燒。

由於希絲蓓爾抗拒被帝國醫生診療，因此伊思卡等人只能自行推斷原因。

「……人家認為，這應該是積勞成疾吧。」

「我也是這麼想。她待在那座星靈研究所的期間似乎一直被綁在床上，而且還滴食未進。」

沒錯，希絲蓓爾曾被人關押了好一陣子。

她以「寄宿了珍貴星靈的魔女」身分，被帶到凱賓娜這位瘋狂科學家的基地，還險些淪為讓人毛骨悚然的人體實驗犧牲者。

「我想要的是純血種或有所關聯的實驗體，這對帝國來說是很難得手的素材。」

「我不會讓妳（希絲蓓爾）逃掉的。」

那是一處布滿了塵埃和霉味的密室。

被拴綁在床上的她不僅動彈不得，還不得攝取任何飲食，並因被迫成為人體實驗品的恐懼而感到惴惴不安。

……況且對於希絲蓓爾來說帝國是敵國領地，而她還是孤身一人地遭到囚禁。

……她的身心想必都被滿滿的不安磨耗殆盡了吧。

毋寧說——

能在這樣的情況下全身而退，或許已經可以說是萬幸。

當太陽（休朵拉）的刺客們將希絲蓓爾帶走時，一行人已經設想過最糟糕的結局，所幸她在被救出時仍是四肢健全的狀態。

「……………唔。」

睡得昏沉的希絲蓓爾稍稍扭動身子。

在伊思卡、音音和米司蜜絲隊長的守候下，她緩緩睜開那對可愛的雙眼。

「…………伊思卡，早安。」

「妳已經能正常說話了嗎？」

「我的頭好痛。而且……我眼前的伊思卡有大概四道殘影呢。」

「這不是頭昏眼花的證明嗎？」

「是的，我的眼睛花得很厲害。」

希絲蓓爾孱弱地苦笑了一下。

她的眼角明顯發熱紅腫，看來是高燒未退的狀態。而她在對伊思卡開口時，也虛弱得上氣不接下氣。

「雖然身體狀況相當不佳……和被那個叫凱賓娜的女子囚禁時相比，我現在已經放鬆許多。那間研究所真的糟糕透頂，我不僅四肢都被拴在床鋪上，房間裡也滿是霉味，光是呼吸都會讓我劇烈咳嗽。」

「嗯，畢竟那是一間偽裝成廢墟的建築物啊。」

「那可是如假包換的廢墟。畢竟動彈不得的我可是被蜘蛛和蜈蚣一類的蟲子爬遍了脖頸和手腳，真是不如讓我一死了之。」

「噫……」

「最糟糕的還是如廁。說到連續三天無法動彈的我該怎麼解決生理需求——」

「我知道了，就說到這裡吧。」

伊思卡伸出手掌，為滔滔不絕的希絲蓓爾喊停。

「我已經明白妳經歷了一場災難。應該說，我很抱歉我們這麼晚才趕到，所以我希望妳現在能好好睡一下。再說講話很消耗體力。」

「……好的。」

用浴巾充當薄被的希絲蓓爾輕輕一笑。

「但你無須介意。因為這也是我作戰的一部分。」

「作戰？」

「若是能藉此爭取同情，那各位應該會更加善待我吧？」

「…………」

「伊思卡當然也包含在內喔。」

「……雖然燒還沒退，但看妳這麼有精神，讓我安心了不少。」

這是伊思卡的真心話。

比起因為成為俘虜的恐懼而懷抱無法說出口的內心創傷，她能表現得如此堅強，確實讓伊思卡打從心底鬆了一口氣。

……不只沒有嚎啕大哭，在這樣的狀態下也絕不說出任何一句喪氣話。

……果然能感受到她是愛麗絲的妹妹。

雖然看起來嬌嫩孱弱，但她的心靈之堅強，絕不愧對涅比利斯皇廳公主這樣的頭銜。

「不過……」

希絲蓓爾欲言又止。

「燐因我而成為了俘虜。而且還偏偏落到了天帝手裡。」

這一瞬間——

在場的氣氛為之一變。

聽到希絲蓓爾所提到的「天帝」之名，音音和米司蜜絲隊長瞪大雙眼。

「第三公主希絲蓓爾，我們在帝都好好聊聊吧。畢竟這個話題也與妳有關。」

「梅倫會等你的，黑鋼後繼。」

在剛剛與魔天使凱賓娜戰鬥後——

天帝詠梅倫根驀地現身，將燐挾為人質後便消失無蹤。而在離去之前，他曾經對著自己（伊思卡）和希絲蓓爾這麼說：

——讓我們在帝都聊聊吧。

燐的性命淪為了人質。

但說起來，關於是否要乖乖前往帝都一事，第九〇七部隊（伊思卡一行人）也正因為無法獲得人身安全的保障而大感苦惱。

畢竟無論理由為何，護衛魔女公主（希絲蓓爾）的行為已經形同叛國。

……若要前往帝都，就得做好覺悟才行。

……因為我們和希絲蓓爾可能全部被逮捕，並一同遭到處決。

這時——

「喂，隊長（老大）。妳在嗎？」

銀髮青年陣握著一臺黑色機械走進房間。

「隊長，妳昨天把通訊機忘在我們房間了。」

「啊哇哇！對對對，人家還在想說不知道掉在哪裡了呢。阿陣，你的眼睛還真利耶。」

「還不是這玩意兒從剛才就用超大的音量響個不停。但我不曉得是誰打來的就是了。」

陣將通訊機隨手一拋。

米司蜜絲則是接住通訊機後，仔細打量著機械的螢幕。

「……奇怪？」

她愣愣地眨了眨眼。

「隊長，怎麼了？」

「這是誰傳來的訊息呀？雖然是信件，卻沒有顯示寄件者的名字呢。這不是人家的熟人，也不是司令部傳來的。音音小妹，妳認得出來嗎？」

「是是是。隊長，借我看一下。」

音音接過通訊機。

「這是設定成不顯示來電的通訊方式喔。」

「咦？原來還有這種功能嗎？可是這是帝國的制式裝備耶？」

隱藏寄件者資訊。

以帝國軍所發放的通訊機來說，這理當是沒有必要的功能才是。凡是接到訊息，便會將寄件者的姓名、所屬單位和階級等資訊全數呈現。

「喂，隊長。快點看一下內容啦。」

「……嗯、嗯。人家有點害怕就是了。」

米司蜜絲隊長操作著通訊機——

「咦！」

隨即發出無法抑止的驚呼聲。

「這、這是怎麼回事！大家快來看！阿伊、阿陣、音音小妹，快來！」

米司蜜絲將通訊機握在手裡。

伊思卡凝視著不時顫動的螢幕，不自覺地吞了口口水。只見顯示在螢幕上的內容——

『正在和土之魔女玩耍，放慢腳步無妨。』

就只有這麼一行字。

正如米司蜜絲隊長所言，上頭沒有顯示寄件者的姓名。眾人終於明白其理由。

因為根本沒有顯示的必要。

「這是……」

音音用力吞了口口水。

「天帝陛下……的來訊吧……內文提及的土之魔女應該是指燐小姐吧……」

「也、也讓我瞧瞧！」

希絲蓓爾從沙發上躍起。

雖然步履蹣跚，但她還是湊到了米司蜜絲隊長的身邊窺探通訊機。

「……還真是厚臉皮。他是在刻意強調燐被挾為人質一事嗎？」

「是這樣嗎？」

「咦？」

希絲蓓爾回過頭——

看向身後的陣。

「那、那是什麼意思……？」

「在我看來，上頭寫的訊息倒是挺誠實的。這十之八九是天帝寄來的訊息，換句話說，我們沒有必要表現得慌慌張張，畢竟燐的性命暫時安全無虞。如果他有心要處決，不是該寫些『再不快來，就要處決土之魔女』一類的句子嗎？」

「……是、是這樣說沒錯。」

希絲蓓爾皺起眉頭思索起來。

「無論是在書上還是現實，我都沒聽過挾持人質者會要求對方『慢慢來』。不過，他為什麼會這麼悠哉……」

「誰曉得啊。雖說『玩耍』這個詞彙也能往不好的方向解讀……伊思卡，你怎麼看？」

「──────」

被陣點名的伊思卡緩緩呼出一口氣。

「我……雖然也很苦惱，但應該算是同意陣的意見吧。就我認為，這段話的目的並不是要讓我們陷入慌亂，反而是在顧慮希絲蓓爾的身體狀況，所以才要我們放慢腳步。」

「你、你說他在顧慮我的身體狀況！」

「就時間點來說，這麼聯想很理所當然喔。雖然這想法很奇怪就是了。」

希絲蓓爾發著高燒無法移動。

但為了營救燐，又得火速趕往帝都──就在眾人左右為難之際，他們收到了這樣的訊息。

「……真是難以理解。」

希絲蓓爾重重嘆了口氣。

她坐回先前躺臥的沙發上。

「帝國人若是捉到魔女，不是立即處決，就是作為人質利用吧？就實際狀況來說，那個叫凱賓娜的女人也差點就對我為所欲為了。然而，為何天帝會顧慮我的身體狀況？畢竟天帝可是迫害魔女的這個國家的首腦呀！」

「……我們也不明白其中的意圖。」

聽到希絲蓓爾語帶激動地這麼說，伊思卡靜靜地搖了搖頭。

「說實在的，我們只是帝國軍的一支部隊，根本不夠格得知帝國的機密情報。所以我作夢都沒想到，天帝的真面目**居然會是那種姿態**。」

有著毛皮如狐狸一般的獸人。

若是以那樣的姿態在帝都遊蕩，肯定很快就會招來帝國軍巡邏隊，然後釀出一場大騷動吧。

「平時出現在帝國電視上的天帝，都是留著落腮鬍的中年男子，而帝國國民也沒人對此起疑。我在升任使徒聖的時候，天帝也是將身形藏在一道巨大的布幕後方，只聽得見他的聲音。」

「當時的天帝，用的是和之前一樣的聲音嗎？」

「完全不一樣喔。那是一道嘶啞的男性嗓音……現在回想起來應該是人工合成的聲音。」

就連真正的面目都不曾見過。

至於真正的天帝在想些什麼，更是想破頭也無法預料。

「……這越來越不可思議了。想不到連你們帝國士兵都不曉得天帝的真面目。」

「如果妳想一探究竟，想必會被迫接受一大堆資訊。但也得看妳能不能去帝都就是了。」

希絲蓓爾像是在自言自語般低喃。

而回應她這番話語的則是陣。

「倒是妳又該怎麼解釋？」

「……咦？」

「這是個好機會，就讓我們打開天窗說亮話吧。」

站在牆邊的陣望向坐在沙發上的希絲蓓爾，以冷淡的口吻說道：

「妳到底是何方神聖？」

「什、什麼？」

希絲蓓爾愣愣地眨了眨眼。

而俯視著這名可愛少女的陣則依舊面不改色。

「那還只是昨天的事。那個叫凱賓娜的女人，好像在我們的面前稱呼妳為『希絲蓓爾公主』對吧？」

「唔！那、那是……！」

「還有天帝也一樣。他稱呼妳為第三公主希絲蓓爾，沒錯吧？」

「……………」

有著粉金色長髮的少女啞口無言。

沒錯。

從在獨立國家阿薩米拉相遇至今，希絲蓓爾所自稱的頭銜就僅僅是「**王室的使者**」而已。

而她謊報身分一事已然東窗事發。

身為涅比利斯皇廳公主的證據，在她本人無從辯駁的情況下遭到揭露。

「……唔！」

第三公主希絲蓓爾不發一語地咬緊下唇。

謊報身分——

原本以為只是被迫成為護衛隨從的任務，豈料護衛對象卻是不折不扣的公主。

對於陣和音音來說，這無疑是相當嚴重的違約行為。

「……阿伊！該怎麼辦……」

身後的米司蜜絲隊長講起悄悄話。

「……人家沒想到狀況居然會急轉直下……」

「……這也完全出乎我的意料。」

所幸音音和陣的注意力都集中在希絲蓓爾身上。

伊思卡以不至於讓兩人察覺的動作輕輕點了點頭。

……決定不將希絲蓓爾的真實身分告知兩人的，是我和隊長。

……因為一旦告訴他們，就連他們都會被捲進這場風波之中。

自己並沒有將希絲蓓爾的真實身分告知陣與音音。

而他最擔心的，便是事態演變成眼前的局面。

一旦察覺護衛對象乃魔女公主，自己和隊長（米司蜜絲）想必會受到懲處。

但陣和音音則能主張「自己不知情」來減輕來自司令部的裁罰，因此伊思卡才會認為保密是更好的做法。

……原本應該瞞得很順利。

……直到救回希絲蓓爾為止，陣和音音都不知道希絲蓓爾的真實身分。

而希絲蓓爾本人恐怕作夢也沒想到，自己的真實身分會被天帝一語道破吧。這完完全全是出乎意料的意外。

「我們接下了妳所委託的護衛任務。但如果對象不是涅比利斯王室的使者，而是公主本人，那任務的難度就會有天差地別的不同。況且，這也會讓護衛失去原有的定義。」

陣俯視著一言不發的希絲蓓爾說：

「至少妳沒有讓雙方公平地獲取情報，沒錯吧？」

「…………如果真如你所言……」

希絲蓓爾用力握住擱在大腿上的雙拳。

她的臉頰因高燒而發燙。

而希絲蓓爾便是以劇烈搖曳的雙眸仰望著陣。

「……那你又有何打算……？沒說出真話確實是我違約在先，那你的意思是打算以此作為理由，讓護衛之事就此作廢嗎？」

「──────」

「……知道我是皇廳的……可恨的魔女公主後，你要看不起我嗎……！」

她扯著沙啞的嗓子吶喊。

像是擠出最後一絲氣息的少女嗓音，就這麼迴蕩在客廳之中。

「請你回答我。你若是知道我是魔女公主，將會作何反應！」

「話又說回來了。」

陣俯視一臉嚴肅的希絲蓓爾，不知為何像是感到傻眼似的以有些發愣的口吻說：

「妳該不會以為自己偽裝得很好吧？」

「…………」

「根本漏洞百出啊。」

「…………什麼？」

希絲蓓爾愕然地半張著嘴。

「請、請問？」

「最好有使者會用『我』這種自稱啦。」（註：希絲蓓爾於原文中說的「我」是帶有比較鄭重意味的わたくし，一般如日本皇室演說時會使用）

「而且那位叫修鈸茲的老爺爺也稱呼妳為『小姐』呢。」

音音接著陣的話說：

「音音我們也可以一直裝作被蒙在鼓裡，直到護衛任務結束為止——陣哥剛才其實也提到了這一點。可是在天帝陛下直接點破妳是『希絲蓓爾公主』的狀態下，音音我們若是不問個明白，那反而會顯得不自然吧？」

「……這、這個……」

希絲蓓爾支吾其詞了一會兒。

「……經妳這麼一提，的確是這樣沒錯……」

「就是這樣。打從一開始就是完全顯露無遺的事實啦，我們欠缺的就只有證據而已。」

陣一臉認真地交抱雙臂。

「既然沒有十足的把握，我們也沒打算找妳對質，只是天帝既然都對妳開了金口，那我們也得做些反應，才會像這樣逼妳吐實。要是不問個兩句，那就顯得太不自然了。」

「我、我明白了！既然是這麼回事——」

希絲蓓爾從沙發上跳了起來。

她強忍高燒站定身子，並將手搭在自己的胸口——和她姊姊愛麗絲宣布大事時的動作相仿。

「既然都走到這一步了，那我們已然搭在同一艘船，不，已經是命運與共的存在！為此，我也要公布自己的身分來回報你們的信任！我正是——」

「這些話就省了。」

「喂——！」

被陣毫不留情地打斷，希絲蓓爾不禁拉開嗓門大吼：

「你都察覺我是皇廳公主了，為什麼不聽我把話說完啦！」

「妳只要承認自己謊報身分就可以了。」

「……你說什麼！話說你要去哪裡！」

「回房間啊。喂，伊思卡。我們走。」

陣從牆邊起身。

他背對希絲蓓爾，一副事不關己的模樣朝房外走去。

「我對雇主的個人隱私一點興趣也沒有。」

「讓我自報名號啦————！」

2

魔女樂園「涅比利斯皇廳」——

其矗立於中央州的王宮，以「星之要塞」的名號為人所知。

而在王宮其中一隅，公主的私人住所內——

「……到底發生了什麼事？」

愛麗絲拄著臉頰，瞪著手裡的小型螢幕。

愛麗絲莉潔·露·涅比利斯九世。

她是繼承了女王血脈的三姊妹次女，也是讓帝國聞風喪膽的最強等級星靈使「冰禍魔女」。

然而馳騁戰場的愛麗絲，如今眼角流露出濃濃的憂慮陰影。

她以不曾在戰場上展露的陰沉表情和沉重嗓音對著螢幕投問。

——沒有回應。

理當做出回應之人遲遲沒有給予聯繫。

「**燐，到底是怎麼回事**？妳不是說會儘快回報本小姐嗎……！」

來自隨從的聯繫中斷了。

愛麗絲直到昨天黎明時分才對此感到有異。

「小的已經查出希絲蓓爾大人遭到囚禁之處，那是一座看似廢墟的設施。」

「小的這就展開攻堅。」

第三公主希絲蓓爾正是愛麗絲的親妹妹。

許諾前去救援的燐卻失去了聯繫。愛麗絲所能聯想到的可能性，全都導向了不好的結果。

……營救行動失敗？燐該不會落入敵手了吧？不對，她恐怕不是單單淪為俘虜這麼簡單……

……說不定受到了拘束，正在接受嚴刑拷打。

「不、不會的！燐身旁應該還有伊思卡！」

對於愛麗絲來說，帝國劍士伊思卡是她的最佳勁敵。

愛麗絲有十足的自信，認為世上沒人比自己更了解他。即使彼此位於敵對的立場，她也完全不認為他會違背與自己（愛麗絲）之間的約定。

……燐應當時常和伊思卡一同行動才對。

……該不會是兩人同時出馬，卻還是落得營救行動失敗的下場了吧！

實在難以置信。

但不這麼假設，就難以解釋燐經過整整一晚還是沒有聯繫的原因。

該怎麼辦？

該儘速向女王（母親）商量這個異狀嗎？

……不對，還不能斷定是燐失手了！

……不能操之過急。就算要向女王大人(母親大人)報告，本小姐現在也仍然一無所知。
也許是燐的通訊機故障了。
今天一整天就繼續等待她的回訊吧。就在愛麗絲要這麼說服自己時——
通訊機的燈亮了。
「唔！打來了！」
她以雙手緊握住通訊機。
愛麗絲將身子往前傾，把通訊機徹底挪近到自己的臉孔前。
「燐！是燐對吧！」
『————————』
「燐？」
『啊，接通了呢。好久不見了呢，姊姊大人。』
「……咦？」
她以為自己聽錯了。
傳進耳裡的並不是燐的聲音——
「等、等一下，是希絲蓓爾嗎！」
『順帶一提，我之所以能解鎖燐的通訊機，得歸功於我的燈之星靈重現了燐解鎖時的——』

「這種小事根本無關緊要啦！那、那個……」

由於太過出乎意料，愛麗絲一時半刻說不出話來。

遭到囚禁的妹妹居然用燐的通訊機打電話過來？

雖然腦袋沒辦法釐清當下的狀況，但姑且可以認定燐和伊思卡確實平安救出希絲蓓爾才對。

「希絲蓓爾，本小姐姑且問一句，妳應該平安無事吧？」

『我被救出來了。由於被束縛了好幾天，現在還有點疲憊，但退燒藥總算起了作用。』

「…………這樣呀。」

愛麗絲不禁按住自己的胸口。

得儘快向女王報告這個好消息。

對女王來說，這不只是女兒獲救這麼簡單。希絲蓓爾的生還，是一劑能讓露家絕地大反攻的強心針。

……這下就能揭露太陽的所有陰謀了。

……只要用上希絲蓓爾的燈之星靈，那當家塔里斯曼就無從躲避。

休朵拉家策劃了暗殺女王的計畫。

知曉這個陰謀的，就只有包含愛麗絲與女王等少數幾人而已。

由於沒有鐵證在手，因此愛麗絲也只能咬牙忍耐；然而若是有了希絲蓓爾的力量，就能將鐵錚錚的證據以影片的形式「重現」。

「總之，希絲蓓爾。妳能全身而退真是太好了。現在快點離開帝國，然後回到皇廳來吧。需要妳協助的事還有很多很多呢！」

『是，我正是為了這件事而打過來。』

「什麼意思？」

『我今天要為姊姊大人帶來一則好消息和一則壞消息。』

「……是什麼消息？」

『您想先聽哪一則？』

愛麗絲思考了一下。

順帶一提，自己的家臣偶爾也會用這種方式詢問自己。而在這種時候，愛麗絲總是只會有一種回答。

「先從壞消息開始說吧。」

『那我要說好消息了。』

「剛剛這段對話有任何意義嗎！」

『好消息是我已經獲救了。』

「……這我已經知道了。」

她早就知道。或者說已經預料到會是這麼回事。

因此，愛麗絲真正想聽的就只有另外一則消息而已。

「所謂的壞消息是怎麼回事？是得多花些時日才能從帝國回來嗎？如果是這樣，倒也沒什麼大不了的。」

『燐被抓了。』

「……咦？」

『而且還是落在天帝手裡——就是那個以皇廳死敵為人所知的那個天帝。』

「…………………………………………」

愛麗絲整個人僵住了。

這已經不是懷疑自己聽錯，而是以為自己置身於夢境，甚至讓她不由自主地捏了一下自己的臉頰。

接著傳來疼痛的感覺。

代表這是無庸置疑的現實。

「希絲蓓爾！這、這到底是怎麼回事，妳給我從頭到尾好好解釋——」

『不過姊姊大人，您大可放心。』

妹妹莫名得意的快活嗓音從通訊機傳來。

『我一定會將燐營救出來！』

「妳要怎麼救呀！」

『就憑我和四名快樂的護衛們！』

「我越聽越不懂了啦！說起來，為什麼天帝那種大有來頭的存在會──」

『也請您將這件事轉達給女王大人知悉。』

「妳要本小姐怎麼說明啦！啊，妳給我等一下！」

隨著「嘟滋」一聲。

愛麗絲低頭看著被單方面掛斷的通訊機好一會兒──

「……那孩子真是的……」

不禁抱頭叫苦。

3

深夜時分的帝國──

遠東阿爾托利亞轄區的鎮上已經陷入一片沉寂，而伊思卡一行人所住宿的旅館也不例外，大部分的房間都已然熄燈。

就在這樣的深夜之中——

「……呵呵。」

希絲蓓爾一人悄聲抿嘴而笑，緩緩從沙發上起身。

客廳裡伸手不見五指。

為了不吵醒睡在房間底側的音音和米司蜜絲隊長，她蹲低身子，以近乎爬行般的動作慢慢向前行。

她打開房門，來到旅館走廊。

「……深夜的相親相愛計畫……我策劃的這一手可真是完美！」

目標是旅館的隔壁房。

沒錯，正是伊思卡就寢的那間房間。

她緊握白天偷偷摸來的房間鑰匙，沿著走廊前往隔壁房。

喀嚓——

隨著小小的開鎖聲響起，房間的門被打了開來。一旦抵達房間，就只剩下臨門一腳了。接下來只需要潛入伊思卡所就寢的寢室即可。

……我今天一直到正午都發著高燒，還發出難受的夢囈。

……然而現在正是扳回一城的時候。我要趁著夜色，進一步縮短與伊思卡的距離！

自己需要護衛。

畢竟此行的目的地是帝都，而且不曉得抵達後會發生什麼事。正在等候他們的，可是那個天帝詠梅倫根。

為此——

現在自己的當務之急，便是加深與護衛之間的親暱程度。

「換句話說，就是要提升和你——伊思卡的好感值！」

計畫一，嘴上喊著：「我的身體還很難受……」然後鑽進伊思卡的被窩。

計畫二，嘴上喊著：「我內心忐忑，完全睡不著……」然後若無其事貼上伊思卡的身子。

要接近到能感受彼此體溫的距離。

兩人拘謹地貼合身子，最後沉穩入眠。

「伊思卡，我可是第三公主希絲蓓爾。高貴如斯的我既然允許和異性做出如此親暱的舉止，就代表我對你有十足十的信任！」

為此她還換上了睡衣。

由於希絲蓓爾挑了一件質地輕薄的睡袍，只要佯裝睡昏頭抱住他，肯定就能讓他感受到自己的體溫。

說不定就連胸口的心跳聲都能傳達過去。

……喏，伊思卡，你能聽見我怦怦的心跳聲嗎？

……話說這麼做會不會太過火了？

希絲蓓爾是個眾所皆知的讀書家。

透過閱讀言情小說，她早已明白青春年華的少女趁夜造訪男士的房間是一種容易招致誤會的行為。

當然，希絲蓓爾不會向女王稟報此事，也不希望她知情。

「不過，女王大人。女兒是有苦衷的，這絕對不是什麼丟人現眼的事。」

這並不是男女之間的情事。

倒不如說，她有把握絕對不會走到那一步，才能下此決心。

……伊思卡固然是一位年紀輕輕的男士。

……但他絕對不會對我強行做出逾矩之舉。

所以她才有機可趁。

所以她才會挑在這種時間偷偷潛入他的寢室。

她就只是想要「稍稍捉弄對方」而已。

讓自己的身體貼靠上去，令他面紅耳赤——這樣就行了。希絲蓓爾不打算更進一步。

「……………」

她在隔壁房裡的走廊上稍作思考。

話說回來，除了伊思卡之外，狙擊手陣應該也在這間房裡。他應該也和伊思卡一樣，早已沉沉入睡了吧。

「真是天賜良機。」

她露出像是在惡作劇般的笑容。

希絲蓓爾小巧的胸口頻頻跳動，並沿著漆黑的走廊再次邁步。

「既然都要潛入寢室了，就讓我好好欣賞陣那張不可愛的睡臉吧。雖然他白天表現得冷淡無比，但在睡覺的時候應該會顯得可愛幾分才對。呵呵，踏入男士的花園倒也不是壞——………呀啊！」

啪砰！

躡手躡腳前進的她，腳跟突然被東西絆到，使得希絲蓓爾大動作地摔倒在地。

伊思卡和陣的寢室就近在眼前。

可是，究竟是什麼東西絆到了自己的腳？

希絲蓓爾凝神觀看，才發現有一條極細的線狀物體在黑暗中反射著光芒。

「什麼！」

驚呼聲不受控制地從喉嚨竄出。

「這是鋼索！為、為什麼鋼索會被架在幾乎貼地的位置！」

『——呵、呵、呵。』

「呀啊！」

身後突然傳來人的氣息。

希絲蓓爾的反應終究還是慢了一拍。雙肩被人用力抓住的她，發出了短促的尖叫聲。

「不會吧！」

「……果然來了。人家就猜到妳會這麼做呢。」

「欸，隊長。在伊思卡哥和陣哥的寢室門口架設陷阱真是太好了呢。」

「妳、妳們兩個不是應該已經就寢了嗎！」

也不知是何時現身的。

站在希絲蓓爾身後的，正是理應在隔壁房裡呼呼大睡的音音和米司蜜絲隊長。

兩人雖然都穿著可愛的睡衣……但浮現在她們臉上的傲然笑容，卻是足以讓希絲蓓爾僵住的可怕表情。

「呵、呵、呵，希絲蓓爾小姐？妳打算去哪裡呀？這裡是伊思卡哥和陣哥的寢室門口喔？」

音音的雙眼在一片漆黑中綻放精光。

而她的雙手不知為何拿著一綑繩子。

「妳白天時偷偷從人家的包包裡摸走這間房間的鑰匙對吧？」

米司蜜絲隊長逐步接近。

她的雙手也握著一副手銬。

「妳已經逃不掉嘍。」

「就讓咱們回隔壁房，稍～微聊一些小事吧？對於肉食系小貓咪，可得好好教導一下世俗的常識才行呢。」

「等、等一下！妳們……誤會了！」

希絲蓓爾對逐步接近的兩人揮手。

「我、我只是……想、想做些有些親密的接觸而已，絕對沒有動歪腦筋的意思──」

「處決。」

「好啦，希絲蓓爾小姐。我們回去吧。」

「不要啊啊啊啊啊啊！就、就差一點就能抵達那如夢似幻的花園了……！」

距離寢室還剩下兩公尺。

在目的地近在咫尺的情況下，希絲蓓爾被手銬和繩索五花大綁，就這麼被拖回了隔壁房間。

4

隔天早上——

「…………唉……」

「嗯？希絲蓓爾，妳還好嗎？妳看起來好像還是不太舒服。」

希絲蓓爾一臉鐵青地走向佇立在大廳的伊思卡。

也不曉得是不是自己多心，總覺得她看起來比昨晚更加疲憊。

「……我遇上了一場災難。」

「怎麼了啊？」

「……想不到居然會被訓話到天亮。就連母親大人都沒訓斥我這麼久過……」

「？」

「……沒事，是我自言自語。」

希絲蓓爾有氣無力地坐在旅館大廳的座位上。

就伊思卡看來，希絲蓓爾的氣色雖然不佳，但步履比昨天輕盈許多，臉頰也恢復了紅潤，想必是退燒藥發揮作用了吧。

「為防萬一我還是確認一下，我們今天就要動身了，妳的狀況不要緊吧？」

「那當然。」

頹坐在椅子上的希絲蓓爾出乎意料地展露出精神飽滿的神情抬起頭來。

「那個天帝可是指名要見我，要是在這裡渾渾噩噩地擔心受怕，那可有損皇廳的威信。」

「啊，有了、有了，伊思卡哥！」

「久等了～」

音音和米司蜜絲隊長搭乘電梯來到大廳。

抱著行李的陣也緊跟在後。

「隊長，通往帝都的火車票買了嗎？」

「沒有喔，人家還沒買。我想說等抵達車站再買就好。」

「那就快點出發吧。這裡可是窮鄉僻壤，開往帝都的特快車根本沒幾班。要是錯過了眼前的班次，之後就得枯等好幾個小時了。」

抱著行李的陣朝著旅館玄關走去。

「哎，但既然只是五張車票，應該沒有必要這麼擔心啦。」

「——給咱等一下。車票應該要買六張才對喲？」

玄關大門打了開來。

一看到站在該處等待的人影，不僅是走在前方的陣，就連伊思卡也反射性地停下腳步。

「……璃灑小姐？」

「小伊早安～米司蜜絲和小音音也早呀。」

璃灑．英．恩派亞。

露出爽朗笑容朝著己方揮手的，正是身為天帝參謀的使徒聖。

「嗨，公主大人。」

「……是妳！」

希絲蓓爾一臉吃驚地向後跳開。

這位璃灑正是與天帝一同帶走燐的始作俑者之一。而對於希絲蓓爾來說，此人更是可恨的帝國人。

「這是怎麼回事！妳不是和帶走燐的天帝一起——」

「啊——希絲蓓爾公主，妳先別急。」

璃灑豎起食指抵唇。

示意要希絲蓓爾暫且打住這個話題。

「這裡是帝國領土，而且旅館大廳也……喏，那邊還站著警衛呢。身為皇廳人的妳在這裡引發騷動不太好吧？」

「……唔！」

「不過咱來這裡也不是來說壞消息的。吶，米司蜜絲？」

「咦？」

被璃灑突如其來地指名，讓米司蜜絲隊長慌慌張張地抬起臉龐。

「璃、璃灑，這是怎麼回事！妳不是說會在帝都等我們嗎……」

「咱是來當跟班的。」

璃灑輕輕一笑，同時摘下眼鏡。

她用手指勾住鉸鏈，靈巧地轉著眼鏡，並環視第九〇七部隊和希絲蓓爾。

「天帝陛下開了金口，要咱為各位帶路到帝都喔。」

使徒聖第五席這麼宣告。

Intermission　「燐的嚴重誤判」

天主府——

這是悄悄矗立在帝國最深處的四層高塔。而位於最上層、充斥著「藺草」這種植物味道的房間之中——

「怎麼啦，魔女？妳看起來氣色很糟呢？」

「……唔嗯……」

天帝詠梅倫根發出竊笑般的笑聲。

對於這居高臨下的口吻，燐毫無反駁之力，只能單膝跪地氣喘吁吁地抖著肩膀。

「……這怎麼……可能……」

燐緊咬著自己的下唇。

大量的汗水自她的額頭滑落，劃過下顎滴到地面。

「……你這傢伙……居然強得這麼誇張……！」

「真教梅倫掃興啊，魔女。」

甩著銀色尾巴的獸人冷冷地說。

接著他嘆了一口氣。

他毫不掩飾失望與輕視的情緒，將舉起的手臂用力揮下。

「就連手下留情的價值都沒有，就讓梅倫幫妳解脫吧。」

「唔！等、等一──」

「好，將軍。」

「唔哇啊啊啊啊啊啊啊啊！」

燐整個人趴倒在地。

而在燐的面前，則是擺放著名為戰棋的桌上遊戲盤。

「看來是分出高下了。」

燐陣營的國王棋子，被天帝以尖銳的爪子翻了過來。

「好了，是梅倫贏了。這下就是連勝十七局了？梅倫希望妳能再撐久一點呢。」

「唔，還沒完呢！」

燐一鼓作氣地彈起身子。

她抓起棋盤上的棋子重新排放起來。

「再一局！我還要再比一局！」

「哦？魔女，妳比梅倫預期得還要有骨氣哪。但妳我實力的差距十分明顯，若沒有想好對策，可是贏不了梅倫的喔。」

「少說大話了，下一次就輪到你哭著投降……話說，這不對吧！」

燐重重踏了榻榻米一下。

「雖然不小心就被你牽著鼻子走了，但這到底是怎麼一回事！」

「嗯？」

「我要和你進行的，應該是一場決鬥才對吧！」

燐伸手指向的，是掉在地板上的一把匕首。

她雖然在幾個小時前勢不可當地拔了出來，卻不曾派上用場過，最後只得扔在地上。

「什麼叫做『妳儘管放馬過來』啊？這對我來說可是至關重要的決鬥。你不也說過，要是我贏的話，就願意無條件釋放我嗎！」

「梅倫指的當然是桌上遊戲的對決啦。」

「居然搞這種混淆視聽的手法！」

「怎麼啦，難道妳以為梅倫口中的『戰鬥』是一場野蠻的行為嗎？」

銀色獸人拾起匕首。

他像是在仔細打量皇廳製造的這把刀子似的凝視著刀刃。

「遺憾的是，梅倫的護衛全都出門了，現在不是和妳決鬥的時候。」

「…………」

聽到這麼一句話。

燐稍稍將雙眼瞇得又細又尖。

「……喂，怪物。你所說的護衛，指的是使徒聖嗎？」

「是啊。他們在襲擊皇廳的時候受傷了呢。」

「唔！」

燐以要將榻榻米從中折斷的猛烈氣勢用力地蹬了出去。

目標是天帝詠梅倫根的懷中。

燐將新抽出的匕首對準他的喉嚨。

「看來你也有自覺啊……對了，你就是將帝國軍派至我國的罪魁禍首吧！你可知道那場戰役傷害了多少我國同胞？就連我的女王也名列清單！」

「——」

「怎麼了？如果有話想說的話就說啊！」

「那不是梅倫的指示。」

「……你說什麼！」

刺向天帝的匕首刀尖微微發顫。

「少裝蒜了！除了你以外，還有誰命令得了使徒聖！」

「八大使徒。」

「？」

「哎，就算說了，妳大概也不懂吧。」

自稱天帝的獸人打了個大大的呵欠。

明明脖子被匕首抵著，他卻表現得不當一回事。

「八大使徒（那些傢伙）不會出現在檯面上，所以消息傳不到皇廳也無可奈何。」

「……你在說什麼啊？」

「妳很快就會明白了。」

語畢，他就地躺了下來。

他全身都是破綻。由於感受不到絲毫的敵意，反倒是刺出匕首的燐感到一陣愕然。

「之所以抓妳當作人質也是為了此事。第三公主希絲蓓爾很快就會來了，只要用上那個魔女的力量，就能弄清這一切。」

「？……那是什麼意思？」

聽到天帝的話語，燐不自覺皺起眉頭。

出現了些微的差異。

天帝原本侃侃而談的口吻，在那麼一瞬間傳出冰冷的氣息。

那是近似憤怒的情緒——

「梅倫有想確認的事。」

躺在榻榻米上的獸人將手抵在自己的臉龐上。

「那是一百年前的事了。**梅倫想揪出把梅倫變成這副模樣的真凶。**」

Chapter.2　「龜裂橫生的樂園」

1

太陽之塔——

這裡是涅比利斯三大王室之一「休朵拉」家族的王宮。

而在其高層處——

能從高處將夜景盡收眼底的露臺上，有著一對被燦爛光芒照耀的俊男美女。

「晚安，叔叔大人。我來遲了。」

「米吉，妳很準時喔。真難得，居然是由妳邀我共進晚餐呢。」

露臺已被布置成聚餐場所。

兩人份的餐具擺放在純白的桌巾上頭。

「妳約的可真巧，我正好也有事情想和妳商量。」

迎接巧笑倩兮的少女入座的，是一名身材壯碩的壯年男子。

男子是休朵拉家的當家「波濤」的塔里斯曼。

他有著輪廓偏深的五官以及梳理整齊的灰銀色頭髮，年屆四十卻顯得越發高雅有魅力。他將可說是個人招牌的白色西裝穿得筆挺洗鍊，看起來就像是站上舞臺的電影明星。

「總之先坐下吧。」

「那麼……恕我失禮了。」

隨著一聲輕笑。

舉止得體的少女隔著餐桌，在塔里斯曼的對面座位坐下。

——她是米潔曦比．休朵拉．涅比利斯九世。

有著讓人眼睛為之一亮的琉璃色長髮的少女。

身為塔里斯曼姪女的她，是位早已內定為下任當家的公主，也是休朵拉家會在女王聖別大典上擁立的女王候選人。

「對了，米吉。要來杯餐前酒嗎？」

「對不起，叔叔大人。我今年才十七歲。」

「喔，是我失禮了。是這樣沒錯呢。」

聽到米潔曦比可愛的提醒，塔里斯曼笑吟吟地回應：

「那就幫妳準備氣泡蘋果汁吧。這是我從最高級的蘋果中選用最為香醇的拉．卡爾德、梅爾辛和阿爾斯布琉三種品種調製而成，其味道之芳醇，甚至會讓人忘記這是無酒精飲料呢。」

塔里斯曼打了個響指。

並目送身後的侍者離開露臺的背影。

「那麼，在享受晚餐之前，我有個壞消息要告訴叔叔大人。」

「是小希絲蓓爾的事？」

「唉呀，您已經知道了？」

聽到當家不假思索的回應，令米潔曦比感到意外地眨了眨眼。

「我還以為這一次會是由我搶先給出情報呢。」

「我沒收到相關報告，只是安置小希絲蓓爾的地方已經失聯超過十二小時，所以我就想，這八成就是『那麼一回事』吧。」

第三公主希絲蓓爾被搶了回去。

他都特地將人送出皇廳，並安置在帝國的星靈研究所內，想不到才短短幾天，居然就被人搶了回去。

「如果讓小希絲蓓爾回到皇廳，休朵拉（我們）家就會邁向毀滅。我想必會遭到處決，而妳和隨從們也逃不了無期徒刑的命運。」

「……真是非常抱歉。」

米潔曦比顫抖著肩膀說。

她那對惹人憐愛的碩大眸子，此時滲出難以壓抑的激動情緒。

「……要是我沒讓『額我略秘文』被對方奪走的話……」

「可以的話，真希望能讓小希絲蓓爾在帝國裡待久一點啊。只要能阻止她回到皇廳，那此事也就不足為懼。」

策劃女王暗殺計畫的是休朵拉家。

只要不讓女王掌握到決定性的證據，休朵拉家在女王聖別大典上的優勢就依然不受動搖。

「由於女王的號召力大不如前，露家想在女王聖別大典上勝出已非易事。而佐亞家也因為當家葛羅烏利被帝國擄去，因此士氣大減呢。」

星星（露）和月亮（佐亞）都殞落了。

皇廳這個國家正期待太陽升起。

「在女王聖別大典結束前，真希望能把小希絲蓓爾留在帝國境內呢。米吉，一旦妳當上女王，之後就能用各種手段將她抹除了。」

「是的，叔叔大人。然而，希絲蓓爾身在帝國的期間，我們又該如何監控她的行蹤？」

「就交給八大使徒吧。」

「……唔！」

米潔曦比瞇細雙眼。

因為當家塔里斯曼所說出的名字，是被太陽視為最高機密、絕對不能任意聲張的情報。

——共犯。

皇廳法律基於人道原則，禁止對星靈使進行人體實驗。

但帝國就不同了。

八大使徒暗中推動的「魔女化」研究，是休朵拉家求之若渴的產物。

為此雙方才會攜手合作。

「放跑小希絲蓓爾的責任得算在瘋狂科學家（凱賓娜）的失態上，而上司的任務就是幫下屬善後。所以說，我們得讓八大使徒好好表現一番才行。」

餐前酒被端了上來。

端給當家塔里斯曼的是氣泡酒。只見他凝視著玻璃杯裡浮起的氣泡——

「他們正在監控小伊莉蒂雅的行動。監視對象就算多增加一個小希絲蓓爾，也不會讓他們太費事。」

「……當家，請恕小的稟報。」

也不知是何時現身的——

戴著大型耳環的紅髮少女驀地佇立在露臺的欄杆前方。

魔女碧索沃茲。

少女被推薦為八大使徒的「魔女化」實驗品，在經過瘋狂科學家的手術後，成功轉化為非人之物。

「嗨，小碧索沃茲。有勞妳巡邏了。」

當家（塔里斯曼）舉起玻璃杯說：

「妳要不要也喝點飲料？」

「……啊～那就請給我一杯水。因為人家的身體已經無法接受水以外的東西了。」

碧索沃茲一臉嚴肅地回應。

她以背靠著欄杆的姿勢待在露臺角落。

「當家。」

「怎麼了？」

「您大可當成是人家的戲言無妨。但關於您剛才提到的事……這或許會惹您不快，還請您萬分謹慎——有一天您可能會控制不住。」

「妳是指八大使徒？」

「不。」

「是小希絲蓓爾？」

「……小的是指露家的伊莉蒂雅公主。」

這麼回答的魔女，其話語聲帶著極為複雜的情緒，甚至讓當家有些難以估量。

焦慮、恐懼、憤怒、困惑。

以及羨慕的情緒——

「人家已經超過一個月沒喝水了。應該說，現在反而是維持人類的樣貌讓我更難受。人家有漸漸不再是人的自覺……所以，該說人家也因此能夠明白……人家萌生了一個感覺。」

「唔嗯？」

「那個女人，說不定早已超脫『不屬於人類』的範疇。」

「妳是指小伊莉蒂雅嗎？」

「瘋狂科學家注射在人家身上的『那個』的濃度為百分之〇．〇〇二，光是這麼一點劑量就讓人家變成了魔女。然而，那個女人所要求的濃度卻是百分之五十一。」

「唔嗯。」

「當家，您明白嗎？那女人已經有超過一半的部分被『那個』侵蝕了卻還能維持自我，這才是她真正駭人聽聞的地方。」

第一公主伊莉蒂雅。

總是被家臣揶揄為史上最弱純血種的公主決定脫離皇廳陣營。

她與八大使徒展開接觸，自願接受被視為禁忌的人體實驗。

其結果為「失敗」。

然而——

這「失敗」的意思，其實建立在瘋狂科學家和八大使徒都無法控制的事實上頭。

「我一直以爲自己會遭受到『處分』的下場。」

「畢竟凱賓娜主任每天都會採集我的星體資料，然後抓著頭嘟噥：『**和那個的親和率實在太高了。**』」

「……就是這樣。」

碧索沃茲瞇細雙眼。

「小的覺得是時候處理她了。對於休朵拉家來說，如今也沒有用得上她的地方了吧？」

太陽之所以會和伊莉蒂雅聯手，是因為雙方的目的「有部分」是相同的。

而這「部分」，便是指強行擄走希絲蓓爾的行動。

兩方乃互助關係。伊莉蒂雅會將妹妹的行蹤通風報信給休朵拉家，休朵拉家則伺機擄走希絲蓓爾。

而這樣的合作關係早已告終。

「那個女人終究出身自露家，肯定對休朵拉家沒什麼好臉色，說不定哪天就會背叛我們。人家覺得，在讓事情節外生枝之前，或許還是先斬草除根比較好。」

「小碧索沃茲，感謝妳的建言。」

休朵拉家的當家面帶沉穩的笑容點了點頭。

「順帶一提，妳擔的這個心，我早就傳達給八大使徒了。我提醒他們要時刻監視小伊莉蒂雅，一旦覺得控制不住，就要立刻處分。」

「……什麼啊，原來您早就打點好了呀。」

「小希絲蓓爾那邊也一樣。她還有利用價值，所以可能的話我還想留她一命；但要是她打算反咬我們，那就另當別論了。米吉，妳怎麼看？」

「我沒有任何反對意見。」

米潔曦比微笑道。

她輕輕將盛了蘋果汁的玻璃杯遞到嬌豔的唇邊。

「對本小姐來說，露家三姊妹都是女王聖別大典上的阻礙。只是……」

「妳似乎話中有話呢。」

「其中最棘手的就是愛麗絲了。一旦她知曉休朵拉家對長女（伊莉蒂雅）和三女（希絲蓓爾）出手的消息，恐怕就會遭到她鋪天蓋地的報復。而且她似乎以女王受傷為由，硬是擺出代理女王的架子。雖然我們在表面上是合作關係——」

她的話語聲突然打住。

米潔曦比斂起美豔的唇角，塔里斯曼稍稍挑起眉毛。

而碧索沃茲則是無聲無息地從現場消失。

變得一片寂靜的露臺上迴蕩著告知客人來訪的鈴聲。

「當家大人。」

身穿黑色西裝的青年欠身行禮。

「有客人來訪，請問該如何應對呢？」

「請對方打道回府吧。在我欣賞著美麗夕陽的時候，居然有人未經預約就登門造訪，我對這種人毫無興致……但為防萬一，我還是姑且聽聽這位失禮的客人是何方神聖吧。」

「對方是假面卿。」

「…………」

一聲輕嘆從塔里斯曼的嘴角流洩而出。

「月亮的代理當家究竟在打些什麼主意呢?」

比天空更為湛藍的地下樓層——
這裡是涅比利斯王宮的隔離區。
利用天然鐘乳石洞開發而成的巨大地下通道裡，迴蕩著水珠垂落的聲響。
「塔里斯曼卿，抱歉勞煩你走上這一趟。」
藍色的地底湖。
戴著金屬面具的男子朗聲開口，其嗓音響徹此地。
「此時適逢你用晚餐的時間吧?我原本只打算提供些小小情報就告退，想不到你竟然願意親自陪我走一趟。」
「沒什麼，這點小事無須介意。」
叩!
跨越地底湖水面的橋面，緊接著傳來兩道腳步聲。
塔里斯曼當家領著米潔曦比公主來到假面卿面前。
「假面卿，好久不見了呢。」
「嗨，小米潔曦比。妳也跟來啦?」

「哎呀，您真是見外。叫本小姐米吉就可以了。」

米潔曦比向假面卿行了一禮，接著伸手攏了一下琉璃色的瀏海。

而她的視線所投向的——

是一口巨大的玻璃棺材。

棺材裡有一名沉睡的少女，她看起來僅僅十三四歲的年紀。

少女有著被曬得黝黑的紅銅色肌膚以及珍珠色的捲髮。她沉眠的樣貌顯得相當稚嫩，甚至可以說相當可愛。

「……始祖大人。」

米潔曦比瞇細眼眸。

棺材迸出了裂痕。

這副棺材理應被鑲有女王徽記的鎖鍊綁縛，不讓任何人有開啟的機會；如今整副棺材卻布滿裂痕，彷彿隨時都會四分五裂。

「太陽的二位，狀況就如你們所見。」

假面卿聳肩說道。

他的嘴角同時浮現出藏不住的欣喜笑容。

「始祖大人正在從夢中醒來。」

「不是『您正試圖喚醒她』嗎？」

「才沒這回事，塔里斯曼卿。也是，雖然在血族會議上主張此事的正是月亮一家，但眼前所見乃是始祖大人自身的意志所為。」

月亮的代理當家和太陽的當家。

兩人都是身高超過一百八十公分的高大男子，光是隔著玻璃棺材彼此對視，便能激盪出一股魄力。

「塔里斯曼卿，您怎麼看？一旦始祖大人醒來，我等就沒有懼怕與帝國全面開戰的理由了。要將被擄至帝國軍的當家葛羅烏利奪回，肯定也只是時間上的問題。」

「…………」

「對了，還有一件事。我竟然忘了這麼重要的事沒說。」

假面卿握拳敲掌，發出微微「砰」的一聲。

其口吻就像是演戲般。

他以任誰都能一眼看穿是刻意所為的做作口吻和動作說：

「月亮的當家葛羅烏利被帝國所擒，反過來說，當家想必也看到了叛徒的容貌。那可是與帝國軍方互通聲息的一名反賊呢。」

「哦？」

「始祖大人即將醒來。只要始祖大人一醒，就能和帝國展開全面性的戰爭。如此一來，落入帝國手中的俘虜們也能因此獲救。而在救援成功後，**應該就能查明叛徒的身分了吧**。」

「原來如此，這可真是個好消息。」

當家塔里斯曼將視線投向身旁的公主。

「以太陽的立場來說，我也希望能揪出真凶。哎呀，雖然不曉得是否能如此順利，但還是要感謝您提供始祖大人即將醒轉一事。」

「**做好覺悟吧**——我很想對勾結帝國軍的某人這麼說上一句。」

「…………」

「始祖大人很快就會醒來，就期盼那些叛徒會在失眠的夜裡瑟瑟發抖吧。」

「他們確實是罪有應得。那麼我差不多該告退了。」

當家塔里斯曼對米潔曦比微微頷首並調轉腳步。

他背對著假面卿。

「請恕我失陪了，假面卿。祝您有個愉快的夜晚。」

「嗯。小米吉、塔里斯曼卿，也祝兩位有個美好的夜晚。」

月亮的代理當家微笑著點頭回應。

在目送離去的兩人背影澈底消失後——

「——你們應該知道吧，太陽總有西沉的時候，而夜裡的太陽是綻放不了光芒的。」

這道壓低音量的低喃，迴蕩在藍色的地底湖之中。

2

早上七點。

遠東阿爾托利亞轄區中心地帶的中央車站只有零星幾道旅客和商務客的身影。

這裡近乎廣大帝國領地的最東端。

就算搭乘特快車，從此地前往帝都也得花上幾乎整整一天。

「……反過來說，我們明天就能回到帝都了。」

陣先嘆出一口氣，然後坐上長椅。

「真是不可思議的感覺。這趟遠門實在遠得有點過頭，根本沒有要回老家的感覺啊。」

「音音我也有同感。畢竟這次幾乎是隔了一個月才返回帝都嘛。」

坐在他身旁的音音也以有些複雜的口吻說道。
回想起來，那已經是好一段時間之前的事了。
一切的開端，都始於帝國司令部的一項命令。

「我在此下令，第九〇七部隊將進行六十天的特別休假。」
「最好的方法就是出個遠門呢。不妨前往帝國周遭的同盟國家靜養吧？」

首先前往了獨立國家阿薩米拉。
他們在該地遇見希絲蓓爾，並受她委託擔任護衛，強行前往了皇廳。
抵達皇廳之後，他們仍舊被捲進爭端之中，經歷了無數的生死關頭……這才總算回到距離帝都不遠之處。

「……沒記載看似相關的事件啊。」
「咦？陣哥，你在看什麼呀？」
「是早報啦。妳剛才去買麵包的攤販不是也有賣嗎？」
音音探頭窺伺的，是陣正在閱讀的早報。
在掃視過帝國的新聞後——

「……你是指把希絲蓓爾小姐關起來的那間研究所嗎？」

「是啊。雖說是廢墟，既然都朝著天空噴出那麼刺眼的星靈能量了，就算有幾百人目擊到那個光景也不奇怪——伊思卡。」

陣將報紙揉成一團，扔向半空中。

伊思卡接過報紙也跟著閱讀了一遍，但上頭沒有提及關押希絲蓓爾那間研究所的事件。

……甚至沒提到那棟廢墟是一間非法研究所的消息。

……在和魔天使凱賓娜交手的時候，明明就朝著外頭噴出那麼強烈的星靈能量。

沒人發現嗎？

不對，目擊者肯定存在。伴隨著目擊者的通報，帝國軍想必也接收到了情資才對。

「璃灑小姐。」

「嗯～？小伊，怎麼啦？」

他轉頭看向使徒聖第五席。

她雖然裝作一副置身事外的樣子，剛才的對話想必也都傳進了她的耳裡。

「帝國司令部還在隱瞞這起事件對吧？」

「喔，你是說昨天的事嗎？當然會找時間公布出來啦。但在公布之前，得先讓司令部做完事後調查才行。」

她看似無奈地聳了聳肩。

「小伊，我想你應該還在懷疑，但那間研究所真的和帝國司令部沒有瓜葛喔——可以說和整個帝國軍都沒有關係。所以有必要做些更詳盡的調查，揪出幕後黑手才行呢。」

「……………」

「哎呀，你不相信嗎？」

「我是沒有不相信璃灑小姐的意思啦，但老實說，出乎意料的事情實在太多了……」

「唔嗯？」

「我還沒消化完畢，不曉得該相信哪些事才好。」

魔女誕生之地。

瘋狂科學家凱賓娜這麼稱呼那間星靈研究所。

「這裡是『魔女誕生之地』，而我則是在這裡鑽研著星球的眞相。」

「碧索沃茲是個很棒的實驗體喔。」

「我暫時命名爲『卡塔力斯科之獸』。如你所見，這是人造的星靈，也是即將應用於帝國軍各項武器的次世代動力源喔。」

魔女碧索沃茲就是在那間研究所裡誕生的。

不僅如此，伊思卡也察覺到，在獨立國家阿薩米拉交手過的殲滅物體，其隱藏於內側的物體正是人造星靈。

「璃灑小姐……那名研究員曾說過，在那間研究所裡開發出來的怪物，將會在未來運用在帝國軍方的科技上，我想確認此事的真偽。」

「哦哦？」

「妳的意思是，司令部也與這件事無關？」

「完全無關呢。不管是咱、天帝陛下還是司令部的所有成員，都一概不知。」

璃灑露出淺淺的苦笑。

同時，她將雙眼瞇細得宛如絲線一般。

「咱明白你想問什麼。你想問：『那知情的人到底是誰？』對吧？但說實話，咱也對此不清楚呢。」

「……咦？」

「正確來說，是沒有十足的證據。雖然已經有了九成的把握，但對方一直沒露出狐狸尾巴，所以咱們才需要其他手段。碰巧有個能力優異的魔女……說錯了，是有一名星靈使造訪我國，所以才會這麼做。」

璃灑靈巧地用單眼拋了個媚眼。

她這般可愛的動作不是面向伊思卡，而是緊貼在他身後的——

「對吧？希絲蓓爾公主？」

「…………」

「希絲蓓爾公主？」

「……我沒打算理會妳。」

希絲蓓爾交抱雙臂，將頭撇了開來。

她皺起眉頭、斂起嘴角，說什麼都不願意與璃灑四目相接，明顯是在刻意保持距離。

「我不會躲也不會逃，如今也為了前往帝都而來到中央車站。」

「是的，天帝陛下可是拉長了脖子在等妳喔。」

「沒錯，我不服的就是這一點！」

希絲蓓爾伸手一指。

她指著天帝參謀——如果換成帝國軍的兵卒做出這種事，想必就會在當天收到懲戒處分吧。

雖然是如此明目張膽的挑釁行為，但希絲蓓爾本人並沒有對「天帝參謀」這樣的頭銜感到害怕。

畢竟她可是皇廳的公主。

「我都說了要前往帝都，為何妳還會在這裡埋伏我們？照理來說，妳不是應該乖乖地在帝都等嗎？」

「哈哈哈，希絲蓓爾公主。妳誤會了。」

璃灑以輕快的語氣說：

「咱之前不是在旅館說過了嗎？咱是來當跟班的，這都是出自天帝陛下的一片好心……」

「是來監控我的嗎？」

「不不不，不是這樣的。」

「是來監視我的吧？」

「咱就說妳誤會了啦。」

順帶一提，這樣的對質從旅館到車站，已經重複上演了四次。

面對突然現身的璃灑，希絲蓓爾遲遲無法放下戒心和敵意。

……不過，以希絲蓓爾的立場來說，會有這樣的反應也是理所當然。

……畢竟對方可是和天帝一起抓走燐的始作俑者。

進一步來說，用以綁縛燐的「星靈術之線」原本可是瞄準希絲蓓爾施放的。若沒有燐挺身袒護，那被抓走的肯定就是希絲蓓爾了。

「妳說妳叫璃灑對吧？」

魔女公主仰望著使徒聖說：

「我沒打算相信妳。我只要有那個打算，隨時都能窺看妳過去做過的種種事蹟。只要妳有任何的可疑之舉——」

「哦？米司蜜絲，咱們在這裡喔！」

「聽我說話啦！」

「可是呀～希絲蓓爾公主說起話來沒完沒了呢。還有，咱已經說過不用擔心了。喏，妳看。咱和米司蜜絲的交情可是這麼融洽呢。」

前去購買車票的米司蜜絲隊長回來了。

璃灑搭住她的雙肩，撫摸起她的腦袋。

「欸～米司蜜絲，咱有件事想拜託妳。」

「什麼事？」

「借咱錢。」

「借錢！」

被摸著腦袋的米司蜜絲隊長驀地僵住身子。

「妳、妳在說什麼呀，璃灑！就算我們的交情再好，也不能有金錢方面的往來呀。帝國軍的軍規也是這麼規定的……應該說，璃灑既然都是使徒聖了，妳的待遇應該比人家還要優渥很多才對吧！」

「哎呀～說起來咱現在連錢包都沒帶呢。」

燐雖然摸著米司蜜絲的頭，但她的目光依舊鎖定在希絲蓓爾身上。

她看向一臉疑惑的公主說：

「關於昨天那檔事……喏，天帝陛下不是消失了嗎？老實說那時候咱也應該一起回帝都。」

「……沒錯。正因如此我才會質疑妳身在此地的動機。」

「那個傳送手法，似乎最多只能帶一個人走喔。」

「？」

「來的時候是天帝陛下和咱，但是回程除了天帝陛下以外，還多了一個人質。所以那時就只有咱被他給拋下了。唉呀～就連咱也嚇了一跳呢。」

天帝帶著燐消失了。

當時的璃灑則似乎被孤伶伶地留在原地。

「咦？那麼璃灑，妳說要來當跟班是真話嘍？不是來監視我們的？」

「當然，咱怎麼會對米司蜜絲說謊呢——」

璃灑笑嘻嘻地點點頭。

「咱也很不好過呢。畢竟咱原本真的以為，一抓到希絲蓓爾公主就能回去，所以不只是錢包，根本是空手出門。現在別說是吃飯了，連一瓶果汁都買不了呢。」

「……啊——所以才會跟人家借錢呀。」

「對對對。所以米司蜜絲若是不借錢的話，咱可是會陷入窘境。啊，不過借貸現金違反帝國軍軍規呢。既然如此，就把一張信用卡交出來吧。」

「交出來！」

「放～心、放～心。咱之後會加倍還妳的啦。」

璃灑從米司蜜絲的錢包中抽走一張信用卡。

接著小心翼翼地收進懷中。

「啊～話說回來，米司蜜絲訂的特快車車票是普通席對吧？難得搭一趟，不如就換成包廂形式的特等席吧？」

「……是要用人家的信用卡支付嗎？」

「之後再向天帝陛下請款就行啦。」

「太恐怖了吧！」

「不會有事的啦——大概。米司蜜絲這麼可愛，想必連天帝陛下都會把妳看成小動物加以善待。喏，大概會像這樣把妳抱得緊緊的——」

璃灑從米司蜜絲身後用力抱住她。

「啊～……被治癒了。既嬌小又柔軟，還有洗髮精的香味……」

「可是人家沒有被治癒到呀！」

「哎，這先暫且不提。」

璃灑緊抱著米司蜜絲，目光落在她的左邊肩膀上。

「……哦～」

「璃灑，怎麼了？」

「沒事啦，咱就是有點在意。」

突然──

璃灑的左手在她的肩膀上來回摩擦。

「**真是不錯的貼紙呢**。不管是車站閘門還是星靈檢測器，都沒有察覺到星靈能量的存在。」

「～～～唔！」

聽到這聲低喃，米司蜜絲嬌小的身軀登時為之一顫。

為什麼妳會知道這件事。

伊思卡忍不住倒抽一口氣；音音睜大雙眼；就連給出貼紙的希絲蓓爾本人也半張著嘴，一副驚訝的模樣。

不受動搖的──

「原來妳早就看穿了啊。」

只有陣依舊一臉嚴肅，壓低音量這麼回應。

「但我不懂啊。既然知道隊長星紋的事，為什麼還要把我們扔出帝國之外？甚至還為我們準備長達六十天的特休？」

「陣陣，這也沒什麼大不了的啦。」

璃灑看向陣，對他拋了個媚眼。

「因為米司蜜絲之所以會變成魔女，是因為去謬多爾峽谷出任務的關係吧？既然如此，那下令出擊的咱也有責任呀。」

「妳連會出事這點都料到了嗎？」

「當然。反正八成是米司蜜絲失足摔進星脈噴泉之中吧？」

「才不是！」

「咦，不是嗎？」

聽到米司蜜絲的回應，璃灑愣愣地歪起頭。

「咱還以為是米司蜜絲被石頭絆倒，然後順勢跌進了星脈噴泉裡頭呢。」

「人家是被踹下去的！是敵方的首腦幹的！」

「哈哈哈，那是我說錯話了。那麼這就是職業災害了呢。如果妳提出申請的話，說不定能拿到職災理賠喔？」

璃灑放開原本抱著的米司蜜絲，像是感到很開心似的抖動著肩膀。

晨間的車站之中。

在確認過周遭沒有其他身影後——

「接下來說的話要保密喔。老實說像米司蜜絲這樣的例子已經發生過好幾次了。」

「……咦？」

「每當找到星脈噴泉，帝國和皇廳就會展開爭奪戰，而沐浴到星靈能源的帝國士兵，有相當低的機率會因此變為魔女。喏，能不能變成魔女端看個人體質，帝國也沒有預防的方法嘛。」

變成魔女的條件至今仍是不解之謎。

同樣跌落星脈噴泉的伊思卡就不受影響，但米司蜜絲隊長卻變成了魔女。而在漫長的戰爭之中，類似的例子其實已經發生過好幾次。

「……那、那個，璃灑小姐？」

音音舉手問道：

「就像璃灑小姐說得一樣，隊長會變成這樣都是不可抗力！那個……所以，呃……」

「妳要我從寬發落？哎，應該沒問題吧？雖然不能公開，但像米司蜜絲這種『變成魔女的帝國士兵』可以當成間諜來用喔。畢竟都變成了真正的魔女，自然可以光明正大地潛入皇廳。」

「——**妳也是其中一員嗎？**」

話聲中帶著強烈的質疑。

問出這句話的，是一直沉默不語的公主（希絲蓓爾）。

「叫璃灑的女人。」

「嗯？希絲蓓爾公主，找咱有事？」

「我在問妳是否也是魔女——就像我或米司蜜絲隊長那樣。」

希絲蓓爾瞪視著使徒聖。

她的眼裡透露出強烈的不信任感，與璃灑不發一語地對視了好一會兒。

……希絲蓓爾會在意這件事也是理所當然。

……就連我也想知道實情。米司蜜絲隊長、陣和音音想必也不例外。

抓住燐的，是星靈術造出的細線。

施放星靈術的人無疑就是璃灑，而璃灑本人也親口承認了這件事。

「璃灑，那道光芒難道是……」

「哦，這個呀？嗯，是星靈術喔。記得對帝國軍的其他人保密喲。」

伊思卡原本也一直伺機詢問這件事。

結果反而是希絲蓓爾率先發難。

「妳說自己不是為了監視而來，只是單純的跟班。既然如此，妳就該以一個跟班的立場，將自己的身分全盤托出才對吧？」

「咱的身分？」

「沒錯。妳是皇廳人嗎？」

「不不不，咱可是土生土長的帝國人，和米司蜜絲一樣喔。」

璃灑聳了聳肩說。

她雲淡風清的口吻，與皺起眉頭的希絲蓓爾恰成對比。

「之所以能使用星靈術，其實只是單純的附帶價值喔。」

「我要問的就是那個所謂的『附帶價值』，別想含糊帶過。既然如此，不如就讓我用上星靈，將妳的過去一五一十地展示出來吧？」

「…………」

「怎麼了？」

「不，沒事。要聊這個話題是可以啦，但在大庭廣眾下談論終究還是不太妥當。」

璃灑將食指豎在唇邊，先是「噓」了一聲，隨即露出了苦笑。

「既然都有包廂房，不如就上車再談吧？」

「……妳不會反悔吧？」

「那當然。咱雖然是這副德性，但這一生可從來沒說謊過，咱可是以這點感到自豪喔。」

「騙人！希絲蓓爾小姐，妳別相……唔咕！」

「好啦～米司蜜絲，妳先稍微安靜點。」

璃瀝用雙手摀住米司蜜絲有話想說的嘴巴。

她就這麼將米司蜜絲帶上火車。若只看這一連串的動作，璃灑的手法十分熟練，就像個經驗老到的綁架犯。

「喏喏喏，也請希絲蓓爾公主這邊請。」

「……真可疑呢。」

「才沒這回事呢。咱的座右銘可是『真心』、『誠實』和『博愛』呢。」

「妳又在騙人了！璃灑老是會像這樣隨口胡說……唔咕！」

「米司蜜絲，妳閉嘴。」

被堵住嘴巴的米司蜜絲就這麼被拖行而去。

而伊思卡等人則是無可奈何地跟在隊長身後乘上特快車。

3

涅比利斯皇廳星之塔——

此時的愛麗絲正在走廊上快步前行。

「啊啊，真是的，想不到會議居然拖了三十分鐘。假面卿到底是怎麼回事，居然說什麼『小愛麗絲，妳這套代理女王的服飾實在是雍容華貴』之類的話……」

就在三大血族散會在即之際。

平時總是和琪辛第一時間離開議場的假面卿，居然向打算回居所的自己搭話。

——代理女王的王袍（禮服）。

愛麗絲至今穿的王袍屬於她的私人服飾。

而這套新訂製的王袍，則是用以宣示代理女王立場的公關服飾，其中蘊含了「本小姐不會將女王寶座讓渡出去」的強烈意志。

這套服飾不僅保持了原先的氛圍，還加上了鮮豔的紅色與藍色。

……這是怎麼回事？

……上次開會時我明明也穿著這套服飾，但假面卿當時不是毫無反應嗎？

為何會在這時開口稱讚？

被迄今從未注意過這身服飾的假面卿這麼一誇，反而讓愛麗絲感到一陣毛骨聳然。

……他到底有什麼目的？

……總覺得他的心情好到讓人覺得噁心，實在教人在意。

不能輕忽大意。

月亮和太陽確實都覬覦著女王的寶座。

特別是太陽，愛麗絲知道他們為了奪走女王的性命，甚至不惜將帝國軍引入國內。按照常理，這些死敵理當要儘速加以彈劾。

「現在最需要的就是證據。所以得讓希絲蓓爾回來才行……」

眼前的房間──

是露家當家的私人居所「星塵摩天樓」。這裡雖然是女王的住所，但女王在會議結束後依然在和大臣們商量各種事宜。

愛麗絲代替女王推開房間的門扉。

「……總算勉強趕上了。」

她瞥了牆上的時鐘一眼，安心地嘆了一口氣。

而就在下一秒，放在桌上的通訊機指示燈隨即閃爍起來。

「唔！來了！」

她慌慌張張地捧起通訊機。

愛麗絲身子往前傾，將自己的臉孔湊近到通訊機的螢幕前方。

「希絲蓓爾！是希絲蓓爾對吧！」

『——讓您久等了，姊姊大人。我比說定的時間晚了幾分鐘呢。』

有著粉金色長髮的少女隨即出現在螢幕上。

昨天聯絡時只開啟語音通話，今天則開啟影音通訊，可以親眼看見妹妹（希絲蓓爾）的臉孔。

她是在某處建築物裡面嗎？

雖然十分乾淨，包覆周遭的牆壁卻給人密室般的壅塞感。

『啊，我的所在位置嗎？這裡是特快車的廁所裡喔。』

妹妹四下探看了一番。

大概是在確認有沒有人偷聽吧。

『那麼，姊姊大人。一如我昨天說過的，我正為了營救燐而前往帝都……應該說目前已經在前往帝都的路上了。我搭乘的這班特快車便是以帝都為目的地。』

「……妳是認真的呢。」

愛麗絲此時的心情非常複雜。

燐是無可取代的存在，因此愛麗絲說什麼都想將她救回；與此同時，愛麗絲也希望希絲蓓爾能即刻歸國。

此時面臨左右為難的狀態。

想營救至親隨從，卻又不想讓妹妹身陷險境。

……帝都可是帝國裡最為危險的地方。

……前往帝都，就和投身於狩獵魔女之人的巢穴沒什麼兩樣。

此行說不定會弄巧成拙。

帝都各處想必都架設著檢測星靈能量的儀器。

一旦妹妹以魔女的身分被捕，那麼一切都完了。

「…………」

『哎呀？原來姊姊大人也會露出如此不安的神情呀。』

也不曉得是不是看穿了自己的心思——

妹妹以充滿餘裕的口吻說：

『這可是反攻的大好機會。只要我和燐都平安無事，就再也沒有人能夠恣意妄為了。除了休朵拉家狙殺女王大人的惡行之外，我也能證明他們就是綁架我重要隨從修鈸茲的犯人。』

「……本小姐也明白這一點，但妳的人身安全怎麼辦？」

『我的人身安全？』

「沒錯。我擔心妳在營救燐之前，就先被敵方抓住了。」

『我可是有值得信任的護衛們在。』

希絲蓓爾掏出一張照片。

為了讓螢幕另一側的愛麗絲能看得清楚，她將照片湊到了螢幕面前，而愛麗絲則是不假思索地凝視著眼前的景象。

那是伊思卡和妹妹並肩而行的照片。

兩人緊緊相依，雙臂環繞在一塊兒——

『請看，姊姊大人。我們的感情已經親密到這般地步了。』

「～～～～～唔！」

這應該是在帝國某處的城鎮拍攝的照片吧。

儘管周遭有攜家帶眷的人們和上班族，兩人卻膽大地在眾目睽睽之下雙臂交纏、並肩同行。

簡直就像——

簡直就像大白天出遊的一對情侶——

「妳、妳妳、妳在做什麼呀，希絲蓓爾！」

『我們以約會作為偽裝偵察敵陣呀。畢竟這裡可是帝國的城鎮呢。』

希絲蓓爾得意地甩弄著手中的照片。

行為完全充斥著挑釁的意圖。

『那是一段非常充實的時光喔。只要他待在身邊，就會讓我感到安心。而光是觸碰他結實的手臂，彷彿就讓我的心靈感到滿足。』

「伊思卡不是一副很厭惡的樣子嗎！不管怎麼看，那都是感到為難的表情吧！」

『只要我感到滿足就行了。』

「妳在說什麼呀！伊思卡可是本小姐的勁……唔……」

她沒向妹妹解釋自己和伊思卡之間的關係。

然而，希絲蓓爾說不定隱約察覺到兩人之間的關係了。

……不對，她肯定已經察覺到了！

……這孩子明明知情，卻偏偏要向本小姐下戰帖！

她打算奪走伊思卡。

打算奪走只屬於本小姐的勁敵——

『哼哼？姊姊大人，雖然很遺憾，但看來我們之間已經分出高下了。』

「……妳說什麼？」

『這便是經驗有無的差距。』

希絲蓓爾將照片收進懷裡。

她伸手抵著自己的臉頰，抬起洋溢著熱情的溼潤眼眸——

『我和伊思卡已是經歷這種事與那種事的關係。光是回想起來就足以讓我的雙頰發燙……』

「妳、妳在說什麼東西啦——！」

愛麗絲面對著通訊機。

她瞪著滿臉通紅的希絲蓓爾扯開嗓子大吼：

「妳、妳騙人！本小姐才不相信！伊思卡他……才不可能屈服於妳的誘惑，做些不知羞恥的事情！」

『不知羞恥？』

希絲蓓爾愣愣地眨了眨眼。

『奇怪，我可從來沒有提及「不知羞恥」這一詞呀？』

「咦？」

『我所回想的，只是與伊思卡牽手並行、一同拍照，以及在咖啡廳喝茶的記憶而已呀。』

「……什麼！」

『哎呀哎呀？』

妹妹將臉大大地貼近螢幕。

她面露奸笑，明顯一副「妳上當了」的挑釁神情。

『姊姊大人呀——您到底聯想到了什麼事呢？還請您好好告訴我——』

啪嘰！

下一瞬間，愛麗絲的腦子裡有某種東西斷裂。

『姊姊大人——』

「吵死了！」

切斷電源。

待愛麗絲回過神來，她才發現自己已經掛斷了與妹妹的通訊。

「啊……」

「愛麗絲大人，發生了什麼事嗎？」

「對、對不起，修鈸茲！」

愛麗絲慌慌張張地回頭看向在房間角落待命的老人。

「我在和希絲蓓爾通電話，原本應該也要拿給你聽的……」

「感謝您的顧慮。不過，小姐充滿活力的話語聲已經傳到我的耳裡。身為隨從，我暫且感到放心了。」

希絲蓓爾的隨從修鈸茲。

他原本被關押在休朵拉家的星靈研究機構「雪與太陽」，一直到幾天前才逃出生天。

「話又說回來……」

隨從修鈸茲低頭瞥了一眼桌上的通訊機。

「在聽愛麗絲大人說明完來龍去脈後，小的著實略感吃驚。他叫做伊思卡嗎？那名男子的部隊居然在回到帝國領土後，仍舊願意協助希絲蓓爾大人呢。」

「當初說服他們接下護衛一職的，不正是你嗎？」

「是這樣沒錯。那是發生在獨立國家阿薩米拉的事了。不過……」

老人沉默一會兒。

「想不到他們居然會遵守當時的口頭約定持續至今……看來帝國人之中，還是存在著重情重義之人哪。」

「對吧！就是這麼回事，他可是本小姐自豪的伊思——」

「？」

「……不，沒事。」

愛麗絲若無其事地撇過頭。

好險、好險。也許是隨從身分的關係，讓她一不小心就擺出面對燐的態度，險些說溜了嘴。

「不過，修鈸茲。你也要把我妹妹教好才行呀。那孩子可是對護衛（伊思卡）打著歪腦筋呢。」

「哈哈哈。不不不，愛麗絲大人。那只是妹妹在和姊姊鬥嘴罷了。」

老隨從忍俊不禁。

「小姐還沒到戀愛的年紀，況且對方還是帝國人。」

天真！

修鈸茲，你太天真了！

愛麗絲在心中用力握緊拳頭。

那是在搜索妹妹房間時的事。

愛麗絲在她的書架上發現，除了看似嚴肅的歷史書和文學書籍之外，其中還夾雜了幾本適合青少年閱讀的言情讀物。

……那孩子是會把書上的內容統統信以為真的個性！

……她只不過是在修鈸茲面前裝單純罷了！

對於男女之間的情事，妹妹的知識想必已經凌駕在自己之上。

光是看她和伊思卡的合照就知道了。

不管是過於親暱的挽手動作，還是看似隨意、其實精心計算過的碰觸面積，都肯定是為了勾引他所做出的行動。

「——————」

呼——她做了一次深呼吸。

「果然還是得給對方嘗點苦頭才行。」

「您說得是。我等不能坐視月亮和太陽恣意行事。」

「……我指的不是他們。」

「？」

「呃，不，沒事。」

愛麗絲搖了搖頭，打算轉換心情。

就算想讓企圖強搶伊思卡的妹妹在晚些時候「好好用功」，愛麗絲現在的立場也不容許她只專注在帝國上。

也得留意月亮和太陽的行動才行。

「修鈸茲，你願意暫時和本小姐一同行動嗎？」

「遵命。雖然小的已是一把老骨頭，仍會代替不在場的燐略盡棉薄之力。」

目前的愛麗絲沒有隨從（燐）。

而修鈸茲則是沒有主人（希絲蓓爾）。

由於各自欠缺了隨從和主人，因此能夠締結臨時的主從關係。

這時——

兩人身後的房間大門被打了開來。

「啊……女王大人！」

「愛麗絲，讓妳久等了。我在散會後被大臣們逮住，之後就多聊了一陣子。那都是些無關緊要的話題，像是打理好的草坪被貓兒弄亂一類的事……早知道會變成這樣，我就該強硬地結束話題儘速歸來。」

走入房間的女王嘆了口氣。

「愛麗絲，希絲蓓爾聯絡妳了嗎？」

「是的。她比我預期得更加可恨……不是，女兒是說她很有活力。正如希絲蓓爾昨天所說，她現在正為了營救燐而前往帝都。」

「……這樣呀。」

女王二度嘆了口氣。

「我的心情很複雜。身為母親，我固然希望她能立刻歸來，與此同時我也為此略感高興。」

「您是指她為了營救燐而動身的行為嗎？」

「是呀。我沒想到那孩子居然有勇氣獨自做出這樣的決定。」

女王露出有些煩惱的苦笑。

「她平時總是把自己關在房間，甚至會長達好幾週都看不見她的身影——那樣的希絲蓓爾，如今居然會自告奮勇走向敵人的陣地。」

「女王陛下，這正是血脈相連的證據。」

隨從修鉞茲如此回應女王的話語。

他停下在桌面上準備飲料的動作。

「希絲蓓爾小姐的調皮個性，無疑遺傳自過去的陛下。」

「……我在三十年前讓你操了不少心呢。」

女王彎起嘴角輕笑一聲。

「對了，修鉞茲。你的狀況如何？」

「勞您費心了，女王陛下。小的在雪與太陽被監禁了好幾週，甚至處於不知時間流逝的狀態……但如您所見，小的已經完全康復了。」

「這樣啊。那我想再問你一次此事的來龍去脈。」

她再次斂起嘴角。

女王的目光來回注視著愛麗絲和修鉞茲。

「你是被休朵拉家的刺客所擒，並被關進了雪與太陽。」

「確實如此。」

「而把你救出來的……」

「是**那傢伙**。」

修鈫茲以沉重的口吻這麼說：

「……是薩林哲沒錯。」

「你爲何……要將我從那些人手中救出……」

「**爲了給他們難堪**。我雖然不想知道你被關押在雪與太陽的理由，不過要是少了個俘虜，應該會給太陽一記沉重的打擊吧？」

超越的魔人薩林哲。

這名在第十三州厄卡托茲消失無蹤的重刑犯，不知為何出手襲擊了太陽的據點，而愛麗絲也知曉此事。

那名魔人為何要出手營救王室的管家？

「修鈫茲，你有從他口中問出些什麼嗎？」

「不。他詢問我的，就只有太陽究竟有何企圖而已。他之所以解放小的，似乎就只是為了詢問這個問題。」

「……這樣呀。」

女王閉上雙眼。

對於女兒（愛麗絲）來說，這是母親頭一次做出這樣的動作。

她像是感到心馳神往，讓意識陷入過往的光景之中。

「薩林哲，你究竟有什麼打算——唔？」

女王的話語聲驀地中斷。

打斷她發言的，是彷彿突然從腳底下竄起的一陣鳴動。

「是地震嗎？可、可是這場地震……相當劇烈！」

修鈸茲的身子重重一晃。

「女王大人！」

沒辦法站穩身子。

就在地板幾乎都要為之翻覆的搖晃下，愛麗絲抓住母親的手掌緊緊握住。母女兩人待在客廳中央，相互扶持著彼此的身子。

啪哩——從走廊上傳來的聲響，大概是玻璃窗碎裂的聲音吧。

這陣讓王宮都為之搖晃的強烈震動究竟是怎麼回事？

「是、是大規模的地震嗎！」

「…………不對，愛麗絲。我好像曾經感受過類似的衝擊……該不會！」

抱住愛麗絲的女王睜大雙眼。

「難道她要醒來了嗎！」

4

特快車上。

大陸鐵路從帝國近乎最東端與帝都遙遙相連，一輛列車正行駛在這條鐵路上頭。就在這輛列車的特別包廂裡——

「哦哦！這就是米司蜜絲的星紋呀。哎呀~真是個厲害的玩意兒。」

「璃、璃灑，妳的聲音太大了啦！」

「難道星紋的大小和胸部大小成正比嗎……」

「妳在亂說些什麼啦！」

「哈哈哈，抱歉、抱歉。不過門都關上了，不用擔心啦。」

米司蜜絲的肩上浮現出散發淡綠色光芒的星紋。

璃灑則是興致勃勃地打量著，表現得不慌不忙。

「……真是的。」

米司蜜絲將貼紙貼回左肩，並將捲起的袖子向下拉回。

「好了，人家的都給妳看過了，接下來換璃瀧了。」

「嗯——？」

「就是剛才說過的事情呀。畢竟咱們都看到璃瀧使用星靈術的樣子了。」

盯——

米司蜜絲挑起眉毛，不發一語地仰望著待在自己右側的璃瀧。

「沒錯。」

希絲蓓爾也在這時加入了話題。

璃瀧坐在正中央的座位上，左右兩側分別坐著米司蜜絲和希絲蓓爾。

至於坐在璃瀧對面的則是陣和音音，伊思卡待在距離房門最接近的座位上。

五人的視線同時集中在璃瀧身上。

「……嗯～也對啦。」

坐在皮革沙發上的璃瀧蹺起腳，偷偷瞥了一眼米司蜜絲。

「老實說，咱原本是想讓天帝陛下親自解釋的。」

「妳又打算含混帶過嗎？」

「不不不，咱就說沒有那個意思了。」

被希絲蓓爾一瞪，璃灑隨即露出笑容加以掩飾。

「哎，反正都被米司蜜絲你們知道了，加上皇廳那邊應該也曝光了，咱還是從實招來吧。簡單來說，就是帝國正在暗中研究這一類科技。也就是透過人為——或者說是強制植入的方式，為人類附加星紋。」

璃灑豎起兩根手指。

「研究類別分成兩種。」

一、雖然附上了星紋，但無法使用星靈術的舊型。

二、附上星靈後還能使出星靈術的新型。

「啊——！」

音音驀地拔尖嗓子站起身來。

「妳說的第一項研究，該不會是去營救伊思卡哥時的……烙印在音音我和陣哥身上的人造星紋吧！」

「喔，是那個啊……記得是前往第十三州厄卡托茲時的事吧？」

陣以一副感到無奈的神情說：

「說起來，當時確實為了突破皇廳的國境關卡，而用上了古怪的機械讓我們附上星紋哪。使徒聖大人啊，妳那時的說法是『只讓一片皮膚變成魔女』對吧？」

「對對對。但還是能使用星靈術比較方便對吧？」

璃灑拋了個媚眼。

「音音小妹和陣陣是用第一種實驗，而咱測試的則是第二種實驗。但無可避免的是，由於是強行植入的方式，因此很快就會消失。咱的星靈術大概還剩一個星期的時間能用，之後就會隨著星紋一起消失。吶，希絲蓓爾公主？」

「……什麼事？」

「就妳看來，施加的星紋和星靈術過了一週就會消失的理由為何？」

「————」

呼。

皇廳公主輕輕嘆了口氣。

「因為那種實驗是賦予『星靈能量』，而不是賦予『星靈本身』。畢竟若是寄宿了真正的星靈，就會像那邊的米司蜜絲隊長那樣，變成真正的魔女。」

「哦哦！不僅回答迅速，還完全正確！」

「……妳是在小看我嗎？」

「沒有、沒有，咱只是很認真地在稱讚妳，覺得真不愧是魔女公主呢。」

璃灑一臉滿意地交抱雙臂。

「雖然能永久地使用星靈術固然方便，但寄宿了星靈本體就會變成魔女，對於身為帝國人的咱來說，終究是個不可取的選項。」

「我也有問題想問。」

希絲蓓爾打斷璃灑的話頭，間不容髮地問：

「妳到底了解得有多深？」

「咱嗎？妳是指什麼事？」

「我是在問妳——妳是何時知曉米司蜜絲隊長變成了魔女一事。還有，妳在和天帝一同現身的當下，就已經認出了我的身分。」

「確實如此。」

「妳一直都在監控我們的動向對吧？」

「哎喲，這是誤會啦。」

璃灑聳了聳肩，試圖輕輕帶過。

「咱既沒有跟蹤也沒有監視你們，是天帝陛下有這樣的力量。」

「……天帝的力量嗎？」

希絲蓓爾的目光帶有一些凶意。

她的態度從懷疑轉變成了警戒。

「這是什麼意思？妳是指他能像我一樣知曉和過去有關的事？還是說，他有辦法透視當下所發生的各種大小事？」

「有點不太一樣呢～」

與之相對，璃灑強行忍住想打個小呵欠的衝動。

「天帝陛下的嗅覺稍微有些發達，因此和常人相比，他只不過是對這顆星球上發生的星靈動靜更為敏感罷了。他並不是無所不知，倒不說正好相反。有些事情不論天帝陛下怎麼調查，都調查不出真相。」

「所以才盯上我嗎？他究竟想要我調查什麼事？」

「……說到天帝陛下想找妳談的事——」

璃灑將手伸了過來。

希絲蓓爾雖然反射性地縮起身子，璃灑還是像個熟識的老友將手環過她的肩膀。

「希絲蓓爾公主，妳有沒有興趣成為使徒聖？」

「什、什麼！」

這麼大喊的並非希絲蓓爾——

而是在旁沉默觀望兩人互動的米司蜜絲隊長。

「等等，璃灑！那是什麼意思！這個……希絲蓓爾小姐是皇廳的公主，應該說根本就是魔女對吧……阿伊，魔女也能當使徒聖嗎？」

「……我其實也不太清楚。」

這個問題連自己都想問。

這個提案實在太過出人意料又太過荒唐，就連伊思卡一行人都因為過於吃驚，而讓腦袋失去思考能力而說不出話來。

讓希絲蓓爾成為使徒聖？

面對涅比利斯皇廳的公主，這樣的挖角手法也未免太不現實了吧？

「……太莫名其妙了。」

就連發問的希絲蓓爾本人都露出啞口無言的神情。

「妳要我去當帝國的幹部？如果要我背叛皇廳，為了在帝國出人頭地而調查情資，我的回答則是——」

「天帝陛下的胸襟就是寬大到這種地步。」

「？」

「意思是他願意以帝國代表的身分，以誠摯的態度歡迎希絲蓓爾公主的到來。畢竟天帝陛下想知道的並不是皇廳的祕密，而是帝國的內情。」

「他想知道帝國的什麼內情？」

「這個嘛——」

璃灑以爽朗的笑容作為回應。

而她投以笑容的對象，正是第九〇七部隊的成員們。

「對於小伊來說，那裡是個你很熟悉的地方呢。帝都的地下深處，有個叫做帝國議會的地方——對吧，米司蜜絲？」

「……嗯、嗯，對。但人家也不太清楚詳細的位置。」

「那也是當然的。畢竟就連帝國士兵也無法輕易取得這方面的情報。即使放眼帝國司令部，知曉帝國會議位置的人也只有少部分人。」

在眼鏡鏡片底下——

天帝參謀璃灑的雙眼瞇得宛如長針般尖銳。

「畢竟那裡可是全世界首個誕生出星脈噴泉的地方。」

「……妳說什麼！」

希絲蓓爾反射性地站起身子。

她無法保持冷靜。因為璃灑所說出的祕密，正是希絲蓓爾望眼欲穿的情報。

「**爲什麼會是帝都？**」

「一百年前究竟發生了什麼事？爲何星靈能量偏偏是從帝都噴發？我不認爲那是單純的巧合。」

那是希絲蓓爾親口說過的話。

一百年前，這世上首次出現的星脈噴泉便是「偶然」於帝都生成。

沐浴在帝都噴出的強烈星靈能量，魔女和魔人誕生。希絲蓓爾想確認的，正是這一段過往。

「……妳打算將我帶到那個名為帝國議會的地方吧？」

「就是這麼回事喔，希絲蓓爾公主。天帝陛下想知道的事情也在『那裡』呢。只是有些棘手的是——」

璃灑輕輕摘下眼鏡。

她再次秀了一次上車前展示過的一連串動作——用手指勾著鉸鏈轉起眼鏡，並環視起第九〇七部隊。

「看來有人會跑來搗亂呢。」

「妳說搗亂？」

陣的表情一沉。

不過他身旁的音音、米司蜜絲隊長和希絲蓓爾同時做出側首不解的反應。

「唔！帝國議會……**該不會！**」

只有伊思卡感覺到冷汗滑過自己的脖頸。

那是一股難以抑制的惡寒。

想不到他們今後會與之為敵的存在居然是——

「璃灑小姐，那該不會是……」

「沒錯、沒錯。有一群統御帝國議會的傢伙存在對吧？要是咱們想把希絲蓓爾公主帶過去，那群人肯定會從中作梗。」

摘下眼鏡的璃灑使嘴唇勾出一抹傲然的笑意。

「就是一群叫八大使徒的傢伙。」

「唔！喂，使徒聖大人……」

「哎，陣陣，你先冷靜一下。放心、放心，如果要死的話，咱會陪你們一起上路的。所以就多加努力，想方設法存活下來吧。」

「……這可不是鬧著玩的啊。」

陣咂嘴一聲。

音音和米司蜜絲隊長則是閉口不語。在沉重的氣氛之下，希絲蓓爾雖然察覺狀況不太對勁，仍戰戰兢兢地開口問：

「那、那個，伊思卡，所謂的八大使徒究竟是……」

「所謂的帝國議會，其實只是一個『蓋子』。」

璃灑的說明打斷了希絲蓓爾的發問。

她重新戴上眼鏡，伸手指向自己的腳下。

「在地底深處，也就是帝都正下方，沉睡著八大使徒不欲人知的東西。所以他們才會在地上打造一個名為帝國議會的幌子，遮蓋住這樣的事實。」

「……璃灑小姐，所謂不欲人知的東西，究竟是什麼呢？」

「小伊，那就是要由這位公主揭發的真相喔。」

璃灑輕輕拍了拍希絲蓓爾的肩膀。

「咱可是很看好妳喔，魔女公主。哎……但看過凱賓娜研究所裡的資料後，咱也大概有了個把握。最後就剩下親眼目睹——咦，哎呀？」

璃瀧眨了眨眼。

在集眾人目光於一身的狀況下，璃瀧也露出一副感到意外的神情伸手入懷。

她取出一臺通訊機。

「是司令部傳訊給咱。嗯～咱上次蹺掉會議的事不是已經…………希絲蓓爾公主。」

「怎麼了？別裝模作樣了，有話就請說。」

「**據說皇廳發生地震了**。」

「……什麼？」

「只是不僅沒有觀測到地殼變動的現象，也不是星脈噴泉所致。這究竟代表什麼意思呢？」

璃瀧將通訊機收進懷裡。

她的表情難得烙上些許焦躁之情，甚至連伊思卡也是首次看到她這樣的反應。

「……偏偏挑在**現在**覺醒啊。天帝陛下，這下可麻煩嘍。」

Intermission 「有所察覺的人們」

1

天主府──

雖然有著肅殺的外表，但這座要塞的警備人力幾乎為零。

這座要塞僅進駐了少許的事務處理員和電力工程人員，並沒有警衛存在。不過這裡的防衛設施精良，澈底彌補了人數不足的問題。

除了使徒聖之外，能在大樓內部自由出入的，只有極為少數的幾名例外。

那麼，這些例外的身分為何？

答案便是「被天帝親口下達了通行令之人」。

「你居然騙我──────！」

隨著一聲憤怒的咆哮，燐衝進天帝所在的大廳。

她甩著溼透的頭髮，臉頰和脖頸也沾附著小小的水滴，但不知為何只穿著內衣褲，看起來相當難以見人。

畢竟說穿了，她其實是洗澡洗到一半時衝出來的。

「喂，禽獸！什麼叫做『妳就去淨身一下吧』！」

「說想洗刷掉身上汗水的不是妳嗎，魔女？」

一個銀色獸人躺臥在榻榻米上。

天帝詠梅倫根漫不經心地看著只穿著內衣褲的燐。

「能獲准自由出入這座天主府的人物之中，妳還是第一個皇廳人呢。妳應該感到更高興一點才對。」

「……嗯，我確實能夠出入澡堂，蓮蓬頭也能正常使用。」

「對吧？」

「但是為什麼那間淋浴間裡會有監視攝影機！」

她脫下衣物做了淋浴。

就在燐打算出浴的時候，她才發現蓮蓬頭的噴頭上安裝了一臺超小型的針孔攝影機。

「……難道說，我的裸體被拍攝下來了嗎！」

「因為妳是人質呀。不管妳做了些什麼事，總是得處於監控之中吧？」

天帝詠梅倫根打了個滾。

他手裡所握的裝置，正顯示針孔攝影機所拍攝的影像——也就是淋浴間的光景。

「放心吧，能看見妳裸體的就只有梅倫而已。」

「是人知道這件事都會生氣吧！」

「呵呵，想不到妳的星紋居然位於那樣的位置。」

「不准笑！……星紋出現在屁股上是惹到誰了嗎！」

她用力跺了一下榻榻米。

不過燐也明白這麼做並不會讓對手有所動搖。

「你這個偷窺魔！」

「梅倫只是在觀察人類喔。」

天帝在榻榻米上盤腿坐著。

面對捨不得多花時間穿衣服、身著內衣就跑來大廳的燐，他從頭到腳仔仔細細地打量一番。

「哦～」

「……不准看，感覺很噁心。」

「那梅倫建議妳快點把衣服穿上。」

雖然燐的口氣火爆，銀色獸人卻像是感到好笑似的抖動著肩膀。

「梅倫很久沒看到沒穿衣服的人類了。喏，畢竟梅倫的身體長成這樣，偶爾還是會忘記自己還是人類時究竟是什麼模樣呢。」

「…………」

燐穿上女性傭人的服飾。

換好衣服後，她再次面對眼前的「怪物」。對方有著被銀色毛皮包覆的肢體，以及宛如狐狸一般的蓬鬆尾巴。

透過近距離觀察後，燐更是無法將眼前的存在視為人類。

「喂，禽獸。你差不多該說清楚自己是什麼東西了吧？」

「這是什麼意思？」

「……我雖然也是百般不願，但也只能姑且相信你就是天帝了。」

然而，**這身姿態究竟是怎麼回事**？

「還是人類的時候」又是什麼意思？

「你的意思是，你原本是一個人類嗎？」

「一半一半吧。」

天帝詠梅倫根伸出手指，抵著自己的太陽穴說：

「梅倫是由人類和星靈揉合而成的存在喔。」

「你說什麼？」

「若是被問『你是人類嗎？』，那梅倫的人類部分雖然會回答『沒錯』，身為星靈的立場又會回答『不對，梅倫原本是星靈』。畢竟現在的梅倫已經是雙方的精神融為一體的存在。」

「……這也太難以讓人信服了。」

「始祖涅比利斯也一樣就是了。」

「唔！」

聽到天帝的這句話——

掠過燐腦海的並不是始祖，而是超越的魔人薩林哲所說過的話。

「第三次統合『人與星靈的統合』。」

「綜觀星球的歷史，能憑一己之力抵達這個境界的僅有兩人。」

人與星靈的統合。

如今攤在她面前的，不正是這個境界的完整成果嗎？

「……原來是這麼回事嗎！」

冷汗滑過她的臉頰。

她至今為何一直沒有注意到這件事？她一直沒把薩林哲的這段話放在心上，想不到會伴隨著如此重大的意義浮上心頭。

「……天帝詠梅倫根。」

燐拚了命地讓乾涸的喉嚨擠出聲音。

「你原本是一個人類。然而……卻因為某種契機而變成了這副模樣，而始祖大人也是如此。所以你才能在這一百年期間維持著同樣的樣貌存活至今嗎！」

「────」

盤腿而坐的天帝抬頭看向燐。

但他的視線其實是投向天花板。

「梅倫不討厭這具肉身，也不討厭現在的精神狀況。只是……要是一直不曉得**是誰把梅倫變成這種模樣**，那想必會很不好受吧？」

「……？這姿態不是你自行追求的結果嗎？」

「梅倫已經猜到了大概喲。」

野獸露出笑容。

天帝亮出尖銳的虎牙，展露出殺氣騰騰的笑意。

「所以梅倫才想要希絲蓓爾這位魔女公主呀。她有著能喚醒星之記憶的星靈——得找出一百年前把梅倫變成這副模樣的始作俑者才行。」

2

帝國議會。

別名「無形意識」。

之所以會有這樣的別名，是因為所有地圖都沒有記載議事堂的位置。

——帝都地下五千公尺處。

其溫度來到了一百五十度。

之所以挑上微生物都不見得能夠生存的這處深淵作為議會，是為了躲避涅比利斯皇廳的眼線……但其實並非如此。

——因為這裡距離第一個星脈噴泉最近。

帝國議會是一個「蓋子」。

為了不讓涅比利斯皇廳和任何一個帝國人接近「那個地方」，才會打造這處**監視基地**。

『魔女公主從遠東阿爾托利亞區啟程了。』

『只要再通過兩座樞紐車站，她應該會在明天傍晚抵達帝都吧。』

偌大的議場中。

設置在牆上的螢幕顯示出八名人物的模糊輪廓。

八大使徒——

他們是統御議會的首腦級人物，並代替不問政事的天帝執政，掌握帝國的實質權力。

而擁有最高級權力的八人——

如今正議論紛紛。

『與她同行的有璃灑，以及黑鋼後繼伊思卡。』

『……璃灑……她果然……』

『既然有天帝的輔佐官作陪，代表天帝果然已經有所察覺了——他知道我等和那一天所發生的事件有關。』

魔女公主希絲蓓爾正朝著帝都而來。

天帝詠梅倫根的願望，是查出百年前誕生的星脈噴泉真相。

然而——

這完全不符合八大使徒的期望。

『我等干涉過的證據，都在一百年前的星靈能量噴發事件中被毀得不留痕跡。』

『魔女公主……』

『只要能除去那個魔女，就算強如天帝，也無法查出一百年前的真相。』

『——安靜。』

議場像是被潑了一盆冷水似的安靜下來。

這是因為映在螢幕上的八名男女輪廓，有其中一人突然消失了。

只留下七人份的人影。

若是帝國議會的議員看到這一幕，恐怕會懷疑自己的眼睛吧。

他們會疑惑：究竟發生了什麼事？

『「盧克雷宙斯」動身了。』

『所有進度都沒碰上阻礙。只要除去魔女公主和黑鋼後繼即可。星之深淵正在等候我等的造訪——嗯？』

嘰——

宛如沙塵暴一般的雜訊重重攪亂八大使徒的影像。

是電波干擾嗎？

不對。

『……有強烈的星靈能量？』

『地點位於中央州涅比利斯王宮的地下一帶。但就算是星脈噴泉，這道噴發而出的星靈能量也來得太過迅速……難道說…………』

八大使徒你一言我一語地開口。

這股星靈能量極其強大，甚至傳遞到了遙遠的帝國境內。

『這是……』

『是妳嗎，始祖！』

Chapter.3 「復活之日」

1

始祖涅比利斯。

過去曾將帝都化為火海，最古老且最強的星靈使。

帝國雖然畏稱星靈使為魔女，但有資格冠上大魔女這個稱呼的人物，僅僅只有始祖一人。

「……這是為了毀滅帝國而生，世上最為激烈的憤怒之火。」

假面卿的聲音因壓抑不住的喜悅而顫抖，同時仰望頭頂上方。

那實在是——

實在是太過突然發生的事。

在發生了讓地底湖為之震盪的地鳴之後，假面卿眼前的「少女」便醒轉過來。

「……始祖大人。」

玻璃棺材碎裂一地。

這些碎片宛如隨風紛飛的紙屑般，被強大的星靈能量氣流捲入，在空中翩翩飛舞著。

「……好美。」

由紅轉黃、黃轉綠、綠轉藍——星靈能量不斷地變換顏色。

而在這些光芒的照耀下。

讓珍珠色頭髮隨風飄揚的褐膚少女從玻璃棺材中緩緩起身。

「……始祖大人，能親眼與您見上一面，實在是在下的榮幸。」

他對著少女單膝跪下，垂下脖頸。

始祖。

無庸置疑——雖然已經不復當年那般強大，但只要看到她在清醒之際所釋放出來的玄妙星靈能量，任誰都不會懷疑她的身分。

「………………」

少女站到假面卿的面前。

她披著一件破損嚴重的外衣，可以窺見底下纖細的身材和曬得黝黑的肌膚，而她的容貌也顯得極為稚幼。就外觀看來，她頂多只有十三四歲左右吧。

這名始祖環視昏暗的地底湖一圈——

「……這裡是王宮的地底下嗎？」

「是的。」

他用力地點點頭。

假面底下的嘴唇忍不住彎成新月的形狀。

為何挑在這個時候？

這名最強星靈使醒來的理由為何？

這些小事根本無關緊要。

對於一心想對帝國展開報復以及奪回當家葛羅烏利的月亮來說，實在沒有必要去一一解開始祖身上的謎團。

——只須憑藉感情行事即可。

只要能與她共享對帝國進行報復的「憤怒」情緒，一切便已趨於完美。

「請恕在下未於第一時間報上名號。我為佐亞家的代理當家，名為昂。」

「佐亞？」

「始祖大人的妹妹——初代大人擁有三名子女。而這三支血脈到了現代，已經分成了露家、佐亞家和休朵拉家，合稱三大血族。」

「————」

始祖閉上嘴巴。

她露出複雜且老成的表情，與那十餘歲的外貌很不相稱。

「……這些事都無所謂。」

「在下對此深感同意。對於始祖大人而言，現代的政體僅是些枝微末節的小事。」

假面卿站起身子。

他對嬌小的少女行了一禮，隨即打了個響指。

「在下這就召集吾之血族，請讓我等作為始祖大人的手足——」

「不需要。」

「您的意思是？」

「…………」

任珍珠色頭髮隨風飄揚的少女對假面卿瞥了一眼。

「我一個人就行。我這就去將帝都燒——」

「等一下！」

一道楚楚可憐的喝叱聲響徹岩石遍布的地底湖。

緊接著一道腳步聲隨之傳來。

「……唔！」

看到金髮少女氣喘吁吁地跑向此地，假面卿暗自咂嘴一聲。

畢竟是規模如此驚人的地鳴聲。

雖然有人前來查探也不奇怪，但偏偏是最為棘手的對手率先趕至。

「嗨，怎麼啦，妳為何如此氣急敗壞？」

假面卿沒有表現出內心的焦躁之情。

他露出極其歡愉的笑容，迎接著對方的到來。

「——小愛麗絲？」

＝＝

二十分鐘前。

「……呼……唔……真是的，偏偏在這種時候出狀況！」

愛麗絲喘著大氣，沿著女王宮的階梯向下飛奔。

電梯故障了。

這座涅比利斯王宮是「星之要塞」。用以前往各處樓層的電梯不是透過電力，而是倚靠星靈能量；然而電梯突然故障了。
……整座城堡的星靈能量都不太平靜。
……就連帝國軍攻進此地的時候都沒有出現過這種狀況！
先前的地鳴聲發生之後才出現這些狀況。
在發生了彷彿要將地面掀翻般的劇烈晃動後，流淌在這座王宮的星靈能量就受到了干擾。
「……這真的是那個始祖所為嗎……女王大人！」
女王並不在此地。
她將第一時間的**偵察**任務交給女兒，自己則前往大廳坐鎮指揮。
所以──
自己說什麼都得儘速抵達現場。
「開什麼玩笑！豈能讓那種傢伙再醒來一次！」
正因為曾經交手過，所以愛麗絲非常清楚。
始祖涅比利斯絕對不是皇廳的友軍，也不是這個國家的救世主。
她是被復仇情緒蒙蔽心靈的災難。

「我要消滅帝國。」

「我是魔女，而你們則是我的敵人。」

只要能摧毀帝國，其他的事情都無關緊要。
就算會造成再多的犧牲，就算會讓與帝國無關的人們受到波及，她也不會手下留情。
始祖涅比利斯就是如此殘忍的魔女。
……這樣做是不對的！根本大錯特錯！
……這不是本小姐所期盼的未來！
所以她要前去制止。
「燐……」
要是她能在這種時候陪伴在旁，自己肯定會放心許多。
愛麗絲緊咬下唇衝下階梯——
前往地下樓層。
她穿過只允許王室成員進入的祕密通道。隨即展露在眼前的，是由粗糙岩層和閃爍著湛藍光芒的水潭所構成的空間。
——地底湖。
這是女王直接指定，用來再次封印始祖的地點。

就在她踏入這個空間的瞬間——

強烈的光芒和狂風四下飛竄，幾乎將愛麗絲豐沛的金髮吹得朝天豎起。

「……這股氣流是怎麼回事！」

這是何等澎湃，而且充斥著強烈怒意的星靈能量。

就算再不情願，她也立即明白。

她知道這座地底湖發生了什麼事——不對，應該說她明白這裡發生了何等糟糕的大事。

「等一下！」

她以沙啞的嗓音大聲吼道。

「嗨，怎麼啦，妳為何如此氣急敗壞？」

爽朗而宏亮的男性嗓音迴盪四周。

戴著面具的男子張開雙臂，像是在歡迎氣喘吁吁的愛麗絲到來。

「——小愛麗絲？」

「……假面卿。」

她瞪視著眼前的男子。

「這是你搞的鬼嗎？」

「我嗎？不不不，妳誤會大了。這是出自始祖大人的個人意志。」

假面卿伸手指向玻璃製的棺材。

只見少女讓珍珠色的頭髮隨風飛揚，站在大量碎片的中央處。

空洞——

少女展露出只能以這種詞彙形容的冷淡神情看向自己。

「……始祖。」

為時已晚。

看到她已然起身的模樣，使得愛麗絲不禁咬下自己的臉頰內側。

「……好久不見了呢。」

「——」

始祖一語不發。

正當這麼想，不料她像是不把愛麗絲放在眼裡似的別開目光，用那雙沒穿鞋子的纖細腳掌踩在岩層上頭。

「唔！給本小姐慢著！」

愛麗絲大聲吼道。

這一句話的音量之大，甚至在地底湖形成了好幾道回音。

「始祖涅比利斯，本小姐不能讓妳離開這裡！」

「…………」

褐膚少女停下腳步。

時間像是停止了一般——

在經過讓愛麗絲產生這般錯覺的一段時間後，少女才以極為懶散的態度轉頭看來。

「是妳啊。」

「妳能記住本小姐，著實是我的榮幸。就連妳上次清醒時捅出了多大的簍子，本小姐也仍然記憶猶新。」

燐為了保護自己而受傷倒地。

中立都市艾茵則遭到大量的火星洗禮，宛如被戰火吞噬。

而當時的光景早已深深地烙印在愛麗絲的腦海之中。

「……妳似乎打算前去摧毀帝國呢。」

「除此之外，我還有什麼動身的理由？」

「若只是要摧毀帝國，本小姐並不打算出手阻攔。」

少女的身材比自己還要嬌小許多——

她看起來比妹妹更為年幼。儘管如此，光是被她那對冷若冰霜的眼眸凝視，就讓愛麗絲的背脊噴出大量的汗水。

少女的實力深不見底。

這小小的身軀之中，究竟抑制了多麼強大的力量以及多麼猛烈的怒火？

「我以現代的代理女王身分發言！始祖，妳的憤怒無法為皇廳帶來未來。妳為了毀滅帝國，甚至會不惜犧牲同伴們的性命！」

她緊握拳頭說：

「所以我們不需要妳的力量。」

與最古老且最強的魔女發起對峙，讓愛麗絲感受到了強大的壓迫感。雖然巨大的壓力甚至讓愛麗絲感到喘不過氣，但她還是厲聲喊道：

「本小姐會用和妳不同的方法，完成統一世界的大業！」

「────────」

漫長且深遠的沉默。

愛麗絲的聲音在地底湖的岩層間迴蕩，最後宛如漣漪般消失。

也不曉得過了多久的時間。

……呼……

從褐膚少女口中流洩出的，是毫無生氣的一聲嘆息。

「消失吧，小丫頭。」

在這聲話語傳來的同時——

愛麗絲的視野被紅蓮之火所包覆。

2

帝國領土——

於第二十一都格拉司納哈特。

此時這輛特快車距離最終目的地帝都已來到不到一百公里的範圍——

「啊～好累喔……」

隨著「砰」的一聲。

米司蜜絲躺在中央車站的長椅上，重重地吁了一口氣。

「不論包廂房本身怎麼舒適，要一整晚都在電車裡承受顛簸晃動，終究還是很不舒服呢……

原來帝都這麼遠呀……」

「不是已經到了舉目能及的距離了嗎？」

陣站在長椅旁說道。

他瞥了一眼停在月臺上的特快車。

「只要從這座中央車站發車，接下來就能直達帝都了。」

「……奇怪？」

伊思卡漫不經心地聽著這段對話。

他忽地環視起車站月臺，發現待在這裡的只有自己、陣和米司蜜絲隊長三人。總是一同行動的音音和希絲蓓爾並不在場。

說起來就連璃灑也不在這裡。

「米司蜜絲隊長？我怎麼只看到我們三個人而已？」

「啊～璃灑說她有事，已經走出中央車站了。她說會在發車之前趕回來。」

「那希絲蓓爾和音音呢？」

「……我……在這裡……」

只見一臉蒼白的希絲蓓爾從特快車的車廂內現身。

她撐著音音的肩膀，雙腿有氣無力，看起來就像是受宿醉之苦的上班族。她拖著看起來隨時都要跌倒似的蹣跚步伐來到長椅處。

「…………我暈車了……啊，音音小姐，謝謝妳照顧我。」

語畢，她便一屁股坐倒在長椅上頭。

順帶一提，長椅上已經有米司蜜絲隊長躺著了。

「唔呀！」

「啊……米司蜜絲隊長。妳若是睡在這裡的話，會被別人壓到的，還請當心呀。」

「希絲蓓爾小姐！妳都把屁股壓在人家鼻子上了，才來提醒人家嗎！」

米司蜜絲隊長彈起身子。

剛好就在這時，米司蜜絲的手提包裡傳來小小的通知聲。

「……奇怪？有人打給人家。」

是司令部打來的嗎？

不然就是離開中央車站的璃灑吧。米司蜜絲這麼猜測，將臉孔湊近通訊機螢幕——

「你好，我是米司蜜絲——」

『好慢，你們還沒到帝都嗎？』

「呀啊啊啊啊啊啊啊啊！」

米司蜜絲高聲尖叫，整個人跳了起來。

她甚至嚇到險些把手中的通訊機扔出去。這也怪不得她，畢竟顯示在螢幕上的**並不是人**。

那是有著銀色毛皮的獸人。

由於被這樣的生物隔著螢幕凝視，米司蜜絲隊長會如此驚慌也在所難免。

「咦……呃……請、請問……呃？」

『……哈哈，嚇到妳了嗎？梅倫的長相有這麼恐怖嗎？』

天帝詠梅倫根。

雖然被當成了恐怖的對象，但他似乎連米司蜜絲這樣的反應都感到有趣，表現出一副淘氣的模樣。

『希絲蓓爾公主有好好跟在你們身邊吧？』

「我、我就在這裡！」

原本頹坐在長椅上的希絲蓓爾登時睜大雙眼。

她將臉湊近米司蜜絲隊長的通訊機，惡狠狠地直瞪天帝。

「我不會躲也不會逃！我們已經來到離帝都很近的地方……那、那個，對啦，現在是在第二十二都嘎拉司瑪哈哈！」

「是第二十一都格拉司納哈特啦。妳這不是根本沒對上嗎？」

「你、你吵死了啦，陣……比起這件事，天帝！」

『怎麼啦？』

「……燐應該平安無事吧？」

希絲蓓爾咬緊牙根。

「我聽說你想要我的力量。這是一場交易，我要求讓燐平安——」

『梅倫這就讓妳看吧。』

「啥？」

螢幕上的畫面驀地一變。

映在上面的人影，從天帝變成了坐在天帝身旁的茶髮少女。

「燐！」

『……希絲蓓爾大人。』

「燐，妳平安無事吧！」

『……小的並沒有受到不當的對待。我以不離開這間房間作為條件，讓手銬也得以解開了……不過……』

被鏡頭拍攝的燐，對著希絲蓓爾咬緊牙關。

『……對於淪落成只能信心喊話的立場，小的深感不甘。希絲蓓爾大人，請別在意我的狀況，只須以您自身的安危為第一──』

『好，將軍。』

『嗄？喂！你這傢伙！』

在希絲蓓爾和第九〇七部隊的面前。

被鏡頭拍攝的燐看似慌張地轉頭看向天帝。

『這下梅倫就連勝三十一局了呀。真是的，妳真的只會說大話呢。』

『你這傢伙實在太卑鄙了！居然趁我和希絲蓓爾大人對話的時候動棋，你這樣也算是帝國的首腦嗎！』

『唉……真的只會說大話呢。』

『你說什麼！那就再來一局！這次我一定要把你那張訕笑的臉弄得再也笑不出──』

「……燐？」

透過螢幕俯視俘虜的希絲蓓爾重重地嘆了口氣。

她以有氣無力的表情說：

「……我已經知道妳的俘虜生活過得還不錯了。列車差不多要開了，我這就掛斷了。請妳常保這樣的活力。」

「咱就說啦～妳根本就不用擔心對吧，希絲蓓爾公主？」

來者一手拿著碳酸果汁這麼說。

只見璃灑踩著悠閒的步伐逐漸走近。

「啊啊，已經可以掛斷嘍。畢竟妳應該已經知道俘虜現在過得很好了。」

「……是呀。她真的精力充沛，連我都看傻了眼呢。」

希絲蓓爾將通訊機丟還給米司蜜絲，然後嘆了口氣。

「我想拋下燐回皇廳了。」

「妳回去的話，咱會很難交代耶。總之就是這樣，來這邊、來這邊。」

璃灑揮了揮手。

她手指的方向……並不是停靠在月臺上的特快車，而是位於月臺底側的閘門。

「咱去租了臺車，接下來就請改搭咱的車吧。」

「咦？這是怎麼一回事？」

希絲蓓爾沒理會米司蜜絲的抗議，看向璃灑的目光多了幾分敵意。

「我們不是要前往帝都嗎？只要搭上這班特快車，再過幾小時就能抵達了吧？」

「是這樣沒錯啦。」

「……妳打算用那臺出租車把我綁走嗎？」

「啊哈哈，妳又把話講得這麼難聽。」

璃灑愉快地揮揮手。

「咱們的目的地當然是帝都啦，只是咱有個地方想先去繞繞就是了。」

「要去哪裡？」

「…………」

——嘻嘻。

天帝參謀的嘴唇露出像是在惡作劇般的笑容。

「妳還記得將妳囚禁起來的瘋狂科學家凱賓娜嗎？」

「我怎麼可能忘得了呀。」

「如果咱說那個女人還有其他研究所呢？」

「……妳說什麼！」

「咱會在車上做說明。哎呀，小伊也別露出這麼嚴肅的表情嘛。陣陣、小音音和米司蜜絲也一樣。」

這麼說完，璃灑便意氣風發地朝閘門外側走去。

「……這、這下該怎麼辦？」

「還有什麼怎麼辦。」

聽到希絲蓓爾的低聲求助，陣以死心的口吻回答：

「看來在抵達帝都之前，我們得當個跑腿小弟了。反正這八成又和天帝的命令有關，就算稍微浪費一些時間，天帝大概也不會生氣吧。」

「……老實說除了營救燐之外，我對其他事情都不感興趣。」

希絲蓓爾交抱雙臂說：

「但那個女人若是還有其他研究所（巢穴），我也會坐立難安。那個女人的研究是在褻瀆星靈，身為皇廳公主的我絕不能坐視不管，得將這些地點破壞得灰飛湮滅，澈底從這個世界上消失——執行面就交給伊思卡去做了。」

「我去做嗎！」

「我又不擅長動粗，只能拜託你了。」

「……還真會使喚人耶。」

「好了，我們走吧！」

希絲蓓爾瀟灑地邁步。

伊思卡則追著她那頭輕柔甩動的粉金色長髮，然後穿過車站閘門。

過了一個小時——

在六人座的大型出租車後座上。

「……叫璃灑的女人。」

「怎麼啦，希絲蓓爾公主？」

「研究所究竟座落在這鎮上的何處？我們已經在車子上顛簸搖晃了一個小時以上，但周遭盡是些高樓大廈不是嗎？」

「大概是用大廈做掩護吧？咱猜應該是窩藏在這類建築物裡面吧？」

「妳說『猜』……」

「咱也是剛剛才收到通知嘛。啊，小音音，再往前開一百公尺左右的路口右轉。」

璃灑坐在副駕駛座上。

她讓音音負責駕駛，自己則協助導航前往目的地。

「喏，米司蜜絲，妳還記得嗎？你們找到的那間瘋狂科學家凱賓娜的研究所，地下樓層裡不是有很多看似可疑的機械裝置嗎？」

「啊，嗯！但我們當時忙著搜索希絲蓓爾小姐，所以沒空理會呢。」

「還好你們沒去碰。那些裝置似乎設下了若是輸入的密碼錯誤，就會直接把整間研究所炸掉的機關。」

「噫……！」

「如此這般，咱派出帝國軍最精銳的情報部隊，小心翼翼地花了一整個晚上，才總算挖出了其中的情報。然後——」

「找出了其他研究所的位置，於是便成了我們此行的目的地對吧？」

陣看著車窗外的風景說。

強風從半開的車窗吹了進來，將他向後梳理的頭髮吹得左右搖晃。

「可是啊，使徒聖大人。其他方面的情報呢？那間研究所究竟危不危險，應該也還只是止於推測的階段吧？」

「——」

「喂！」

「**大概相當不妙**。」

「……唔！」

陣皺起眉頭。

這是因為璃灑的用字遣詞雖然和平時一樣輕佻，語氣中卻帶著反常的「重量」。

「使徒聖大人啊，這是什麼意思？」

「哎呀，小伊。還好有你在呢。」

璃灑透過車裡的後照鏡──

將目光投向副駕駛座後方的座位。

「有個可靠的戰力作陪真好。咱雖然是使徒聖，但其實不怎麼擅長戰鬥呢。」

「……我倒是覺得一點也不好。」

「唉呀？這是為什麼呢？」

「…………」

答案可想而知。

需要使徒聖等級的戰力，而且還是璃灑一人難以應付的強大敵人在等著我方上門。

璃灑的「不妙」指的就是這麼回事。

包含米司蜜絲和音音──

甚至連不屬於帝國士兵的希絲蓓爾都閉緊嘴巴，透露出濃濃的緊張情緒。

……不過到底是什麼東西在嚴陣以待？

……難道說那個瘋狂科學家還開發了其他武器嗎？

將人類轉化為「魔女」的研究。

將人類轉化為「墮天使」的研究。

以及稱之為人造星靈的「卡塔力斯科之獸」。

意思是還有什麼東西會出現嗎？就連身為天帝參謀的璃灑都會警戒的存在。

「……看來不會是什麼正經事啊。」

陣有些忌憚地咂嘴一聲。

「所以，使徒聖大人？那個研究所到底位在哪裡？」

「已經近在咫尺嘍。啊啊，小音音，拐過這個路口後繼續往前開，妳直行個一百公尺左右就到嘍。」

「嗯……咦？這、這是什麼狀況！」

在打算於路口左轉的時候，音音用力踩下煞車。

接著車子迅速停下。

真是千鈞一髮。要是音音再晚個幾秒才踩下煞車，這輛車就要撞上帝國軍設置的路障了。

「是、是帝國軍！」

希絲蓓爾發出慘叫，而他們的面前則是散發著肅殺氣息的鐵網圍籬。

除此之外，還有手持反星靈盾牌的帝國軍武裝部隊。他們以數十人為單位，將這一帶包圍得水洩不通。

「好啦、好啦，希絲蓓爾公主。沒必要這麼緊張啦。這些士兵只是來驅趕人群，主要是要攆走那些看熱鬧的民眾和採訪記者。」

璃灑以瀟灑的身法跳下車。

由於她招了招手示意眾人跟上，伊思卡等人也跟著下車。

「……嗚嗚，我真的得下車嗎？」

「不、不會有事的啦，希絲蓓爾小姐……大概吧。」

希絲蓓爾顯得畏畏縮縮。米司蜜絲雖然握住她的手，但她的笑容也同樣有些抽搐。

帝國士兵雖然是她的同僚，但現在的米司蜜絲已經是一名魔女。要是被帝國士兵所配戴的星靈能量檢測器查到——

「好啦～讓各位久等了。」

璃灑本人散發著彷彿能吹跑伊思卡一行人內心陰鬱的快活氣息，朝著武裝部隊走去。

「隆德爾隊長，與司令部做過聯繫了嗎？」

「是的！針對**工廠**的包圍已十分完備，亦設置了監視攝影機，我們不會讓任何一隻蟲子逃出來的！」

被指名的隊長敬禮說：

「一樓後門已於十時二十分完成開鎖。屬下亦派遣了部下待命，隨時都能發起攻堅。」

「嗯，辛苦啦。關於這幾位呢——」

璃灑瞥了一眼在場的武裝部隊，同時朝己方使了個眼色。

「他們是要和咱一起攻堅的調查班，是隸屬機構第三師的第九〇七部隊。他們在尼烏路卡樹海擊退了**那個**冰禍魔女，實力並不是蓋的。」

「遵命。」

幾十名武裝部隊的視線集中到己方身上。

伊思卡、陣、音音和米司蜜絲隊長雖然身穿便服，但只要出示帝國軍方身分證，想必就能證明自己的所屬單位。

「璃灑大人，這位少女是？」

「唔唔！」

遭到帝國軍隊長低頭俯視，魔女公主的雙肩為之一顫。

「就屬下看來，這位似乎並不是隸屬於帝國軍呢。」

「呵呵，隊長。你很在意對吧？」

璃灑以親暱的動作搭上忐忑不已的希絲蓓爾肩膀。

接著以頑皮的口吻宣布：

「這可是超級機密喔。這孩子其實是天帝陛下的孫女——希絲蓓爾小姐。」

「什麼！」

「～～～～～～～～～～唔唔！」

隊長睜大雙眼。

而他面前的希絲蓓爾本人，則是整張臉漲紅得宛如熔岩。

「無、無禮之徒！誰、誰是那種毛絨絨怪物的……唔咕！」

「好啦～孫女大人。您的嗓門有點太大喲。」

璃灑伸手堵住希絲蓓爾的嘴巴。

「妳是天帝的孫女，會在五年後受到帝國軍司令部的推薦參軍。這回便是為了不負眾望，而來到現場做實地演練。身為天帝參謀的咱之所以會來這裡出差，也是為了擔任妳的指導員。」

「………………」

「很好，乖孩子。請您就保持這樣安靜一會兒喔。」

摀住希絲蓓爾嘴巴的璃灑拋了個媚眼。

「就是這樣啦，隊長。天帝陛下將來會推薦她進入司令部，而陛下則是命令了咱，要她趁這段期間多去現場累積些相關經驗。」

「原、原來有這樣的內情！是屬下失禮了！」

隊長和其部下們連忙向後退開。

封鎖道路的武裝部隊們宛如被一分為二的大海，分別朝左右退去。

「那麼各位，咱們要開始冒險啦。」

「……我之後會好好數落妳一頓的。」

希絲蓓爾像是在自言自語般這麼低喃後，隨即跟著璃灑的腳步前行。

而第九〇七部隊也緊跟在後——

「讓咱們聊些往事吧。」

一行人行走在被路障包圍的道路上。

走在最前面的璃灑像是突然想起了什麼似的這麼開口說：

「這個國家的帝都，曾在一百年前被作亂的始祖涅比利斯焚燒殆盡，而其周遭的都市也受到了嚴重的波及。」

「……怎麼突然聊起這種事？」

希絲蓓爾以尖銳的口吻回應：

「妳是想主張一百年前的帝國是受害者嗎？妳若是想這麼主張，歧視我們這些星靈使在先的還不是帝國——」

「**但還是有東西留下來了**。妳覺得是哪些東西留下來了？」

「？」

「那是受到戰火洗禮，之後便再也無法運作的大量工廠。現在的帝都雖然已煥然一新，但只要離開帝都一段距離，就能看到無人清理的古老廢棄工廠和其腹地。」

視野驀地變得廣闊。

沿著路障包圍的方向往前走去，便看到一處開闊的空地。

「呃……璃灑？」

廢棄工廠。

米司蜜絲指著貼在水泥外牆上的「預計拆除」的標語，疑惑地皺起臉龐。

「這座大廈似乎很快就要被拆除了耶。這裡如果是重要的研究所，應該就不會拆掉了吧？」

「然而瘋狂科學家的電腦裡面，記載著這棟大樓的地址。」

璃灑在長滿野草的腹地中前行——

前往建築物的後門。

雙開式的門扉呈現扭曲的樣貌遭人打開。之所以聞得到少許的火藥味，想必是因為固守在門口的武裝部隊曾用火藥破門所致。

「順帶一提，根據司令部的調查，這座工廠早在超過十年前就收到『預計拆除』的公文。」

「……咦？」

「維持廢棄工廠的樣貌置之不理，就能當作很不錯的掩護吧？」

眾人前往空蕩蕩的廢棄工廠內部。

這裡和凱賓娜當成基地的宅邸不同，由於有從天花板灑下的陽光，內部明亮得讓人驚訝。

而內部空無一物。

與其說是工廠，不如說是一處占地廣闊但乏人問津的倉庫。

「……那個，這裡什麼都沒有呀？」

希絲蓓爾俯視布滿塵埃的地板。

「我被關押的地方可是有相當大量的電腦，以及擺設了一整列、持續發出星靈能量的可疑機械爐呢。」

「就讓咱見識一下妳的本事吧，希絲蓓爾公主。」

璃灑取出通訊機。

她盯著與司令部往來的電子訊息（郵件）說道：

「從今天算起的四十三天前的凌晨兩點，我們剛才路上經過的監視攝影機，拍到了疑似瘋狂科學家的人影走入這座工廠的景象。」

「…………」

「咱這邊可以鎖定出精確的時間，這樣應該就能重現當時的光景了吧？」

「……原來是這麼回事啊。」

魔女公主按住自己的胸口。

她從上而下地連續解開三顆鈕釦，撕掉貼在鎖骨正下方的貼紙——一道淡淡的星靈光芒隨即在空曠的工廠裡擴散開來。

「——星星啊。」

宛如投影機般的光芒照向虛空，描繪出一道人影。

是剛才提及——遭人目擊走入這座工廠的女人。

「讓我看看你的過去吧。」

「我等很久了。」

女研究員凱賓娜。

她的樣貌與眾人於遠東阿爾托利亞轄區相見時相同，留著一頭看似多年缺乏梳理的蓬亂胭脂色長髮，肩上則披著白袍。

若是借用璃灑的話語，那她就是「四十三天前」的凱賓娜。

「……老實說，我實在不想再看到她的臉孔。」

希絲蓓爾咬緊下唇。

期間燈之星靈也持續讓影像向前推進——

接著映照出來的，是看似物流業者的兩名男子。

在凱賓娜的手勢指示下，這對二人組接連將巨大的貨櫃搬進工廠內部。

「要小心點搬啊。這些都是珍貴的器材，要是不小心摔到地上，就用你的身體充作實驗樣本來還……不，沒事，這只是我在自言自語。」

「往這裡走。」

……喀咚！

就在凱賓娜將手指向工廠牆壁之後，牆壁忽然凹陷下去。

這是一面雙層的牆壁。

夾在兩片牆面之中的隱藏空間裡，有一道通往地下的階梯。

「哦～這樣的力量的確很方便呢。」

璃灑的唇間迸出讚嘆之詞。

她來回比對著眼前的影像和希絲蓓爾本人。

「唉呀，這可真是恐怖啊。要是有這麼方便的情蒐能力，那就是待在涅比利斯皇廳，恐怕也會落得被眾臣敬而遠之的立場吧？」

「────」

「唉呀，是我失言了。」

璃灑吐了吐舌頭。

「無論如何，辛苦妳了，希絲蓓爾公主。接著換小伊啦，把這面牆——」

不須她多加提醒。

伊思卡默默抽出黑鋼之劍，將牆壁劈斬開來。

隔間牆碎裂一地。

在牆面如瓦礫般崩落後，牆後隨即出現通往地下的階梯。

一切都如影片所播映的一樣。

「好啦，咱們走吧。」

璃灑踩著很有節奏的步伐走下階梯。

希絲蓓爾緊跟在後，而第九〇七部隊則是後續跟上——

然後來到了被螢幕填滿的一處大廳。

伊思卡等人一踏入這間大廳，便發現牆壁的所有空間都被大大小小的螢幕所填滿。

其總數約有數百——不對，說不定超過一千。

無論是天花板還是四周的牆壁，全都貼滿了大量螢幕而看不見牆面。

所有螢幕全都處於開啟的狀態。

每一臺螢幕都從上到下流瀉著綠色的代碼瀑布。

「這可真是不尋常。我們在遠東阿爾托利亞看到的研究所可沒這樣的設施啊。」

「……是啊。」

聽到陣的低喃，伊思卡也輕輕點頭回應。

這裡是怎麼回事？

……不是星靈研究所嗎？

……這和之前在凱賓娜那邊看過的研究大廳完全不一樣。

「這裡設置著巨大的機械爐——」

「而機械爐裡則溢出淡淡的藍綠色光芒。」

一行人所見過的凱賓娜研究所，從地底的星脈噴泉汲取星靈和星靈能量，並灌入機械爐使之增生。

這裡卻大不相同。

不僅看不到相似的機械爐，連一條輸送管也看不見。

只見無數螢幕布滿牆面，從中延伸出的電纜像是樹根一般複雜地交錯纏繞，一路延伸到地板上頭。

「……這裡該不會是**觀測所**吧？」

低喃聲。

音音仰望最為巨大的一臺螢幕，像是在自言自語般地說道。

「璃灑小姐，音音我可以碰這邊的鍵盤嗎？」

「小音音，可以喔。」

「那麼……」

音音運指如風，在鍵盤上迅速地敲打一番。

她交雜輸入指令和程式碼，在送出數十行伊思卡完全看不懂的字碼後——

『第七十九次報告。』

在伊思卡一行人的頭頂上方。

宛如電影院布幕般的巨大螢幕所展露的報告內容是——

「致八大使徒——」

「已將再現星之民的[redacted]實驗樣本送交上去。」

「……這是個值得慶祝的日子。在歷經實驗體V的魔女化和實驗體E這個例外之後，我的假設終於證實了九成。」

「也就是**人與星靈的統合**之假說。」

「寄宿了星靈的人類被稱之爲『魔女』或是『魔人』。」

「這雖是百年前就眾所周知的事實，但根據我的調查，就在四十七年前，於卡塔力斯科汙染地採取到的星靈能量之中，含有某種**不純物質**。」

「那是看似星靈，卻是截然不同的東西。」

「這東西的特殊之處，在於能寄宿在已然寄宿了星靈的人類身上，也就是引發**雙重寄宿**。遺憾的是，適合讓它寄宿的對象並不多。」

「成功適應者似乎能獲得比尋常魔人、魔女更爲強大的力量。」

「但取得力量的代價，是會轉化爲異形般的姿態。」

「那就是被我稱爲『實驗體』的人們。這眞是耐人尋味。」

「……這是……」

陣仰望浮現於螢幕上的文字皺起眉頭。

「休朵拉家那個叫碧索沃茲的怪物的真面目嗎？她並不是寄宿了星靈，而是**寄宿了並非星靈之物**……所以才會變成那種模樣……？」

「……音音我也是這麼理解。」

音音以細若蚊鳴的音量回應並點了點頭。

至於她身旁的米司蜜絲隊長和希絲蓓爾，則是連眨眼的時間都感到可惜似的仰望著螢幕僵住身子。

在場眾人之中唯一還保持冷靜的只有——

「璃灑小姐。」

「嗯？小伊，怎麼啦？為什麼露出那麼可怕的表情？」

璃灑回頭瞥了他一眼。

「想問咱什麼事？」

「……璃灑小姐，您對這螢幕上的資訊了解多少？」

「到這裡為止都還是知道的。不管是咱還是天帝都一樣。」

會被她轉移話題——

伊思卡原本做好了這樣的心理準備，天帝參謀卻老老實實地點頭承認。

「咱想知道的是接下來的部分。」

「……接下來？」

「就是這樣，小音音。喏，快往下翻！快！」

在璃灑的催促下，音音只回了句：「好、好的。」接著慌張地將身子轉向鍵盤。

她和剛才一樣，又輸入了一些指令後——

「……我將這些現象歸類如下。」

「人類＋星靈＝一般而言的星靈使。」

「人類＋星靈＋『例外之物』——若是加上第三項要素，原爲星靈使的人類，就會轉化爲新的姿態。」

「像魔女碧索沃茲就屬於這類範疇……不過……」

「就現階段的研究來說，她遠遠不及這三名完全契合之人。」

「天帝詠梅倫根＝星靈＋星球的防衛意識。」
「始祖涅比利斯＝星靈＋星球的迎戰意識。」
「實驗體伊莉蒂雅＝星靈＋■■（星之民戒慎恐懼地稱爲『大星災』之物）。」

「繼續研究吧。」
「得追上那三人才行。尤其是伊莉蒂雅正在和那個進行完美的融合。她正逐漸轉變爲這顆星球、這個世界的最後一名魔女。」
「……得繼續調查卡塔力斯科汙染地才行。」
「已獲得『V』、『E』、『L』、『A』、『P』、『N』、『O』、『W』的全員認可，也已經檢測出好幾處■■的沉眠之處——滿天繁星之都的座標。原定於五年後傳送過去的計畫必須加快……」

隨著「噗滋」的一聲，畫面被關閉了。
原本顯示出來的「報告書」就此消失，螢幕上再次流瀉出不知意義為何的代碼瀑布。
「……這應該就是報告書的全貌了吧。」
米司蜜絲隊長戰戰兢兢地開口說：

「雖然看到碧索沃茲這個名字，就能曉得這些人和太陽有所勾結，但總覺得還有隱情……畢竟連天帝和始祖的名字都被提及了呢。不過最後幾個英文字母就讓人一頭霧水了。吶，璃瀧小姐，妳說想知道的事情——」

「咱找到嘍。」

「咦！」

「比特根修勒、艾汀埃奴、盧克雷宙斯、阿雷丁、普羅梅斯迪烏斯、諾巴拉修坦、歐凡，以及懷茲曼。」

她像是在吟唱詩歌似的滔滔不絕。

看向米司蜜絲的璃瀧輕輕地點了點頭。

「就是這麼回事喔，米司蜜絲。」

「是怎麼回事呀？」

「**是八大使徒的第一個字母喲**。V、E、L、A、P、N、O、W，這與剛才映照在螢幕上的決策者們的英文字母是一樣的對吧？」

「…………咦？」

「這就是咱和天帝想知道的其中一件事情。遠道而來總算沒白費呢。」

璃瀧輕巧地轉過身子。

她像是在表示已經不用再找這裡似的背對著巨大的螢幕。

「剛才的報告也提到了吧？天帝陛下之所以會變成那副身姿是有理由的。然而，那並非天帝陛下所期盼的樣貌。所以陛下為了不讓同樣的悲劇發生在別人身上，**才會在帝國境內禁止一般人研究星靈**。」

「……咦！」

「妳應該感到很意外吧，希絲蓓爾公主？」

天帝參謀低頭看向希絲蓓爾。

「帝國境內之所以禁止研究星靈，是因為帝國將星靈視為邪惡之物——皇廳大概是這麼大肆宣揚的對吧？」

「……妳、妳難道打算否認嗎！」

「天帝陛下可從未說過這種話喔。」

璃灑像是感到可笑似的聳了聳肩。

「不僅禁止民間機構研究星靈，帝國唯一的星靈研究機構奧門也受到天帝直接管控，還被限制了星靈的研究範圍，這些措施都是為了避免當時的悲劇再次上演。」

「可、可是凱賓娜的這項研究又該怎麼解釋！」

「是對天帝陛下的背德之舉。」

「……唔！」

希絲蓓爾倒抽一口氣。

從璃灑的唇間所迸出的話語，帶著一股冷冽至極的怒意。

「多虧那些英文字母，咱這下總算明白誰是幕後黑手了。那八個人總是把狐狸尾巴藏得很好呢。不過如此一來，咱就掌握到了確實的物證，接下來只要抓出這些檔案帶回帝都……」

『——已經結束了。』

摻雜著雜訊的說話聲迴蕩在大廳之中。

在眾人仰望的巨大螢幕中，原本傾瀉而下的文字驟然消失，緊接著從中浮現近似人影的一團剪影。

那道人影**從螢幕中爬了出來**。

『璃灑、皇廳的魔女希絲蓓爾，還有黑鋼後繼伊思卡，你們是到不了帝都的。這座冰冷的地下室就是你們的終點站。』

「什麼！」

「哎呀，小伊應該已經見怪不怪了吧？你不是透過帝國議會的螢幕見過他了嗎？」

「……咦？」

「他是八大使徒之一。不過，咱也是頭一次見到他爬出螢幕的樣子啦。」

璃灑眼鏡底下的雙眼瞇細如針。

宛如幽靈般帶著殘影的程式影像於半空中浮現。凝視這道人影的璃灑，其視線之中並不帶有任何一絲的好感。

「從聲音判斷，你應該是盧克雷宙斯先生對吧？居然特地從帝國議會出差至此，代表咱挖到的這份資料確實舉足輕重呢。」

『正是如此。』

「哦？想不到你居然坦承得如此乾脆。」

『對妳隱瞞資訊也只是白費功夫。妳既然有聞一知十的腦袋，肯定能從這份報告書上推敲出許許多多的情報吧。』

「所以你才急著現身消滅證據？」

『我要消滅的不是證據，而是目擊者（你們）啊。』

唰——

伊思卡聽到這句話，感覺有一股難以形容的惡寒自脖頸竄過背脊。

八大使徒。

執掌帝國政治、軍事和一切的最高層首腦。

……我這下明白了一件事。

……在檯面下，天帝和八大使徒是彼此對立的立場，而且這樣的對立打從一開始就存在！

八大使徒一直伺機暗算天帝。

所以身為天帝參謀的璃灑才會為了掌握證據來到這裡。

「哎呀，八大使徒（盧克雷宙斯）先生呀。可以讓咱打岔一下嗎？」

像是感到很無奈似的——

目光依舊銳利的璃灑聳了聳肩。

「雖然你卯足了勁跑來這裡，但憑你這般由數據拼湊而成的尊容，是不是有些力不從心呢？說起來，你們一百年前就因為肉體老化的關係，早就捨棄了肉身吧？」

『我等的靈魂即將再次降臨於現世。』

轟！

在八大使徒的數據體後方。

原本貼滿整面牆壁的螢幕，像是雪崩般接連滑落在地。顯露出來的平滑牆壁，則是朝著左右兩側崩裂開來。

從牆後現形的——

是噴發出蒸氣的巨大機械爐。

「伊思卡！這和凱賓娜宅邸地下的機械爐是同樣的東西！」

「……是啊。」

希絲蓓爾擺出備戰姿勢，她身旁的伊思卡也抽出了星劍。

機械爐正噴發出蒸氣。

帶有星靈能量光芒的彩色蒸氣看起來如夢似幻，從巨大的機械爐疾竄而出。

其中**有著某種東西**。

『這是殲滅物體的後續作品。』

機械爐碎裂開來。

厚重的金屬外殼從內側向外迸飛，濃烈蒸氣的後方則發出近似地鳴的腳步聲朝己方接近。

「是野獸？不對……是機械兵嗎！」

『若是借用凱賓娜的說法，這算是半靈半機的巨星兵。這是用上了大量的星體零件取代機械零件，藉以組裝而成的兵器。』

這是以雙腳步行，「宛如生物一般的機械」。

雖然是機械，卻有著蛇鱗一般的滑溜感。

雖然是機械，其腿部卻打造成肌肉發達的外型，粗獷如獅。

它甚至還在呼吸。就像動物在呼吸那般，它的全身有節奏地上下起伏，而呼出飽含星靈能量的蒸氣時，看起來更是與生物別無二致。

『八大使徒（我等）已於百年前捨棄了肉身，而化為電腦生命體的八大使徒，一直尋求著足以承載的容器。』

八大使徒的數據體消失。

而在短短一瞬之後——

機械兵的雙眼便綻放出強烈的光芒。

『這就是我等追求的容器，是承載著八大使徒靈魂的巨星兵啊。』

若要簡單以一句話加以描述，這便是一架「銀色的殲滅物體」。

從機械零件的縫隙間噴出蒸氣的巨人，宛如真正的人類般張開雙臂。

『剩下的就只有能源問題了。』

「哎呀，真意外。八大使徒閣下都已經變成如此威武的模樣了，居然還別有所求嗎？」

『**星靈能量不夠**。』

八大使徒——

操控巨星兵的靈魂以顫抖的嗓音說：

『自百年前便是如此。為了啟動這架巨星兵，我等所追求的是超越了蒸氣或電力等既存能源的嶄新可能性，也就是「星靈」……然而，我等總算找到**超越星靈的力量！**』

「……哦……」

璃灑挑起單邊的眉毛。

「天帝陛下也說過這些事呢。不過，那玩意兒應該是不管出動多少人，都沒辦法好好駕馭的悍馬吧？」

『就看要怎麼用。沉眠在這顆星球中樞的那個，正是我等所追求的終極能源。畢竟，那可是連瘋狂科學家都不敵誘惑的存在啊。』

「所以？你們想用那樣的力量對天帝陛下發起叛亂嗎？」

『星靈的時代很快就要結束了。』

腳步聲搖撼著地底。

巨星兵將腳下的螢幕踩成碎末，並且仰起上半身。

『就告訴妳瘋狂科學家在這裡的其中一項研究吧。那就是「封閉星靈」的實驗。魔女，妳可明白？』

「唔？」

被點名的希絲蓓爾擺出備戰姿勢。

「……你想說什麼？」

『星靈會寄宿在人類身上，而不會寄宿在鋼鐵一類的無生命體上。然而不寄宿在鋼鐵上，就無法產生驅動這架巨星兵的能量。不過，其實不需要讓星靈寄宿於他物，只要強行將之封閉即可。這臺機械的內側正封閉著星靈啊。』

「……難道殲滅物體也一樣嗎！」

『正是。那是用以測試拿星靈作為動力來源的初期實驗。』

星靈有穿透鋼鐵的性質。

既然如此，只須設計出能封住星靈的牢籠即可。

『為了逃出牢籠，星靈會持續放出能量，我等則利用這股力量啟動巨星兵。若要說我這番談話有什麼用意──』

地板崩裂開來。

大廳的四個角落相繼碎裂，接著有黑褐色外型的高塔宛如穿出地面的植物般高高升起。

『就是要說明**這裡**也設置了同樣的機關。』

──偽裝結界「星之中樞」。

大廳內部出現了變化。

從機械爐中噴出的蒸氣並沒有竄向天花板，而是在大廳裡呈漩渦狀來回盤旋。

『這是重現那個始祖當年逃出帝國時所使用的「遮掩星靈」的結界，你們就當作可以阻絕星靈的絕緣區域吧。像這樣包覆這座大廳後，星靈能量既不會向外洩漏，也無法進入其內。』

「……哦，原來如此。準備得倒是挺周到的呢。」

璃灑環顧大廳。

四座高塔矗立在大廳的四個角落，塔頂正釋放著宛如電光般的光芒，而這些光芒包覆住整座大廳。

這就是用以封閉星靈的結界吧。

「星靈能量滲透不到牆壁外頭。換句話說，天帝陛下沒辦法察覺到咱們這裡發生的異狀？」

『沒錯。天帝的嗅覺能聞出星靈的紛擾對吧？』

這座結界的用途，在於將「氣味」澈底隔絕。

由於「強大星靈術的反應」這樣的氣味無法洩漏出去，因此就連天帝也無從察覺發生在這處地下室的戰鬥。

換句話說，他也無法得知八大使徒在暗地裡的行動。

『黑鋼後繼伊思卡，有勞你在尼烏路卡樹海擊退冰禍魔女。』

「唔！」

『然而，你在不知不覺中過於接近世界的核心，這就是你犯下的罪。』

八大使徒宣告。

『接著是皇廳魔女希絲蓓爾，我已從塔里斯曼口中得知妳的事。他說妳的力量能為我們的計畫帶來極大的幫助。』

「……你說什麼！」

『然而妳卻決定協助天帝追查百年前事件的真相，這就是妳犯下的罪。然後最後是天帝參謀璃灑——』

巨星兵看向腳邊——

看向與之相較顯得極為渺小的人類。

『妳迄今立下了不少汗馬功勞。』

「是是是。所以？咱犯了什麼罪呢？」

『妳沒有選擇八大使徒，而是與天帝站在同一陣線。八大使徒直到最後一刻都還在期待妳會背叛天帝加入我等。』

「哈！」

天帝參謀大笑出聲。

「不好意思，綜觀天上天下，咱只願意效忠天帝陛下一人。一旦知曉那毛絨絨的尾巴撫摸起來有多麼舒適，就會徹底打消背叛的念頭喔。」

『真是忠臣的楷模啊，天帝參謀。』

八大使徒的死刑宣告響徹地底大廳。

『這裡就是你們的終點站，就讓你們的生命回歸於這顆星球吧。』

Chapter.4 「由星、器、魂所構成的神劇」

1

宛如鮮血般赤紅卻如細雪般微小的——

火星在空中飛舞。

「唔……牆壁啊！」

淡紅色的火星甚至形成了魔幻的光景。

在紅蓮之火映入視野的瞬間，愛麗絲不自覺地展開冰牆。

——迸裂。

火星膨脹開來，轉化為火勢驚人的烈焰。

地底湖的湖水被這股熱能蒸發。

地底下的岩層被悉數炸碎，掀起漫天沙塵。而愛麗絲的耳膜也受到了這陣轟然巨響的摧殘，讓她走神了一個瞬間。

「……這不是……毫不、留情嗎！」

她咬緊牙關。

愛麗絲勉強維持住險些斷線的意識，在覆蓋住整片視野的烈焰之中放聲大喊：

「現身吧，始祖！本小姐可還沒受到一點傷害呢！」

「毫不留情？我已經盡可能手下留情了啊。」

呼——

原本在周遭肆虐的火焰，就像是破曉後的夢境般煙消雲散。

「這對冰之星靈使來說，是一記很溫柔的攻擊吧？」

「妳說溫柔？如果對象不是本小姐，早就被烤成焦炭了！」

「就因為對象是妳。」

在火焰消失後的另一側。

少女打著赤腳踩在被燒得焦黑的地面上，以嚴肅的神情說：

「我之前看過妳的星靈術。」

「妳若是認定本小姐撐得住這波攻勢，那本小姐是不是該感到光榮呢？但除了我之外的人又怎麼說？」

看不見假面卿的身影。

由於他碰巧站在自己和始祖之間，因此愛麗絲來不及用冰牆進行救援。

……要是身在那道烈焰之下，人類可是會被焚燒得不留痕跡。

……就算強如假面卿也一樣。

不祥的預感滲入胸口一帶。

「始祖，剛才站在那裡的可是妳的後代子孫。妳居然——」

「妳若是在說門之星靈使，他早在爆炸的前一刻傳送離開了。」

原來如此。

聽到始祖酸溜溜的話語，使得愛麗絲暗自咂嘴一聲。

只要反應再慢上一秒，就會遭到烈火焚身，但就結果看來，無論是自己還是假面卿，都在緊要關頭化險為夷了。

兩人可以說全憑運氣死裡逃生。

而這位古老的暴君，居然說這樣算是溫柔以待？

「——」

愛麗絲重新環顧四周。

原先水量豐沛的地底湖，此時湖水已被蒸發殆盡，而愛麗絲所站的位置，已經成了既空曠又空虛的地下空洞。

愛麗絲與始祖——

從岩層中透出的少量光芒照亮兩名星靈使。

下方想必存在著星脈噴泉吧。噴泉產生的星靈光芒滲透岩層，為礦脈染色，因而綻放出寶石般的璀璨光芒。

「始祖。」

愛麗絲狠狠地瞪視著身披破爛外衣的少女。

「本小姐在沒問出答案之前不會罷休。妳打算把帝國燒成灰燼對吧？就算會對皇廳和中立都市帶來再多的災害，妳也在所不惜？」

「我不打算回答第二次。」

「是呀，但本小姐沒問出個所以然之前，是不會罷手的！」

她用力伸出手指。

指向知曉百年前迫害情形的當事人——

「本小姐沒打算要妳收斂內心的怒火。然而，妳若是打算順著怒意感情用事，那受傷的不會是妳，而是全世界的孱弱之人！」

「…………」

「懷抱著過時價值觀的妳，別把活在當下的我們捲進妳的私怨之中！」

「那我就這麼回答吧。」

始祖涅比利斯將右手伸向地面。

「過去的我們可是付出了無數的血與淚，才得以讓皇廳誕生。不曉得這段歷史、不費吹灰之力就坐上富庶王位的妳，又能打造出什麼樣的世界？」

「……唔，妳倒是挺伶牙利齒的！」

「不曉得絕望的時代為何的妳，豈能明白和平為何物？」

地面驀地隆起。

愛麗絲所站之處的前後左右之處，竄出宛如黑曜石般的四座黑塔。

「什麼！……這是……」

「關住她。」

始祖打了個響指。

四座黑塔頂端散發出黑色光芒，將愛麗絲的周遭一帶吞噬殆盡。

——再現結界「星之中樞」。

……嘰。

「好痛！」

就在愛麗絲的指尖碰觸到結界的瞬間，黑色結界迸出一道火花。

手指遭到灼傷的劇痛使得愛麗絲發出尖叫。

「結束了。」

「少瞧不起人了。我不曉得這是什麼結界，但妳以為只憑這種陳舊的光之簾幕，就有辦法困住本小姐嗎！」

愛麗絲的右手握著一把冰之短劍。

她像是要斬斷簾幕一般——

以冰之刀刃朝著包圍自己的黑色簾幕斬去。就在愛麗絲堅信冰之刀刃會砍開結界的那一瞬間，她手中的短劍驀地消滅了。

「……咦？」

冰之刃並不是從中折斷。

以星靈術打造而成的冰之結晶居然崩解成粉末，接著就此蒸發。

是碰上高溫的關係？

不對。若是如此，冰之劍理當會「溶化」才對。而就剛才的狀況看來，更像是冰之星靈術本身遭到了抹消一般。

「封閉星靈的牢籠。」

始祖的話語聲從結界外側傳來。

由於黑色簾幕的關係，愛麗絲看不見她的身影，但她仍舊明白對方是在和自己說話。

「這些黑色石頭能吸收星靈能量。因為石頭有著能吸收各種星靈術的特性，只要像這樣包圍住星靈使，就能使其失去戰鬥能力。」

「……妳說什麼！」

綻放黑色光芒的圓頂空間——

位於四個角落的黑塔恐怕就是這座結界的核心吧。而根據始祖的說法，這種石頭居然能夠吸收星靈能量？

「百年以前的帝國時代，我們並沒有能夠隱藏星紋的貼紙。而這就是為了『隱藏星靈使』所創造出來的結界。若是換個用法，也能像這樣將星靈使封閉起來。」

「……這是……牢籠……？」

對於愛麗絲來說，這其實不是陌生的觀念。

比方說，星靈使用以遮掩星紋的貼紙，就用上了帶有「中和星靈能量」這種性質的星鐵作為原料。

……然而，這座結界的概念完全不能與之相比。
……居然說再強大的星靈能量都會被吸收殆盡？
換句話說，這是最強等級的癱瘓手法。
只要像這樣被覆蓋，就會化為星靈使絕對無法逃脫的牢籠。
被擺了一道。
最古老且最強的星靈使居然握有這種克制星靈使的殺招。
「……妳太卑鄙了！快把本小姐放出來！」
「真難看。」
帶有侮辱之意的目光，穿透黑色簾幕投向自己。
「妳就待在裡面，等著帝國化為火海的那一刻到來吧。」
「……！」
「一旦失去了星靈就一無是處，這樣的妳根本改變不了世界。」
在愛麗絲出聲反駁之前——
愛麗絲所站立的空間，被一片澈底的漆黑包覆。

2

『星靈的時代很快就要結束了。』

『沉眠於星之中樞的高次元之力，會為世界帶來革新。』

巨星兵——

這是一架雙腳步行的半靈半機巨人，亦可形容為「銀色的殲滅物體」。對於這樣的東西究竟是以什麼原料，又是透過何種技術打造而成，如今已沒有多餘的時間一探究竟。

己方（伊思卡一行人）該為兩件事做好覺悟。

第一件事，這架巨星兵已經被八大使徒之一的盧克雷宙斯附身。

至於第二件事——

則是他們此時此刻和這名八大使徒形成了敵對的立場。

『八大使徒想必會帶來全新的星之時代。』

以雙腿步行的巨人伸出其中一條手臂。

其掌心有十字形的裂痕。只見蒸氣彷彿間歇泉從中猛烈噴發，釋放出如星靈之光的光芒。

而就在看到這道光芒——

逐漸凝縮為一點的瞬間。

包含伊思卡在內的第九〇七部隊全都扯開嗓子大喊：

「快躲開！」

陣退向後方。

音音和米司蜜絲一左一右地撤開。

至於伊思卡則是以飛撲般的動作抱住希絲蓓爾貼伏在地。

——「觀星空」。

隨著「嘰」的一聲高亢聲響，帶狀的光芒貫穿虛空並灼燒大氣。

光芒射向希絲蓓爾在一秒前站立的位置。要不是伊思卡粗暴地將她推開，她肯定已經蒸發在那道光芒底下了。

……這道強烈無比的閃光。

……是殲滅物體稱之為「星體分解砲」的玩意兒嗎！

那是從巨星兵的手掌中釋放之物。

教人害怕的是，填充能量的「蓄力」動作幾乎不復存在。從匯聚光芒到發射的時間可說是極為短暫。

……能用星劍砍掉那道閃光嗎？

……沒把握。就算能砍到，大概也是三次之中能矇中一次吧。

一旦失手，就會被閃光擊中。

若想完美地砍斷那麼巨大的光芒，那麼就算是神乎其技也辦不到，完全只能靠著運氣賭命。

就算強如伊思卡，也沒有必勝的把握。

「希絲蓓爾，往裡面跑！」

在讓希絲蓓爾退到大廳的牆邊後，伊思卡用力踏穩地面。

想悉數閃避這些攻擊是不可能的。

得儘快找出反擊的時機——

『我是沒有破綻的。你永遠也等不到反擊的時機。』

巨星兵發出冷笑。

它的雙臂朝著自己筆直伸出。除了才剛釋放完觀星空的右手臂，這次就連左手的巨大手掌也迸出十字形的砲口。

「居然是兩砲齊射！這怎麼可能……」

『黑鋼後繼伊思卡，我原本要瞄準魔女，卻被你給妨礙了。既然如此，我就同時處決你和魔女吧。你能守住的頂多只有一條命而已。』

巨星兵的雙手伸向自己。

兩道裂痕噴出高溫蒸氣，星靈光芒也隨即凝縮起來。

『隨你決定要保住自己還是魔女的命，之後就從這世上消失吧。』

「……無禮之徒！你是在說我只是個累贅嗎！」

希絲蓓爾大吼。

她的左手輕觸胸口，讓燈之星靈發出強烈的光芒。

「你以為在獨立國(阿薩米拉)家的時候，是誰讓殲滅物體的偵測器失靈的呀？若是有能耐識破我的星靈所產生的幻影，你就不妨試試——…………咦……？」

希絲蓓爾的聲音僵住了。

沒有出現。

她曾在獨立國家阿薩米拉召喚出沙塵暴。那強烈的沙塵暴不僅藏住己方的身形，甚至還讓殲滅物體打偏了星體分解砲。

但這樣的影像並沒有出現。

然而希絲蓓爾的胸口明明就閃爍著星靈術的光芒。

「……怎、怎麼會……為什麼…………！」

『真是可悲的生物。野蠻的魔女似乎連頭腦都不靈光。』

打直雙臂的巨星兵發出嘆息。

『我說過了吧？剛才所展開的模擬結界有著「阻絕星靈」的效果。這處空間不會受到來自外部的星靈干涉，妳覺得這會帶來什麼效果？』

「該不會！」

『沒錯。對於妳的星靈來說，這裡正是封禁之地。由於星靈資訊遭到阻斷，因此無法讀取過去發生過的現象。』

無法讀取用來重現的資訊。

希絲蓓爾就算發動星靈術，也遍尋不著用以放映的材料。

「……怎麼會！」

『就抱著這股激憤之情歸還於星吧。』

觀星空。

巨星兵的雙掌所釋出的強烈閃光，瞄準了伊思卡和希絲蓓爾兩人——

但並沒有命中。

巨星兵魁梧的身子重重地朝後方仰去。

巨人失去了平衡。

由於對準伊思卡和希絲蓓爾的雙掌向後一偏，使得光線打穿的目標變成了大廳的天花板。

「唉呀。不好意思，那位公主大人是天帝的貴客。」

『……原來如此。』

險些摔倒的巨星兵跪倒在地。

只見它的膝蓋被纏上一圈圈比頭髮更為纖細的「線」。

不對，不只是膝蓋部分。

巨星兵的脖頸和肩膀——

也都被閃爍著光芒的細線纏住，形成定住身子的狀態。

『我還在想，總是比別人聒噪的妳，怎麼會突然文靜得如此異常呢，璃灑。』

「哎呀，畢竟盧克雷宙斯先生看起來講得很起勁，咱不忍心潑你冷水嘛。」

『是星球的第四世代——「紡織」的星靈啊……』

「哦，你果然連這也知道呀？天帝陛下明明有特別下令，不能讓八大使徒知道這種星靈的資訊呢。」

璃灑‧英‧恩派亞——

握在她手裡的，是一顆小小的發光寶珠。這顆珠子在空中迸散開來，化為一條條細線在大廳各處結起蜘蛛網。

「這封閉星靈的結界只能阻擋來自外部的干涉。換句話說，若使用的是能直接發揮出力量的星靈，那就是在這間大廳裡也不會受到多少影響吧？」

璃灑的手腕靈巧地轉了半圈。

「就是這樣，『收縮』。」

唧唧！

綁縛在巨星兵脖頸上的細線加大了纏繞的力道，並向著內側陷入。

比頭髮更為纖細的星靈之線擒住有數十噸重的巨人。

由於對手是鋼鐵打造的機械，因此還撐得住這股力量；但被綁縛的若是人類，那就算出動百人協助，想必也無法動彈分毫。

「璃、璃灑的星靈好厲害！」

「呵呵～對吧，米司蜜絲。這用起來很方便喲。」

璃灑雖然這麼回答，但她的雙眼並不帶半點笑意。

「這『紡織』所能辦到的，其實只有將星靈能量編織成線，並使之收縮罷了。但只要成功纏上對手一次，就必定能拿下勝利喔。不管對手的力氣多大……奇怪？」

劈里——

某物被扯斷的聲響傳來。

只見璃灑布下的細線被切成無數段，並紛紛飄落下來。

『——星之外殼。』

纏繞在脖頸、肩膀和膝蓋的細線接連消失。

重獲自由的銀色巨人宛如昂首的巨蛇緩緩抬起上身。

同時，它也亮出安裝在雙手手背上的彎刀型刀刃。

『這和打造了星之要塞——也就是俗稱涅比利斯王宮的原料一樣，皆為星靈結晶所鑄。沒有這把刀刃斬不斷的物體，就連星靈術造出來的細線也不例外。』

「……原～來如此，咱還在想你是怎麼弄斷咱的線呢。」

璃灑的這聲低喃——

毫無疑問是她的肺腑之言。

「這刀子未免太過鋒利了吧？咱這線的強度照理說比相同粗細的鋼索強上三十倍才對……」

『輪到妳了。』

「不不不，恕咱拒絕！」

璃灑的表情一僵，然後向後跳去。

在過了不到一秒之後，巨星兵對準璃灑用力一踩。

兩者的步伐有巨大的落差。

巨人只踏出一步，就追上璃灑連退三步所拉開的距離。它將拳頭高舉到璃灑的頭頂上方，星靈結晶之刃也跟著迸出閃光。

『處決妳。』

用力刺下的刀刃，眼看就要在璃灑的胸口開出大洞。

就在千鈞一髮之際——

「小伊，你太慢了啦。」

「——喝！」

快上一瞬趕來的伊思卡朝著巨星兵巨大的身軀發起突擊。

他以滑地般的動作穿過巨人的雙腿之間，同時擋在璃灑身前揮下黑鋼星劍。

——傳來堅硬物體碎裂的聲響。

伊思卡以流暢而美麗的動作將巨星兵的刀刃一刀兩斷。

『……這星劍果然礙事！』

巨星兵（盧克雷宙斯）後退一步。

伊思卡不給對手後跳的機會，他反手一斬，將巨人的胸部裝甲劈裂開來。巨星兵的胸甲碎裂，從中露出看似纜線的機械零件；而胸甲底下的更深之處，則在一瞬間迸出耀眼的光芒。

那是看似神祕而魔幻的淡淡光芒——

「星靈之光！」

「不、不是，伊思卡！**那是星靈的本體！**」

魔女公主睜大雙眼。

正因為是與生俱有星靈之人，她才能判斷出箇中差異。

那是巨星兵的動力來源。巨人的胸部底下裝設了「封閉星靈的牢籠」，而星靈被囚禁其中。

「你這個……邪魔歪道！」

希絲蓓爾露出虎牙吼道。

這是她首次展露的反應——

就算是自己的性命受到威脅，魔女公主也不曾露出如此憤怒的情緒。就連伊思卡也是頭一次見到希絲蓓爾如此激動的樣貌。

「總是用魔女或魔人這樣的蔑稱歧視我們……結果你們才是用最為卑劣、最為邪惡的手段在利用星靈的一群人！」

『————』

「這是對星靈的褻瀆！立刻解放你身上的星靈！」

『我當然會解放了。』

被伊思卡劈開的胸部裝甲逐漸修復。

只過了短短數秒。

原本顯露出來的「封閉星靈的牢籠」便被澈底遮住。

『我說過了吧，星靈的時代很快就要結束了。只要能將沉眠於星之中樞的那個納入我等的控制之下，星靈就會淪為不需要的道具。它們的解放之日已不遠矣。』

「……我要你立刻釋放它們！」

『那就做個交易吧。』

巨星兵的關節再次發出強烈的星靈之光。

巨人將手掌對準自己的腳邊。

『用妳的命來換吧，魔女。』

拳頭打穿地板。

這一擊宛如戰車砲彈震出強大的衝擊波，更在地板上留下巨大的裂縫。

——「地星怒放」。

大廳的地板各處接連浮現出大小不一、宛如岩漿般的深紅色圓環。只見圓環的中心有熱流匯聚，在轉眼間化為狂吹的熱風。

「這是……！」

伊思卡對這個招式有印象。

是與魔人薩林哲稱之為「地爆星靈」類似的星靈術。

既然如此——

「不妙，大家快從這些紅色圓環上離開！」

「咦？那、那個……」

「希絲蓓爾小姐，跳起來！」

音音朝著一臉愕然的希絲蓓爾撲抱上去。

就在她二話不說地將希絲蓓爾壓倒在地的瞬間，出現在大廳地板上的無數圓環全數朝著天花板噴出猛烈的火焰。

宛如噴發的大型火山。

「好痛……不、不過謝謝妳救我，音音小姐……」

「那就快點站起來。」

回應的不是音音。

以不快的語氣這麼開口的，是站在少女們面前架起狙擊槍的陣。

——他手持槍枝這種**制服人類用**的武器。

換作是戰車的砲彈，或許還能對巨星兵造成顯著的外傷；但陣所使用的槍枝，頂多只能對野生動物造成致命傷。

那究竟該怎麼辦？

「當然是瞄準目標開火了。」

槍聲。

陣的狙擊槍所射出的子彈，分毫不差地命中巨星兵的胸部。

他瞄準胸口的裂痕——

也就是被伊思卡的星劍劈開，目前正修復到一半的傷痕。

「既然裝甲還沒完全癒合——」

『你以為這樣的子彈管用嗎？』

嘰嘰。

扭曲變形的子彈掉到了地上。

對於巨星兵修復到一半的裝甲，這顆子彈連一釐米的傷痕都沒留下。

「……嘖！」

『不過就是帝國的一介士兵，不過就是個狙擊手，不過就是帝國軍規的狙擊槍和子彈。你以為靠這點東西，就有辦法奈何八大使徒嗎？』

巨星兵嘆了口氣。

半機半靈的巨人沒有理會陣的咂舌，將身子轉了過去。

它與伊思卡和璃灑展開對峙。

背後的陣、音音、米司蜜絲和希絲蓓爾四人都不被它放在眼裡。畢竟對它來說，只需要提防兩名使徒聖即可。

有能耐擒住巨星兵的第五席（璃灑）。

能劈開巨星兵盔甲的前十一席（伊思卡）。

構成威脅的只有這兩人。只要打倒這兩人，剩下的四人就沒有任何能擊敗巨星兵的手段。

……它是真的打算貫徹這個方針。

……這個八大使徒只打算優先殲滅我們兩個。

雖然第一次攻擊對準了希絲蓓爾，但在首次攻擊打偏後，它便立即轉換了目標。

這是何等的沉著冷靜。

工於心計的頭腦也敏銳得教人恐懼。

『所謂的「優先」，便是凌駕於一切的優先事項。』

巨星兵將拳頭高高舉起。

『璃灑，妳的過錯就在於將天帝的優先度放在八大使徒之前。沒能正確衡量局勢的妳，造就了妳今日的死期。』

「……盧克雷宙斯先生啊，原來你還挺聒噪的呢。」

『但我不一樣。我會正確地將妳和伊思卡視為優先，並正確地及早處分。』

拳頭打穿大廳的天花板。

拳頭在鑿穿天花板的螢幕後，於天花板描繪出環狀的圖紋。

——「天星落花」。

那是呈現天空般湛藍色的圓環。

氣流匯聚在圓環的中心處，隨即如隕石一般瞄準伊思卡和璃灑砸下巨大的冰柱。

「……唔，糟了！」

無法躲避。

面對從近在咫尺的天花板砸落的冰柱，璃灑在一瞬間做出的選擇是在天花板架設「細線」進行防禦。

無數細線交互纏繞，從半空中攔截冰柱。

然而——

『星靈術也是有技術高低之分的。』

就像在證實巨星兵的宣言似的——

藍色的冰柱貫穿璃灑所張開的線網。

『妳就算再出類拔萃，也不可能將暫時借為己用的星靈操作得爐火純青。』

冰柱傾注而下。

就在冰柱下墜到距離璃灑鼻尖僅有幾公分的瞬間，冰柱炸裂開來，宛如剃刀般銳利的冰之碎片朝著璃灑的全身上下扎去。

「……好痛！」

『原來如此。妳之所以用線攔住冰柱，並不是為了止住冰柱的墜勢，而是用以偏移軌道，以免自己直接受到攻擊。居然能在那麼一瞬間想到這一招，真不愧是妳啊，璃灑。』

「…………咱就是被你這麼稱讚，也一點都不開心啦。」

那是尺寸如匕首大小的一片碎片。

璃灑將刺進大腿的冰之碎片拔出來，露出壯烈的笑容作為回應。而她的臉孔也被大量的冰之碎片劃過，留下大量的擦傷。

『不過，妳若是這樣垂死掙扎，反而會讓妳多吃些苦頭啊。你難道不這麼認為嗎，黑鋼後繼伊思卡？』

「……唔！」

伊思卡在距離璃灑還有數公尺之處停下腳步。

就在他打算前去救助受傷的璃瀧時，巨星兵只用一句話就牽制住伊思卡的行動，讓他不敢隨意接近。

……行動被他看穿了。

……不對，是它一直在盯著我的動作！

一道冷顫竄過全身上下。

除了那從未見過的星靈術之外，八大使徒那不尋常的戒心更讓伊思卡感到戰慄。

對方從未將眼睛從自己身上挪開過一秒。

『這是八大使徒的共識。黑鋼後繼伊思卡，你擊敗化為魔天使凱賓娜的功績，已經足以讓你享有被監視致死的待遇。』

「……唔！」

『只要能在這裡處理掉你們兩個使徒聖，那麼一切將會劃下句點。』

巨星兵宣示自己的勝利。

『因此，這下就將軍了。』

死刑宣告高亢地迴蕩在大廳之中。

然而——

轉過身去的巨星兵並沒有察覺。就連與它對峙的伊思卡和璃瀧都沒能聽到**那段對話**。

那段對話就是如此細微且安靜——

「他說謊。」

將豐沛紅髮綁成馬尾的少女低聲說：

「音音負責最裡面的那個。」

「……我、我知道了！人家負責右邊的！」

「別點頭喔，隊長。要是因為舉止可疑而被察覺的話，那可就笑不出來了。」

陣小聲說道。

他的右手握著狙擊槍，左手則握住希絲蓓爾的手掌。

「焉之來者不如今也。」

第九〇七部隊的狙擊手壓低嗓子嘆了口氣。

這是一句流傳已久的話語。

——後生可畏也。

——過去的偉人憑什麼認為現代的年輕人不如自己？

面對古老的帝國首腦們——

陣壓低嗓子繼續說：

「雖然我不曉得你們活了幾百年，但你們這些傢伙實在把我們瞧得太扁了。」

2

涅比利斯王宮地下樓層——

一直到幾分鐘之前，這裡都還是一整片地底湖。

此地的湖水被高溫蒸發殆盡，如今這處空間成了裸露出粗獷岩層的巨大地下空洞。

而在這樣的空間之中——

「……始祖，快給本小姐現身！」

愛麗絲以喉嚨為之發疼的音量大聲喊道。

看不見始祖的身影。

她的聲音肯定傳不到外頭。畢竟自己的周遭正被宛如黑色簾幕般的結界所包覆。

「妳還在這裡吧！快把本小姐從這個噁心的結界裡釋放出來！」

四根黑色高塔竄出地面矗立在地。

從尖端釋放出來的黑色光芒形成了簾幕狀，使得自己所在的周遭空間被澈底隔絕了開來。
她完全被囚禁起來了。
……這是叫……再現結界「星之中樞」來著？
……這玩意兒居然能吸收星靈能量，開什麼玩笑！
黑塔產生了結界。
而結界便是以這些黑塔作為基點，無論釋放出多麼強的星靈術，都會被全數加以吸收。對於星靈使來說，這可說是正中要害的監獄。
……況且，本小姐還感受到了微微的暈眩感。
……一直待在這處空間裡會有危險，我的感覺會逐漸失調。
得立刻逃出這座結界才行。
「冰禍——」
愛麗絲對著發光的簾幕伸出右手。
「冰禍・千枚棘吹雪！」
數百把冰之劍隨之浮現。
由星靈術所打造的冰劍自愛麗絲所站立的地面和空中現形，將劍尖對準黑色結界。
「貫穿它！」

隨著一聲令下，所有冰劍都朝著光之簾幕飛射而出。

宛如機關槍一般地掃射。

冰劍以不亞於槍林彈雨的密度，接連刺向結界。

然而，所有冰劍悉數散去。

「……怎麼會！」

她不禁發出悲鳴。

雖然已經知曉這是用以封閉星靈的牢籠，愛麗絲仍大為驚愕。她萬萬想不到，自己的星靈術居然會如此輕而易舉地遭到抹消。

觸及結界的星靈術瞬間消失，宛如在陽光照耀下融化的白雪。

對於星靈使來說，這樣的牢籠完全就是一場惡夢。

「……已經無計可施了嗎……」

自唇瓣迸出的，是無意識下說出的話語。

而這句話在遭受隔離的空間之中迴蕩。

「——開什麼玩笑！」

愛麗絲打直險些脫力的膝蓋，端正起自己的姿勢。

自己差一點就要灰心喪志了。

而這不正是始祖打的如意算盤嗎！

……沒錯，愛麗絲。妳應該很明白吧？妳不是早就做好覺悟了嗎？

……妳的對手可是始祖！

就是自己使盡全力應戰，也無法傷及分毫。

對手就是如此強大的怪物。

在中立都市艾茵那時也一樣。當時若沒有伊思卡在旁——

……要是沒有他……

………本小姐就會輸嗎？

…………那現在呢？

……………因為他不在這裡，所以本小姐輸了也是理所當然嗎？

恰恰相反。

正因為他不在身旁，所以自己說什麼都得孤軍奮戰。

明明知道對手是始祖——

已經下定決心卻又萎靡不振，這才是最不應該的行為。

「……超過一百歲？最強的星靈使？不對，妳不過就只是個鬧脾氣的小不點罷了！」

她握緊拳頭。

愛麗絲咬緊牙根，朝著眼前的結界揮出一拳。

「別小看本小姐了！」

＝

在地底的空洞之中。

始祖涅比利斯正漫不經心地眺望著黑色結界。

「……這終究只是在模仿星之民，距離完美還差得遠。」

這座結界有弱點。

雖然在剋服星靈使方面，這座結界等同於必勝的手段，但其實也暗藏著致命的弱點。不過，這與目前被關在結界之中的公主（愛麗絲）毫不相干。

若要說誰有辦法找出這個弱點——

那就是在中立都市艾茵時，與這名公主一同參戰的帝國劍士。

「不管你是基於什麼原因獲得星劍，只要不是在克洛斯威爾手上，就無法發揮星劍的本事。」

「克洛斯威爾！……那是我師父的名字。」

星劍的首任持有者，名為克洛斯威爾·尼斯·里布葛特。

但這只是粗淺的易位構詞遊戲。

克洛斯威爾·葛特·「涅比利斯」。

——我愚蠢的弟弟啊，你瘋了嗎？

始祖的唇瓣迸出幽幽低喃。

她對著於百年前與自己分道揚鑣的弟弟說：

「……克洛斯威爾，你為何要將星劍轉讓給毫不相干的外人？你不是親口對我說過，那對星劍是讓這顆星球**再星**的最後手段嗎？」

星劍其實並不是劍。

那是打造成長劍外觀的「容器」。

那是用來讓所有星靈回歸星球中樞不可或缺的存在。

為什麼要轉讓給他人？

他到底從那名帝國人少年的身上看出多麼重大的價值？

「……算了，想這些也無濟於事。」

只是徒勞罷了。

這裡既沒有弟弟（克洛斯威爾），也沒有那名帝國劍士。

只有被封閉星靈的牢籠囚禁、至今依然試圖掙扎的公主，但她不可能破壞這座牢籠。

「她現在大概正在胡思亂想吧？」

始祖瞪視著黑色結界。

在那座牢籠之中的公主此時肯定正在持續思索逃出生天的方法。

像是結界能夠吸收的星靈能量是否有上限。

或是結界所能承受的星靈術威力是否有極限。

這兩者的答案都是「沒有」。

無論持續施放多少星靈術，都無法摧毀那座黑色結界。

「……妳明白了嗎？這只是無用的掙扎。」

在這座結界裡，人類的感官會變得遲鈍許多。

對於公主來說，她肯定已經覺得自己在裡面度過超過十小時的時間吧。就算想到再多可行之策，這時也應當明白那全都是白費功夫。

要消磨她的鬥志根本綽綽有餘。

「小丫頭，妳就待在那邊看著吧。」

她調轉腳步，仰望帝國所在的方位。

「看著我將帝國——」

「本小姐說過不會讓妳得逞吧？」

……劈里。

就在始祖涅比利斯的身後，漆黑簾幕迸出巨大的裂縫。

接著是破碎聲。

察覺狀況有異的始祖迅速轉過身子。而映入她雙眼的，是結界宛如成千玻璃碎片的光景。

「……怎麼可能。」

她用力吞了口口水。

這應當不會被摧毀——至少從內部沒有破壞的手段。

面對能吸收種種星靈術的結界，星靈使理當一籌莫展才是。

「小丫頭。」

「……唔……啊……如何？有對本小姐刮目相看……了嗎……」

少女已經失去站立的力氣。

愛麗絲呈現出四肢著地的難堪姿態。即使如此，她仍然抬頭看著始祖並露出傲然的笑容。

「……是誰說……本小姐若是沒有星靈，就一無是處？」

「妳是怎麼出來的？」

始祖瞇細雙眼。

她打量起將手伸向牆壁，打算攀牆起身的愛麗絲。

「該不會……」

始祖的視線在愛麗絲的手上打住。

那是皮膚已然潰爛、如今正血流不止的雙拳——

「妳將它打碎了？」

「是呀。**本小姐用全力揍了下去**。既然星靈術破壞不了，本小姐豈不是只能用自己的身體努力奮戰？」

這是她的最後掙扎。

四座高塔支撐著用以封閉星靈的牢籠。若是能摧毀以黑石構成的高塔，應該就能破壞結界。

既然高塔會讓星靈術失效，那就只能用拳頭打壞它了。

「妳究竟是不得了的傻瓜，還是超乎尋常的天才？」

……呼。

這是始祖涅比利斯首次在人前展露嘆息。

「既然星靈術無法奏效，就只要用物理手段打破結界即可。然而越是強大的星靈使，就越無法思索到這一點。因為他們全都仰賴著與生俱來的星靈術。」

「……嗯，是這樣沒錯。就連本小姐也束手無策了好一陣子。」

她撐著牆壁站起身子。

愛麗絲的肩膀劇烈起伏，並露出自嘲的笑容回應：

「但本小姐還是閃過了一個念頭。支撐這座結界的黑色柱子，究竟堅硬到何種程度？若是持續揮拳毆打，是不是還有一線希望？」

這是愛麗絲在體感時間超過八十個小時後所想到的疑問。

之後她連續毆打了十小時之久。

她用上了雙拳與雙腿，最後甚至連頭錘和身體衝撞都用上了。

「這就是有志者事竟成呢。想不到這種黑石頭意外地脆弱。」

「妳說得沒錯。」

「……咦？」

愛麗絲以為自己聽錯了。

看到始祖坦率地點頭回應，反倒是愛麗絲為之一怔。

「妳所打碎的柱子，是存在於星球中樞，名為『星晶』的石頭。這種石頭原本就容易碎裂，就算由我召喚出來，也僅有這樣的強度。」

「……妳、妳也太老實了吧？」

「能讓這星晶獲得足夠強度的加工技術，完全掌握在居住於大陸極限區域的『星之民』手中，而妳已經見識過完整加工後的成果。」

「咦？」

「什麼啊，原來妳沒發現啊？」

始祖涅比利斯攏了一下珍珠色的瀏海。

她抬頭仰望空洞的天花板說：

「就是星劍。」

「妳赤手空拳打碎的黑色結晶若是經過純化加工，將易碎結晶的強度提升到極限並加以鍛造，就會造出黑鋼星劍。」

「……妳說星劍！」

宛如寒意般的衝擊令愛麗絲的全身為之一顫。

黑鋼星劍——

無須多言，也不須親自求證。那無疑就是伊思卡所擁有的成對星劍的其中之一。

「這不是我的力量，而是這把星劍的能力。」

「白之星劍能將黑之星劍阻絕的分量加以解放。」

在尼烏路卡樹海的時候。

他確實曾經這麼說過。星劍乃黑白成對，而黑劍斬斷之物，會由白劍加以解放。

……原來是這麼回事。既然白色星劍能夠解放星靈術……

……那黑色星劍豈不是用來吸收星靈術之用！

那並不是「斬斷」星靈術之用。

黑之星劍「吸收」了星靈能量，而白色星劍則釋放其中的能量，這便是成對星劍真正的運作原理。

黑刃能夠吸收星靈能量。

因此星靈術會暫時消失。

當然，在旁人眼裡，星靈術看起來就像被刀刃斬斷一樣。

「……伊思卡知道這些事嗎？」

「誰知道呢。」

始祖的回應相當冷淡。

「我不認為克洛斯威爾會把話說得那麼清楚。他頂多就是吩咐：『這能斬斷所有星靈術。』

而那個人也全盤相信了吧。」

「……我想也是。」

從伊思卡的舉止看來也是如此。

他應該萬萬想不到，黑色星劍並不是「斬斷」，而是用來「吸收」星靈術的刀刃吧。

「但這些事怎麼樣都無所謂。」

褐膚少女轉過身子背對自己。

「這無法改變任何事。」

「唔！給本小姐等一下！」

「妳不如擔心一下自己的狀況吧？」

「……咦？」

「妳打算挺著那張毫無血色的臉龐做什麼？」

視野一陣晃蕩。

原本撐著牆壁的手突然失去了知覺。而在有所察覺之際，愛麗絲那纖細的身子已經摔倒在乾燥的地面上。

「……………什…………？」

得快點起身才行。

愛麗絲雖然這麼想，肩膀和雙腿卻都使不上力。

「失去星靈就一無是處——我就收回對妳說過的這句話吧。我沒想到妳居然能打破封閉星靈的牢籠。」

打著赤腳的少女逐漸遠去。

同時甩動那頭豐沛的珍珠色長髮。

「妳用盡了一切力量，成功地反擊我一次。我就承認妳確實有幾分本事吧。」

「………等……一……………下……」

愛麗絲頂著混濁的視野拚命瞪向始祖。

她將手臂伸向始祖嬌小的背影——

同時咬緊牙關喊道：

「……妳要是敢對這個世界恣意妄為…………………那麼本小姐…………就沒臉去面對伊思卡了………！」

3

『不覺得星靈能量其實是很渺小的存在嗎？』

巨星兵的宣言響徹大廳。

『寄宿了八大使徒靈魂的這個容器，目前所能發揮出來的力量，甚至還不到百分之三十。都以星靈作為動力來源了，結果極限卻僅止於此。八大使徒所追求的，乃是以這個容器發揮出百分之百……不對，甚至是百分之兩百的能源啊。』

「這白日夢作得可真美呀。」

『璃灑，這種像是夢裡才會出現的強大力量可是真實存在的啊。』

銀色巨人俯視著擦去臉頰鮮血的天帝參謀，跟隨著地面震動一步又一步地逐步逼近。

它將璃灑逼到大廳的牆邊。

『能抵達星之中樞的並非天帝，而是八大使徒。』

巨人砸下拳頭。

而這一拳的力道，肯定能將一名人類打得粉身碎骨。

『回歸於星吧，璃灑。』

「……嘿咻！」

璃灑往身旁一跳。

她像隻野貓般以柔軟卻又爆發力十足的身法蹬地一跳，以毫釐之差躲過了巨星兵的拳頭。

「好痛！傷口裂開了嗎……」

「璃灑小姐，再退一步！」

看到璃灑按著自己紅腫的肩膀，伊思卡登時大吼。

還沒完全躲過。

巨人的拳頭插進大廳地板，將周遭的地面打得粉碎。而被擴散開來的裂縫絆到的璃灑，就這麼反射性地停下腳步。

——對手這一擊的真正目的，便是絆住璃灑的步伐。

真正的殺招——

『是這一擊啊。』

巨人伸出另一隻手臂。

這隻手的掌心迸出十字形的裂痕，並滿溢出強烈的星靈之光。

這道光芒迅速凝縮為一個光點——

……那道光芒！

……是和剛才一樣的星靈能量砲擊！

「趴下！」

伊思卡大吼著衝出身子，擋在天帝參謀的身前。

他揮出黑鋼星劍。

即使強如伊思卡，要使出斬斷光束這般鬼斧神工的技巧仍然得仰仗運氣。一旦沒能斬中，就會直接挨轟。伊思卡半抱著祈禱的心情，渾然忘我地斬出這一劍。

——「觀星空」。

閃光掃過虛空。

劇烈的光芒眼看就要將璃灑蒸發殆盡。然而這道光束隨即被黑鋼之刃一刀兩斷，緊接著就此消滅。

「哦！不愧是小伊，真有一手。」

『白費心機。』

巨星兵的雙手伸向自己。

巨大的手掌已然閃爍著比剛才更為強大的星靈之光。

「……居然還能提升火力嗎！」

『這個容器的輸出功率沒有上限。雖然會大量消耗作為動力來源的星靈，但這不算問題——要是星靈消滅的話，只要再弄到手就好。』

有著超群威力的能量砲眼看就要同時擊出兩發。

若是這兩道光束都蘊含前所未見的強大破壞力——

「嗯……這下似乎有點不太妙？」

璃灑低喃。

正因為是只有伊思卡才聽得見的細微低語，因此他能肯定這是璃灑的肺腑之言。

「該怎麼辦呢？欸，小伊——」

一道槍聲打斷璃灑的低語。

喀啷……

子彈雖然命中了巨星兵的胸部，卻沒能穿透盔甲，使得扭曲變形的彈頭掉落在地。

『……這是在做什麼？』

巨星兵緩緩轉過頭。

它看向架著狙擊槍、槍口還冒著淡淡硝煙的陣。

『你剛才也試過了吧？這身外層裝甲，是與有著星之要塞之稱的涅比利斯王宮建材同等硬度的結晶所鑄，就算挨了戰車的砲擊，也不會留下一絲傷痕。』

「這我知道。」

『不覺得這麼做很空虛嗎？你打算用那把派不上用場的狙擊槍做最後的垂死掙扎嗎？』

「**你的反應倒是挺神經質的啊**。」

『……什麼？』

「八大使徒先生啊。」

陣將狙擊槍的槍口朝下。

他看起來胸有成竹，彷彿在說已經沒有開槍的必要似的。

「你的演技太過浮誇了。就連大砲也傷不了分毫？你的裝甲若有這麼結實，應該可以用其他手段處理掉我們才是——你只須引爆能將整座大廳炸飛的炸彈或是星靈術就行了。如此一來，會存活下來的只有你，而我們則是全軍覆沒。對吧？」

『——』

「然而，你每次出招所用的，全都是小範圍的攻擊。」

巨星兵用拳頭攻擊璃灑。

名為觀星空的光束，也是只能進行直線攻擊的砲擊。

而無論是從地板竄出的灼熱光線或是自天花板砸落的冰柱，都是以單一人物作為攻擊目標。

也因此己方才能勉強存活至今。

……被陣這麼一說，我才發現確有其事。

……我和璃灑小姐都顧著閃躲，所以沒感覺到不對勁。

伊思卡首次察覺到了異狀。

舉例來說——

假如對手換作愛麗絲，她若是要殲滅在場的敵人，想必會選擇直接凍結整座大廳。

換作是棘之純血種琪辛，便會將「棘」塞滿整座大廳。

對手若是始祖涅比利斯，想必會如陣所說的那般，二話不說就將整座大廳炸得粉碎。

然而巨星兵沒這麼做。

即使被極為堅硬的盔甲保護，它卻處處投鼠忌器。

「這一層的牆壁被封閉星靈的牢籠所包覆。用上足以炸飛我們的殲滅型星靈術，想必也不會將使用過的痕跡洩漏到外部。你說是吧，八大使徒先生？」

『————』

「你有什麼理由無法放手摧毀這座大廳嗎？」

『聽不懂你在說什麼啊。』

「那我就說得更明白一點。就是這麼回事吧——」

陣舉起狙擊槍。

他像是在揮舞棍棒似的高高舉起，朝著背後的牆壁用力一砸。

——目標是黑色石柱。

而被陣揮出的槍身擊中的柱子，登時化為粉塵碎裂殆盡。

『……目標是星晶嗎！』

「這是用來架設結界的柱子對吧？不僅設置在大廳的四個角落，還親切地埋在地板底下，這連白痴都看得出來有鬼啊。而你拙劣的演技更是進一步證實了我的推測。」

『……你說什麼？』

「你剛才在擊發觀星空之前，還特地用了大動作揮拳對吧？你之所以這麼做，是因為璃瀝剛正好待在這間大廳的角落。」

刻意讓她躲過自己的拳頭。

如此一來，就能讓璃瀝移動自己的位置。而用以支撐結界的黑色石柱，剛才確實就位於璃瀝的正後方。

這是為了以防萬一，避免攻擊的餘波傷到黑色石柱。

「你過於神經質的反應，讓這一切變得一目了然。這座結界固然有辦法將星靈封閉起來，**對物理方面的攻擊卻是毫無招架之力。**」

『唔！』

巨星兵說不出話來。

而在它的背後，亦即大廳的左右角落——

「隊長，快點動手！」

「交給人家吧——！」

音音和米司蜜絲隊長各抱著一臺從牆上拔出的螢幕，一鼓作氣將螢幕扔向了黑色石柱。

——碎裂。

巨星兵還來不及制止，第二根和第三根石柱便崩裂殆盡。

剩下最後一根。

「原來如此。咱和小伊都沒發現這件事，畢竟咱們光是閃躲攻擊就已經拚盡全力了哪。」

璃瀰擺出戰鬥姿勢。

她像是在投球似的將拳頭高高舉起。

『唔，璃灑，等等──』

「這就是第四根啦。」

鏗──石柱就這麼從中斷折。

下一瞬間──

原本包覆著大廳牆壁的黑色簾幕就像被吹散的霧氣般消失無蹤。

「結界消失了！好厲害，真的就和阿陣說得一樣──」

『你們並沒有改變任何事。』

「……噫！」

被銀色巨人居高臨下地一瞪，讓米司蜜絲隊長的表情為之一僵。

『所謂封閉星靈的牢籠，充其量只是一個保險。我等只是不想讓天帝察覺到這裡發生的爭鬥，才會以此作為對策。反過來說，能造成的影響也就只有如此而已。』

天帝恐怕會察覺到這場戰鬥吧。

然而，他終究位於遙遠的帝都之中。

天帝沒辦法及時出手。

而八大使徒只要能消滅魔女公主，就達成了此行的目的。

『既然結界已然崩毀，那我就沒必要抑制威力了。我就接受你的提議，用大範圍的星靈術炸掉這座地下大廳吧。你們將一同——』

「原來在這裡啊。」

就在這時，異變發生了。

只見天花板逐漸被烏雲所覆蓋。

『……怎麼回事？』

就在巨星兵心懷警戒地向上仰望之際——

天花板烏雲渦旋，一名身形消瘦的少女緩緩從雲層中降落。

她珍珠色的頭髮隨風飄揚。

這名最為強大的星靈使，雙眼閃爍著憤怒的火焰——

「帝國人，你以爲自己能從我手中逃脫嗎？」

『大魔女（涅比利斯）！』

八大使徒盧克雷宙斯首次表現出驚惶的反應。

——太晚察覺到了。

由於封閉星靈的牢籠遭到破壞，原本積蓄在大廳之中的星靈能量應該以驚人的勢頭往地面噴發了才對。

導致有一頭超乎尋常的怪物感應到這股強大的星靈能量後趕赴至此。

想不到受到吸引的並非天帝。

而是始祖。

『……我等雖然已經推測出在涅比利斯王宮一帶觀測到的「震撼」是出自妳甦醒的徵兆，但妳居然已經追蹤到這裡了嗎！大魔女！』

「消失吧。」

『妳就澈底消失吧！大魔女！』

這些發生在同一時間。

始祖涅比利斯抬起右手，巨星兵則抬起左手。

始祖涅比利斯的星靈術眼看就要和從巨星兵掌心射出的閃光激盪碰撞——

觀星空的閃光卻**穿透**了始祖涅比利斯。

與之相比，始祖的星靈術只是一道光。

這一擊沒帶來一絲一毫的火焰或爆風，只照亮眼底的巨星兵後便逐漸消失。

『……**不會吧！**』

發生在眼前的景象，讓巨星兵不禁大受衝擊、渾身發顫。

它沒有在第一時間察覺——

自己目前的所在地，究竟是何處的地下樓層。

「我從璃灑小姐那裡聽說了。」

魔女公主以冷淡且嚴肅的口吻開口說。

她輕輕按著自己的胸口。

「燈」之星紋正在該處散發出淡淡的光芒。

「這裡是帝國的廢棄工廠。一百年前，這一帶的工廠都被始祖大人的火焰焚燒殆盡，目前大都還保留當時的模樣。而此地也是曾經遭到焚燒的其中一個地點對吧？」

『……唔！』

「所以我就想到了。也就是說，一百年前的始祖大人曾出現在這裡的上空！」

她喚出當時的影像。

由於包覆大廳的封閉星靈牢籠被毀，希絲蓓爾的星靈術總算得以發動。

——只需要一瞬間就夠。

只要能讓巨星兵誤認對方為真正的始祖，並將戒心轉向上方即可。

她的目的就是這麼一個瞬間。

眼見八大使徒盧克雷宙斯首次露出的「破綻」，兩名使徒聖的動作有如電光石火。

「大家都超棒的，這真是完美的通力合作呢。」

唧唧！

璃灑紡織出的細線用力一縮，束縛住了巨星兵的雙手雙腳。

『……璃灑！』

「我在下面。」

伊思卡蹬了一下巨星兵腳下的地板高高一跳。

黑色星劍一閃。

這一劍劈開了胸部的裝甲——

『都只是在耍小聰明！』

巨人的聲音——

不對，八大使徒盧克雷宙斯的咆哮聲迴蕩在廢棄工廠中。

『璃灑啊，黑鋼後繼啊，魔女公主啊。你們為何不懂這都是徒勞無功！』

它已經證實璃灑的細線會被輕易斬斷。

而被伊思卡砍開的巨星兵胸部裝甲，也不過是最外層的部分。

一旦知曉希絲蓓爾的星靈術是幻術，那就再也不足為懼。

『結束了。這一切都要結束了。我將輸出這個容器的功率到極限，將周遭一帶化為焦土。你們將無路可逃……』

「音音，射擊！」

「陣，就是現在喲！」

「——米司蜜絲，要好好瞄準喔。」

伊思卡、希絲蓓爾和璃灑。

三人的話語聲像是混聲合唱一般完美地重疊。而就像是在回應這個奇蹟般——

三發子彈貫穿了巨星兵的胸口。

伊思卡斬裂胸部裝甲。

讓底下的零件裸露出來——

位於內側的「封閉星靈的牢籠」，亦即用以囚禁星靈的空間，在被三發子彈命中後，隨即崩裂碎化。

『…………………………………………什…………？』

巨星兵的動作停止了。

它體內的動力來源驟然停止提供能源。

「星靈不會寄宿在機械裡，你剛剛才這麼說給音音我聽過呢。」

音音舉著手槍說：

「所、所以……要是能在封閉星靈的牢籠上開一個洞，星靈就會擅自逃脫出去。失去動力來源的你，已經無法行動了！」

站在音音身旁的米司蜜絲也擠出聲音開口說：

「……但這些全都是阿陣想到的就是了。」

「這些都是無關緊要的小事啦。」

而在開口表揚的隊長身後一步的位置——

陣已經將愛用的狙擊槍扛上肩。

只見散發神祕光芒的「某物」正從巨星兵胸口開出的洞口滴落，並朝著空中瀰漫而去。

——星靈。

被巨星兵當成動力來源之物，如今終於重獲自由。

「持制式手槍站射三十公尺——只要是帝國兵，就不會有人在這個距離內打偏。只要讓靶子顯露出來，我們就算閉著眼睛也能命中。」

『————————』

「你太小看帝國（我們）士兵，太小看所謂的一介士兵了。」

這便是它犯下的錯誤。

帝國軍的士兵**絕無雜兵**。

——看穿封閉星靈牢籠的機制，打碎柱子進行破壞。

——並以三發子彈打穿巨星兵的胸口。

這不是伊思卡和璃瀧的功勞。

這幾份戰果無疑都歸功於第九〇七部隊。

『…………你們……』

巨人重重一傾。

它巨大的身子緩緩向後倒去。

『……打算……毀滅這顆星球的未來嗎…………若是沒有我，若是沒有八大使徒……究竟還有誰能制得住那個魔女……』

宛如在詛咒似的。

又像是已然預見未來的臨死慘叫迴蕩在大廳中——

『制得住那個世上最後的魔女——』

巨星兵失去所有能量，就此停止運轉。

Intermission　「舉世唯一的騎士與魔女」

「第一公主伊莉蒂雅．露．涅比利斯九世。」

「我就趁著妳在水槽裡沉睡的這段期間吐實吧……不對，說是懺悔也行。就在不久之後，我不得不將妳視爲失敗的實驗體處分。」

「妳是最糟且最弱的純血種。」

「『聲』之星靈……說穿了就是個會被當作笑柄的弱小星靈啊。」

「但取而代之的是妳的肉體蘊藏相當恐怖的可能性。」

「想不到在和那個融合之後，妳居然還能如此清醒地維持自我。」

「妳太危險了。我和八大使徒都一致認爲：妳若是抵達星之中樞與那個完全融合，這個世界就會澈底滅亡。」

「所以我必須將妳處分。」

那是——

瘋狂科學家對身在水槽裡的自己所說過的最後一段話。

「……真抱歉呀。」

嬌笑傳了出來。

這是一間已然熄燈的小房間。

伊莉蒂雅站在看得見月亮的窗邊伸手搭著窗沿，像是在哼唱一般地低聲呢喃。

伊莉蒂雅・露・涅比利斯九世。

她有一頭世界絕美、帶有金色的翡翠色長捲髮。

容貌宛如女神般風姿綽約，那豐滿的肉體甜美而誘人，像是為了俘虜世上所有男性而生。

若這極致的美貌稱得上是一種魔法——

那應該沒有任何人比這名公主更配得上「魔女」這個頭銜了吧。

「凱賓娜，我即使待在那座水槽中也聽得見妳說話的聲音喔。因為我體內的『那個』能代替沉睡的我聽見妳的低喃聲呢。」

所以她才會選擇逃跑。

因為她知道八大使徒害怕自己的力量，想除掉自己一勞永逸。

不過——

現在的伊莉蒂雅是以俘虜的身分被帶到帝國，並且再次受到八大使徒監視。這間小房間也是八大使徒為她安排的居所。

「…………」

她仰望天花板上的監視攝影機。不曉得現在的八大使徒究竟懷抱著什麼樣的心情，凝視著正在仰望攝影機的自己？

是覺得自己在凝視一名美若天仙的女子？

不對。

對於觀測的一方來說，他們肯定覺得自己在看著一頭未知的怪物吧。

畢竟就連八大使徒也不曉得，**他們接下來將會培育出什麼樣的怪物**。

「……就快了。」

即使在這段期間，如瀑布般的汗水仍從伊莉蒂雅的額頭接連滑落。

寒意和暈眩侵蝕著自己的全身上下。

感覺隨時都要失去意識——

不對，精確的說法是「意識即將遭到取代」。

她的肉體持續變異著。

一旦剝去她這身有著絕世美貌的外皮，想必就會冒出讓世人驚駭不已的恐怖怪物吧。就連魔女碧索沃茲和墮天使凱賓娜的樣貌都比她來得可愛許多。

……但這是……

……我自己所期盼，自己積極爭取來的結果。

沉睡在星之中樞的「超越星靈之物」。

由於接受了這個存在的力量，她的肉體逐漸轉化為非人的怪物。

「唔！」

在強烈的反胃感催促下，伊莉蒂雅用力彎下上半身。

然而她什麼都吐不出來。

因為她已經有整整一個星期都沒有進食，甚至連水都沒喝上一口。她的胃裡沒有剩下能化為嘔吐物的東西。

……總覺得隱約可以明白。

……今晚就是「最後一夜」了。

這是能以人類自居的最後一天。

若要說自己為何能夠感覺得到，那是因為這些寒意、暈眩與嘔吐感都帶給自己飄飄欲仙的舒適感。

自己正為自身的肉體遭到翻弄而感到開心。

終於要來了。

完全蛻變成怪物的那一夜，終於要來臨了。

「……母親大人，對不起。」

她對著位於遙遠涅比利斯皇廳的女王——

以三姊妹的長女身分，用苦痛不堪的沙啞嗓音擠出話語說：

「我……會摧毀母親大人的……皇廳。只要用這股力量……讓我體內的某種力量趨於完美……就再也沒有什麼可怕的了……無論是母親大人還是愛麗絲……甚至是始祖大人出手攔阻，都不會是我的對手……」

她將凌駕所有星靈使。

凌駕所有魔女。

凌駕所有力量、權力和星靈。

「就算要和這世上的一切為敵，我也要隨心所欲地玩弄這個世界。」

叩！

一道冷硬的腳步聲從房門的另一側傳來。在察覺腳步聲的主人為誰時，伊莉蒂雅的嘴角滲出微弱的笑意。

這與剛才露出的冷笑不同。

是只展露給真心對待之人的女神微笑。

「別客氣，快點進來吧，約海姆。」

房門被打了開來。

有著一頭紅髮的高挑騎士推門走到伊莉蒂雅的面前。

——使徒聖第一席，「瞬」之騎士約海姆。

這名男子是天帝的護衛。

不僅如此，他還是自己挺身袒護女王時出劍砍傷自己的存在。

「爲了替女王擋駕，第一公主伊莉蒂雅被使徒聖（約海姆）揮劍砍傷了。」

理應是行凶者立場的這名劍士。

如今則是在獨處的情況下面對伊莉蒂雅，並將單邊的膝蓋跪下。

簡直就像是——

就像是守護著珍視公主的騎士。

「————」

「真難得呢，約海姆。想不到你居然會在晚上造訪我的房間。」

伊莉蒂雅露出甜美的微笑並向他招了招手。

「此外也辛苦你了。」

她將手擱到對著自己跪下的騎士頭上，然後輕輕撫摸男子的紅色頭髮。

「因為有你相助，我的計畫才得以走到這一步。在逃離王宮的時候也一樣，若沒有你在我身旁，我沒辦法脫身得如此順利。」

「──────」

「女王大人早已隱約察覺我就是露家的叛徒，因此有必要上演一場戲──讓我在挺身守護女王大人的情況下被你砍傷。如此一來，我的嫌疑自然也能得以洗刷。」

「──────」

「啊，不過你大可放心。被你砍到的傷口已經澈底痊癒了。」

身穿輕薄睡衣的伊莉蒂雅──

將手搭上自己那對豐滿的雙峰上頭。

「你看。」

沒有一絲傷痕。

原本怎麼看都足以致命的嚴重傷勢，如今連一點傷疤都沒留下，恢復得完好如初。

「你雖然一直不肯接下這個任務——」

「伊莉蒂雅大人。」

劍士維持著跪姿。

他低著頭壓低音量繼續說：

「請您切莫忘記部下（我）被下令砍殺主君時的心情。」

「唔……」

「我不會再遵守第二次那種命令了。我只是為了表明這樣的心情而來。」

「…………」

翡翠色頭髮的魔女先是愣愣地眨了眨眼。

但她隨即微微露出苦笑。

「約海姆，謝謝你。」

這是沒有一絲虛偽的慈愛之聲。

公主的眼神告訴他，這是自己最為誠摯的感謝之情。

「……也是呢。在那場戰鬥中，應該是你最不好受吧？」

在帝國軍襲擊涅比利斯王宮之際——

伊莉蒂雅早已訂下讓自己遭到砍殺的計畫。

待使徒聖（約海姆）將女王逼入絕境之際——

她藉由袒護女王並遭到砍殺，讓自己順理成章地成為被帶到帝國的俘虜，而這樣的欺敵作戰也相當成功。

知曉這項計畫的僅有三人。

分別是自己、約海姆和太陽的魔女碧索沃茲。

「妳該出發了。我這邊也有重要的工作得去辦呢。」

「哈！就算身體變得和人家一樣，被砍的時候還是會痛喔。**如果挨上的是使徒聖的劍**，那就更不用說了。」

一切都照著伊莉蒂雅的計畫行事。

女王被自己的演技所騙。

次女愛麗絲莉潔也是如此。她不再對帝國軍手下留情——這份恨意甚至讓她和伊思卡再次展開了一場事與願違的戰鬥。

「拜此之賜，我才得以流亡到帝國。我說什麼都很想離開皇廳呢。畢竟我不希望讓母親看到女兒變成怪物的姿態。」

「────」

「約海姆，站起來。」

使徒聖第一席聽從她的命令站起身子。

伊莉蒂雅依然將身子靠在窗邊。男子低頭看向自己，而她則是正面接下了對方的視線。

「我想應該就是今晚了。大概再過一兩個小時，我肯定就不再是人類。就連我也不明白，我之後會變成多麼醜陋的姿態。」

「是。」

「我並不後悔。為了實現我和你的理想，我說什麼都得獲得這股力量。」

「是。」

「……不過──」

伊莉蒂雅的聲音驀然打住。

她咬緊下唇，肩膀微微顫抖，像是在強忍抽泣。

「……我還是……很怕看到你……懼怕我變化後的樣子…………」

「────」

「你可以看著我的身姿發出嘲笑，也可以打從心底瞧不起我。但我求求你……請你在看到我的模樣之後，不要露出恐懼的反────唔！」

小房間陷入一片寂靜。

伊莉蒂雅僵著身子一動也不動。

因為她唯一的護衛正緊緊抱住她的身子。

「伊莉蒂雅大人。」

「…………」

「我是您的盾。您若要成為這世界最後的魔女，那麼我便在此宣誓——我會成為世界最後的騎士，以守護這位魔女為己任。」

使徒聖第一席「瞬」之騎士約海姆——

理應駐紮於天主府、時刻不離天帝身旁的這名男子，為何會在這黎明時分前來探訪遭到軟禁的魔女？

理由很簡單。

——因為這才是他真正的主人。

兩人是這世上唯一相依的主從。

騎士約海姆·雷歐·阿瑪戴爾所效忠的主君，只有伊莉蒂雅一人。

而伊莉蒂雅公主的騎士，自始至終也只有約海姆一人。

一直以來——

兩人都是獨力與這個世界周旋。

「出生於皇廳的我，被人以星靈太過孱弱為由，沒能選上星靈部隊。在皇廳這個奉行星靈至上主義的國家裡，就只有一個人向我搭話。您當時是這麼說的：『我們兩個真的很相像呢。』就只有您願意對我笑、對著我伸出援手。」

「…………」

「伊莉蒂雅——所以我會為您而戰。」

「…………」

「別懷疑我。相信我、指使我、命令我。只要您還能維持自我，我就永遠會是您的騎士。」

「…………真是的，你真的是個死腦筋呢。」

美麗的魔女閉上眼睛。

她已經超過一個星期沒有攝取水分。此時的肉體明明宛如沙漠一般乾涸……然而若是不閉上眼睛，總覺得會有某種東西源源不絕地奪眶而出。

「約海姆。」

「是。」

「讓我們一起動手摧毀吧。然後，讓我們一起將這顆星球培育為真正的樂園吧。我們要創造再弱小的人類和星靈使都能不受歧視地過活的樂園。」

「是。」

「帝國很礙事呢，因為他們總是在迫害星靈使。」

「皇廳亦同。強大的星靈使總是跋扈地支配著弱小的星靈使；而弱小的星靈使則是輕視著沒有星靈寄宿的人類。」

「無論是天帝——」

「還是始祖——」

「無論是星星——」

「月亮——」

「還是太陽——」

「無論是八大使徒——」

「涅比利斯王室——」

「抑或是星靈——」

「我將會摧毀這一切的一切。我——將為此成為世界最後的魔女。」

這天晚上。

帝都的郊外傳來彷彿不屬於這個世界的淒厲叫聲——

而又過了幾個小時後。

非人之物的歡愉「歌聲」響徹整個區域。

Epilogue　「糟糕透頂的起始之日」

1

睜開眼睛後。

愛麗絲發現自己正一個人躺在自己房間的床鋪上。

「————」

「啊！愛麗絲，妳醒了嗎？」

「……女王大人？」

坐在床沿的女王轉過頭來。

也許是看到坐起上身的愛麗絲感到放心了吧，只見她按著胸口，長嘆了一口氣。

「太好了。在從部下那兒收到妳倒在地底下的消息時，我的腦袋差點就變得一片空白了呢。別讓我這個做母親的太擔心呀。」

「……女兒我……好痛！」

愛麗絲按著依然刺痛的腦袋皺起臉龐。

原本還有些模糊的意識逐漸變得清晰，腦中緩緩浮現她最後看到的那幅光景。

「始祖。」

「妳打算讓帝國化爲一片火海對吧。」

對了。

始祖涅比利斯在這座王宮的地底下醒來了。

自己雖然試著阻止她——

但就在逃出名為「封閉星靈的牢籠」的結界後，自己用盡了力氣。

「女王大人！」

她從床上彈起身子。

沒事的。只要忍住頭痛和疲憊感，身體就能活動如常。

「大事不妙了！原本被關在棺材裡的始祖大人醒轉過來了……！」

「嗯，似乎是這樣呢。」

女王的雙眼所看向的方向，是愛麗絲房裡的窗戶。

「巡邏的士兵、大臣和許多人，都目擊到了始祖大人的身影。據說她穿著破爛的外衣，在上空飄浮了好一會兒。」

「……然後呢？」

「似乎忽然就消失了。根據學者們的推測，她可能是用上了擁有傳送能力的星靈……」

「唔！果然！」

愛麗絲咬緊牙根。

始祖的目的地毫無無疑就是帝國。她想必打算前往帝國的中心處帝都，並將那一帶焚燒得片甲不留吧。

……開什麼玩笑！

……燐可是還被關在帝都，而且還有伊思卡在那裡呀！

況且皇廳的部下們也在那邊活動。

有許多間諜被派到帝國領地收集情報，始祖肯定會毫不留情地將他們一併焚燬吧。

還來得及。

趁著惡夢還沒化為現實之前。

「……嗯，愛麗絲。該是妳放手一搏的時候了。」

愛麗絲無意識地握緊雙拳。

她下定決心了。

她早有預感，無論時間早晚，自己都有必須前往「那個地方」的時候，而現在就是該動身的時機。

「……我決定了。」

「愛麗絲？妳怎麼了？」

「女王大人，女兒已經不再迷惘——應該說我已經忍不下這口氣了！」

她面對著站起身子的女王。

而在視線相交後，愛麗絲深深地低頭說：

「女兒已經不想再被那個任性妄為的女童耍得團團轉了。」

「女童？」

「女兒指的是始祖大人。」

「唔！愛、愛麗絲，妳怎能用『女童』這樣的字眼稱呼始祖大人……」

「女兒是在陳述事實。畢竟我已經被她碰了一鼻子灰！」

愛麗絲將胸中的悶氣一吐為快。

並以響徹房間的音量大聲宣告：

「我要前往帝國阻止始祖！然後把燐救出來！」

2

帝都——

這座以匯聚了最多人口而聞名於世的都市分成了三個管理區。

第一管理區為政治和研究機構的集散地。

在此會召開制訂各項政策的議會，藉此決定帝國的一切。

第二管理區為居住區。

帝都的居民有七成都在這裡生活。住宅區的隔壁便座落著規模首屈一指的鬧區，來自世界各地的觀光客都會走訪此地。

至於第三管理區則是軍事據點。

該區為帝國軍的主要駐紮地，集中管理著各種廣大的演習場地。

「……總算抵達帝都了呢。」

在第二管理區的廣場入口處——

從廂型車下車的希絲蓓爾仰望著天空。此時已是深夜時分，太陽早已落入地平線的彼端，天空呈現一片**淺灰色**。

這不是漆黑無比的天空。

即使已是深夜，帝都的天空依舊明亮。

「……天空居然會明亮成這樣，真是讓人越看越不舒服呢。」

希絲蓓爾以有些傻眼的口吻說著，隨即嘆了口氣。

「這裡叫做第二管理區是吧？都怪鬧區大樓燈火通明，這下連星星的光芒都看不見了。在皇廳的時候，是怎麼樣也無法想像這樣的光景呢。」

「噓，希絲蓓爾小姐。會被旁人聽見的。」

米司蜜絲隊長慌慌張張地對她附耳說道。

這裡是帝都。

是這世上戒備最為森嚴的都市。鎮上各處都能見到監視攝影機和星靈能量檢測器的蹤影。

「欸，陣哥。音音我們很久沒回來帝都了吧？」

「算是吧。但對我們來說，老家終究還是老家啊。」

「……可是音音我不怎麼開心耶，反而是緊張的心情居多。」

「因為有要事等著我們去辦啊。」

陣和音音並肩而立，抬頭看著眼前的管制站。

這裡是第三管理區的入口處。雖說踏進入口之後，就能看到作戰基地和演習場地等軍事相關的設施，但一行人的目的地並不在此。

——天主府。

他們要前往天帝詠梅倫根所待的「無窗大樓」。

而遭到囚禁的燐也位於該處。

「接下來要去謁見天帝，但我實在不想思考接下來會碰上什麼事。伊思卡，你應該曾經去過一次吧？」

「……只去過一次就是了。」

陣身旁的伊思卡微微頷首回應。

那是他升格使徒聖時的事了。但在謁見時，出現在伊思卡面前的只不過是天帝的替身罷了。

這次就不一樣了。

在天主府等待己方的，是真正的天帝詠梅倫根。

而更加棘手的是，還有一群人不願意讓己方和天帝進行接觸。

……璃灑小姐說，八大使徒盧克雷宙斯的電腦生命體已經消失了。

……而打倒他的我們，肯定已經被盯上了性命。

他們正式與八大使徒為敵了。

就算身在帝都，也沒有放鬆的本錢。畢竟八大使徒所派出的刺客，隨時都有可能現身奪走他們的性命。

「好啦～大家久等啦！」

原本獨留在車上的璃灑慢了一步地走下廂型車。

她的臉上貼著ＯＫ繃，大腿則纏繞著繃帶。

不用說，這是與八大使徒交戰後留下的傷口。不過璃灑看起來並不怎麼在乎這些傷勢帶來的痛楚，還是用著平時的輕挑語氣說話。

「咱和天帝陛下取得聯繫啦。他說正在天主府等咱們，要咱們動作快。所以咱們在一個小時後，就要前去與天帝陛下打照面啦。」

「……那個，我可以問一件事嗎？」

「什麼事呀，小伊？」

「關於八大使徒的事——」

「嗯？喔，咱當然也報告了他們意圖謀反的事。」

這裡是帝都的廣場。

雖然是隨時都會被別人聽見交談內容的公開場合，但璃灑並不介意。

「不過天帝陛下似乎早已料到了。重點並不在於咱的口頭報告，而是天帝陛下想用自己的雙眼進行確認。」

「……透過希絲蓓爾的星靈嗎？」

「沒錯、沒錯。咱們就是為此而來，所以該出發嘍。」

璃灑伸手指向管制站，意氣風發地邁出步伐。

而就在伊思卡打算跟上的時候——

「……嗯？」

他驀地產生一股感覺。

那是微弱——極其微弱的思鄉情懷。

是腳步聲？還是氣味？

伊思卡像是冥冥之中受到吸引似的回頭一看。

隨即看到了一位難以置信的人物。

「…………不會吧……」

「笨徒弟，你在說什麼啊？」

「……為什麼……師父會在這裡……」

「我偶爾回帝都一趟，有這麼好大驚小怪嗎？」

那慵懶的口吻。

以及和數年前一樣沒變的黑衣打扮——

伊思卡的師父克洛斯威爾・尼斯・里布葛特就站在面前。

他全身上下毫無贅肉，留著一頭黑髮，罩著一件長大衣。

這名男子是前任的使徒聖第一席。

也是前任的星劍持有者。

同時更是伊思卡和陣的師父。

就在幾年前，他將星劍交給伊思卡、將狙擊槍交給了陣之後，就離開帝都不知所蹤。

會在這個時候、在這個地方再次見面，難道真的只是湊巧？

「呃，是克洛老師！」

「咦……克洛老師該不會就是阿伊和阿陣的師父吧？」

音音和米司蜜絲隊長都睜圓了雙眼。

而在兩人身旁的希絲蓓爾則一臉錯愕地歪起脖子。

「這、這是怎麼回事！就只有我被排除在外嗎……陣？這名男子究竟是何方神聖？」

「是我和伊思卡的師父啦。」

「……什麼？」

「老實說我的心情和妳差不了多少。畢竟這次重逢實在過於突然，我也還沒反應過來。」

陣這麼回答，嘴角也難得地浮現出苦笑。

對於絕大多數的狀況都能用「一如預期」一言以蔽之的狙擊手來說，這突如其來的重逢肯定也是出乎意料。

「喂，師父。是什麼風把你吹來的？」

「什麼意思？」

「在這個時間、在這個地點相遇，哪可能只是基於純粹的偶然啊？怎麼想都是你在這裡等我們。還是說，天帝參謀大人啊，這也是妳的安排？」

「……哪可能呀。」

被陣瞪著瞧的璃灑聳了聳肩。

「反而是咱比較想問呢。初次見面，前第一席克洛斯威爾。天帝陛下和咱說了一大堆和你有關的事呢。」

「──就是這件事。」

師父的目光並沒有投向璃灑。

而是直直看著自己。

「如果要去見詠梅倫根，我勸你動作快一點。」

不是「天帝」而是「詠梅倫根」。

他以「名字」稱呼這個帝國的最高權力者。

「我要說的就只有這件事。」

「……咦？呃……師、師父，您等一下！」

伊思卡的制止晚了一步。

只見過去的師父已經轉過身子，朝著鬧區的方向邁步走去。

「那個，師父！我還有很多事想問——」

「我很忙。」

「不是！您聽我說！」

「我得去安撫這世上最為凶暴的家人，阻止她大鬧。她差不多快要抵達帝國國境了吧。」

「……？」

「有事要問的話就問詠梅倫根。雖然外觀挺嚇人的，但那傢伙並不是壞人。」

完全聽不懂他在說什麼。

明明是暌違多年的重逢，師父卻盡說些摸不著頭緒的話。他像是完全不在意伊思卡內心的困惑似的——

過去的星劍持有者，就這麼沒入了人潮之中。

3

就在同一時間——

天主府。

以「無窗大樓」聞名的巨大建築物最深處。

「星星會記住這地上發生過的一切現象。」

宛如在歌唱，又像在吟詩。

有著銀色毛皮的獸人——天帝詠梅倫根仰望著漆成紅色的天花板，看似愜意地在哼唱。

「真是迫不及待，梅倫好興奮呀。燈之魔女，快點過來吧。」

「……叫她『希絲蓓爾大人』。」

帶著幾分焦躁的口吻。

在佇立的天帝身後，燐正露出不悅的神情坐在榻榻米上。

「希絲蓓爾大人很快就要蒞臨至此了對吧？我醜話說在前頭，就算是說溜嘴，也別在她本人面前用上魔女這個蔑稱。」

「是是是。」

「……你真的聽進去了嗎？」

「梅倫**的話**是不會這麼稱呼的。」

「唔？」

燐抬起一邊的眉毛。

天帝在繞著圈子玩文字遊戲。所謂梅倫「的話」不會稱呼，就代表某人會這麼出言稱呼。

「喂，你這傢伙——」

「回敬妳剛才的話語——妳才最好做足心理準備。第三公主希絲蓓爾即將抵達，而梅倫們會看到一切的元凶。」

天帝詠梅倫根的視線依舊對著天花板。

「那是一百年前發生的悲劇。」

「……你說什麼？」

「那是始祖涅比利斯的誕生，是梅倫的誕生，是黑鋼劍奴克洛斯威爾的誕生；同時也包括了星劍被打造出來的理由，以及沉眠於星之中樞之物。」

換言之——

這麼開口的天帝臉上，參雜著燐首次見識到的「憤怒」。

「梅倫們接下來要再次體驗在這顆星球上發生過的——糟糕透頂的那一天喔。」

追求真相的天帝詠梅倫根。

一心報復的始祖涅比利斯以及趕赴制止的弟弟。

伺機推行計畫的八大使徒。

燐、璃灑。

第九〇七部隊。

黑鋼後繼伊思卡和決心前往帝國的第二公主愛麗絲。而且還有對帝國另有所圖的月亮和太陽等王室。

最後則是——

嘲笑著這一切的魔女（伊莉蒂雅）。

距離所有勢力（一切）參和其中的星之大戰爆發，還有十七個小時。

後記

您若要成為這世界最後的魔女，那麼我會成為世界最後的騎士。

感謝各位購買《這是妳與我的最後戰場，或是開創世界的聖戰》（這戰）第十集！

這一集的主題為「集結」。

與這段故事有關的出場角色們即將在帝國齊聚一堂，為最後的倒數計時——

在皇廳，月亮和太陽都摩拳擦掌地做好準備。

而在帝國，也開始上演強權們引發的激烈衝突。

而下一集終於輪到帝國「一百年前」的篇章登場！聚焦在始祖、天帝和伊思卡的師父身上的動盪故事，即將揭開序幕！

與此同時——

關於寫在後記開頭的這段話。

這雖然出自本作某個角色的臺詞，但老實說，這是細音我在決定《這戰》這個書名之前所使用的暫定書名。

而在將故事大綱進一步淬鍊後……

在《這戰》這個書名正式誕生的同時，這句話也由不是伊思卡和愛麗絲的「某兩個人」繼承了下來。這樣的變化究竟會通往什麼樣的未來呢？若各位願意抱持著期待的心情等待後續，那就是筆者的榮幸。

……如此這般！讓大家久等了！

關於重要的動畫相關資訊（註：本文提及的各種資訊皆為日本當地的狀況）。

在第十集於書店上市之際，動畫應該已經開播了，但機會難得，就讓筆者再做個宣傳吧。

動畫《這是妳與我的最後戰場，或是開創世界的聖戰》終於開始播放了！

▼電視動畫《這是妳與我的最後戰場，或是開創世界的聖戰》

①播映頻道

・AT－X　每週三二十三點三十分播映（播映時間最早，會重播）

・ABC電視　每週四凌晨兩點十四分播映

・TOKYO MXI　每週四凌晨一點三十五分播映

・愛知電視臺　每週五凌晨兩點三十五分播映
・BS11　每週六凌晨一點整播映
②串流媒體
・dAnimeStore　每週四凌晨十二點整播映（數位視訊早鳥，獨占最快播映）
其他各大動畫網站亦有播映。
※詳情請至《這戰》官方網站查詢。

▼《這戰》網路電臺播放通知
決定與電視動畫同時推出網路電臺節目了！
到場來賓全都是超豪華陣容！而且居然有幸邀請到伊思卡的配音員小林裕介先生和愛麗絲的配音員雨宮天小姐擔綱主持！
電臺名稱為《小林裕介和雨宮天的這戰RADIO》。
自十月六日起，預計於隔週週二更新。
兩位究竟會帶來什麼樣的《這戰》話題呢？細音我也相當期待。而除了小林先生和雨宮小姐之外，似乎也有與《這戰》有關的特別來賓喔？
（目前也在募集網路明信片，若是投遞的話說不定會被選上！）

請各位在觀賞動畫之餘，也不忘收聽網路電臺！

▼片頭曲和片尾曲

・片頭曲「Against.」

由石原夏織小姐演唱的片頭曲將於十一月四日發售。

就細音我來說，我很喜歡在動畫第一集穿插片頭曲的那個橋段呢。還請各位在觀賞動畫時聆聽，若能因此喜歡上的話就再好不過了！

・片尾曲「氷の鳥籠」＆插曲「奏響エトランゼ」

愛麗絲莉潔（配音：雨宮天小姐）的片尾曲和插曲將於十一月十一日發售。

插曲也非常好聽，細音我很想知道會用在動畫裡的哪個橋段呢！

（細音我已經在網路上下訂了！）

兩首歌曲都很符合片頭動畫和片尾動畫的意境，還請各位千萬要多加聆聽喔！

▼其他的動畫相關資訊

愛麗絲莉潔確定要製作成人物模型了。

細音也有幸拜見3D模型，除了禮服的做工精緻，就連每一片頭髮都是精雕細琢，是一尊相當美麗的模型。

真想早點看到成品呢！

其他周邊商品就讓細音在推特上通知大家吧！

……如此這般。

雖然洋洋灑灑地介紹了不少和動畫有關的資訊，但還是希望各位讀者能先從動畫的第一集開始觀看。

也請各位幫動畫版的伊思卡與愛麗絲加油打氣喔！

在此請容我通知與《這戰》較無關的一項消息。

與《這戰》同期創作的ＭＦ文庫Ｊ《為何我的世界被遺忘了？》，已於前段時間順利地劃下句點。

不僅如此——

接下來還要公布新作消息！

▼《神は遊戲に飢えている。》

人類被賦予的試煉，是透過遊戲贏過神明十局。

「眾神遊戲」是由至高神製作的高難度遊戲，而人類史上迄今無人能夠攻克。

而這便是——

作為全人類代表出戰的少年，與眾神進行腦力對決的故事。

本作在小說網站「KAKUYOMU」連載中！

這也是細音我個人的一次高難度挑戰，因此為了能儘快讓各位閱讀，才得以獲准在網路上進行連載。

而在連載不久後，便迅速衝出了高人氣！

腦力對決╳高度奇幻的世界觀雖然有些罕見——

但各位若是在午休、通勤時間或上學途中有空，還請用手機或電腦輕鬆地閱讀看看。我會加把勁撰寫本作和《這戰》，敬請各位期待！

那麼、那麼。

接下來繼續公布和《這戰》有關的訊息。

▼短篇集《這戰Secret File》第二集

預計於二〇二〇年十二月十九日上市。

劍士伊思卡和魔女公主愛麗絲的故事——

描述兩人在長篇故事裡「另一面」的短篇集，在短時間內就決定要推出第二集了。

讓細音我很開心的是，第一集新撰的兩篇短篇故事都獲得了很好的評價，我在新撰第二集的短篇故事時也會卯足全力。

本作將於動畫播放到一半的十二月發售，還請各位期待上市！

如此這般，後記也來到了最後的部分。

這次依舊受到了許多人士的協助。

猫鍋蒼老師——

謝謝您繪製了封面愛麗絲超級美麗的插畫！

差不多也到了動畫開始播映的時間了呢。猫鍋蒼老師所繪製的伊思卡和愛麗絲即將在動畫裡動起來，真是讓我感到無比期待。

（我是在九月的時候寫這篇後記的，真等不及十月的到來！）

責編O大人、S大人——

不僅是《這戰》本篇，就連動畫企畫也受到了您們的全力協助，真的非常感謝。我會將《這戰》的氣氛炒得更加熱烈，請兩位今後也多多指教！

那麼、那麼——

後記的篇幅也差不多要到盡頭了。

希望能在二〇二〇年十二月上市的《這戰》短篇集第二集——

預計二〇二一年春季上市的《這戰》第十一集——

以及電視動畫版的《這戰》與大家相見！

夏季快要消逝的九月　細音啓

下集預告

星星啊，讓我看看你的過去吧。
希絲蓓爾點亮「一百年前」，而映照出來的是──
這是之後成為伊思卡師父的男子的鬥爭戲碼。
造訪帝都的少年克洛斯威爾，
遇見了涅比利斯的雙胞胎姊妹以及自稱天帝的孩子。
與此同時，在帝都的地下深處──
足以震撼星球的計畫即將實現。

至高魔女和最強劍士的舞蹈，第十一幕。

伊思卡，別忘記了。這劍是讓世界再星的希望。

青梅竹馬絕對不會輸的戀愛喜劇 1~3 待續

Kadokawa Fantastic Novels

作者：二丸修一　插畫：しぐれうい

群青同盟這次要到沖繩拍攝影片！
在海邊穿上泳裝，白草即將展開反攻！

聽說要去沖繩拍影片，看女生們換上泳裝的機會來了嗎？只是目睹白草穿便服，我就心動得不得了。不過，我跟黑羽正在吵架，她肯定有什麼隱情，但這次我並沒有錯！除非她主動道歉，否則我不會原諒她！局勢令人猜不透的女主角正選爭奪賽第三集！

各 **NT$200~220/HK$67~73**

普通攻擊是全體二連擊，這樣的媽媽你喜歡嗎？1~8 待續

Kadokawa Fantastic Novels

作者：井中だちま　插畫：飯田ぽち。

真真子以偶像的力量拯救世界，
最愛你的媽媽會用滿滿的愛緊緊擁抱你！

真人一行人勇赴居於幕後操控四天王的首腦所等待的哈哈帝斯城，要勸突然宣言自己成為了四天王之一，並離開隊伍的波塔回歸正途。然後，為了化解這世界級的危機，真真子她——竟然與和乃跟梅迪媽媽組成了偶像團體！

各 **NT$220~240/HK$68~80**

5
月夜涙
畫れい亜
世界頂尖的暗殺者轉生為異世界貴族
The world's best assassin,
To reincarnate in a different world aristocrat
Kadokawa Fantastic Novels

約會大作戰DATE A BULLET 赤黑新章 1~7 待續

Kadokawa Fantastic Novels

作者：東出祐一郎　原案·監修：橘公司　插畫：NOCO

狂三等人迎擊白女王的軍隊，
她們要如何救出變成敵人的響？

　　過去摯友的身影與白女王重疊。緋衣響被擄走。時崎狂三等人壓抑著內心五味雜陳的情緒，在第二領域迎擊白女王率領的軍隊。絕望的戰力差距導致狂三等人逐漸被逼入絕境。鄰界的命運交付在成為反派千金的狂三手上？好了——開始我們的決戰吧。

各 NT$200~240/HK$67~80

約會大作戰DATE A LIVE 安可短篇集 1~9 待續

Kadokawa Fantastic Novels

作者：橘公司　插畫：つなこ

約會忙翻天！精靈們各個嘗試改變！
享受熱鬧滾滾的日常生活吧！

士道外出時，精靈們恰巧在五河家撞見了他的父母？漫畫家二亞計劃買房？不想上學的七罪找起了工作？而（自稱）士道未來伴侶的折紙將進行新娘修業？「什麼……！這就是船嗎？」士道與精靈們搭乘豪華郵輪，怎麼可能不鬧出點波瀾？

各 **NT$200~260/HK$60~87**

為何我的世界被遺忘了？ 1~5 待續

Kadokawa Fantastic Novels

作者：細音 啓　插畫：neco

前往無人所知的世界——
「後續」最令人在意的奇幻巨作第五彈！

凱伊等人為了再度阻止拉蘇耶的企圖，連休息的時間都沒有就開始行動。這時前來與他們接觸的，是惡魔族的第二把交椅海茵瑪莉露。其他種族紛紛團結起來，以阻止失控的幻獸族，在這個過程中，不同於少年所知的正史的另一個世界的真相逐漸揭曉！

各 NT$200~220/HK$65~73

瓦爾哈拉的晚餐 1~5（完）

Kadokawa Fantastic Novels

作者：三鏡一敏　插畫：ファルまろ

正面挑戰詛咒命運——
「輕神話」奇幻作品迎來最高潮！

我是山豬賽伊！在上一集我的祕密終於揭曉。原來我是會對所見之物激發占有欲，並會殺害得手者的詛咒戒指……幸好目前詛咒還沒有發動的跡象。而且這種時候往壞處想也無濟於事！我的優點就只有精力充沛和死後復活而已！可不能在這時灰心喪志啊……！

各 **NT$180~220/HK$55~68**

國家圖書館出版品預行編目資料

這是妳與我的最後戰場，或是開創世界的聖戰 / 細音啟作；蔚山譯．-- 初版．-- 臺北市：臺灣角川股份有限公司，2021.01-
冊；　公分．-- (Kadokawa fantastic novels)
譯自：キミと僕の最後の戦場、あるいは世界が始まる聖戦
ISBN 978-986-524-196-4(第 7 冊：平裝). --
ISBN 978-986-524-344-9(第 8 冊：平裝). --
ISBN 978-986-524-754-6(第 9 冊：平裝). --
ISBN 978-626-321-045-5(第 10 冊：平裝)

861.57　　109018342

Kadokawa
Fantastic
Novels

這是妳與我的最後戰場，或是開創世界的聖戰 10

（原著名：キミと僕の最後の戦場、あるいは世界が始まる聖戦 10）

2021年12月6日　初版第1刷發行

作　　者：細音啓
插　　畫：猫鍋蒼
譯　　者：蔚山

發 行 人：岩崎剛人
總 編 輯：蔡佩芬
編　　輯：彭曉凡
美術設計：李思穎
印　　務：李明修（主任）、張加恩（主任）、張凱棋

發 行 所：台灣角川股份有限公司
地　　址：104台北市中山區松江路223號3樓
電　　話：（02）2515-3000
傳　　真：（02）2515-0033
網　　址：www.kadokawa.com.tw
劃撥帳戶：台灣角川股份有限公司
劃撥帳號：19487412
法律顧問：有澤法律事務所
製　　版：尚騰印刷事業有限公司
ISBN：978-626-321-045-5

加速世界

23 黑雪公主的告解

川原 礫

插畫 / HIMA

Kadokawa Fantastic Novels

倉崎楓子
「Sky Raker」
倉嶋千百合
「Lime Bell」
冰見晶
「Aqua Current」
黛拓武
「Cyan Pile」
四埜宮謠
「Ardor Maiden」

掛居美早
「Blood Leopard」
由留木結芽
「Plum Flipper」
奈胡志帆子
「Chocolat Puppeteer」
小田切累
「Magenta Scissor」
三登聖實
「Mint Mitten」
「太陽神印提討伐作戰——
這就是我們的新任務。」
【UI∨楓姊，
感覺好像老師。】

春雪
國中校內地位金字塔最底端的少年。
新生「黑暗星雲」團員。
對戰虛擬角色是
「Silver Crow」。
「那麼……
可以幫我洗背嗎？
這可是軍團長的命令。」

黑雪公主

新生「黑暗星雲」的軍團長。
梅鄉國中學生會副會長。
對戰虛擬角色是「Black Lotus」。

「……惠……」
「——……」

若宮惠

與學生會副會長黑雪公主很要好的女學生。
自身也擔任學生會書記。
對戰虛擬角色是「Orchid Oracle」。

純色軍團

黑之團：黑暗星雲

暫定軍團長：Black Lotus（黑雪公主）
暫定副團長：Scarlet Rain（上月由仁子）
幹部名號：「四大元素(Elements)」
風：Sky Raker（倉崎楓子）
火：Ardor Maiden（四埜宮謠）
水：Aqua Current（冰見晶）
Lime Bell（倉嶋千百合）
Cyan Pile（黛拓武）
Silver Crow（有田春雪）
Chocolat Puppeteer（奈胡志帆子）
Mint Mitten（三登聖實）
Plum Flipper（由留木結芽）
Magenta Scissor（小田切累）
Trilead Tetraoxide
幹部名號：「三獸士(Triplex)」
第一人：Blood Leopard（掛居美早）
第二人：Cassis Mousse
第三人：Thistle Porcupine
Blaze Heart
Peach Parasol
Ochre Prison
Mustard Salticid
Ash Roller（日下部綸）
Bush Utan
Olive Glove
從長城借調

藍之團：獅子座流星雨

軍團長：Blue Knight
幹部名號：「雙劍(Dualis)」
Cobalt Blade（高野內琴）
Mangan Blade（高野內雪）
Frost Horn
Tourmaline Shell

綠之團：長城

軍團長：Green Grandee
幹部名號：「六層裝甲（Six Armor）」
第一席：Graphite Edge
第二席：Viridian Decurion
第三席：Iron Pound
第四席：Lignum Vitae
第五席：Suntan Chafer
第六席：???
Jade Jailer

黃之團：宇宙祕境馬戲團

軍團長：Yellow Radio
Lemon Pierrette
Saxe Lauder

紫之團：極光環帶

軍團長：Purple Thorn
幹部名號：???
Aster Vine

白之團：震盪宇宙

軍團長：White Cosmos
幹部名號：「七矮星（Seven Dwarfs）」
第一人：Platinum Cavalier
第二人：Snow Fairy
第三人：Rose Milady
第四人：Ivory Tower
第五人：???
第六人：???
第七人：Glacier Behemoth
Shadow Croaker

其他軍團

加速研究社

Black Vise
Argon Array
Dusk Taker（能美征二）
Rust Jigsaw
Sulfur Pot
Wolfram Cerberus（災禍之鎧Mark II）

演算武術研究社

Aluminum Valkyrie（千明千晶）
Orange Raptor（祝優子）
Violet Dancer（來摩胡桃）
Iris Alice（莉莉亞·烏莎喬瓦）

所屬不詳

Avocado Avoider
Nickel Doll
Sand Duct
Crimson Kingbolt
Lagoon Dolphin（安里琉花）
Coral Merrow（系洲真魚）
Orchid Oracle（若宮惠）
Tin Writer

公敵

四聖

大天使梅丹佐（芝公園地下大迷宮）
天照（東京車站地下迷宮）
???
???

「四方門」的四神

東門：青龍
西門：白虎
南門：朱雀
北門：玄武

「八神之社」的八神

???

封印公敵

女神倪克斯（代代木公園地下大迷宮）

加速世界

Accel World

23 黑雪公主的告解

川原 礫
插畫 / HIMA

Kadokawa Fantastic Novels

■黑雪公主＝梅鄉國中的學生會副會長，是個清純又聰慧的千金小姐，真實身分無人知曉。校內虛擬角色為自創程式「黑鳳蝶」，對戰虛擬角色為「黑之王」＝「Black Lotus」（等級9）。
■春雪＝有田春雪。梅鄉國中二年級生，體型略胖，遭人霸凌。對遊戲很拿手，但個性內向。校內虛擬角色為「粉紅豬」，對戰虛擬角色為「Silver Crow」（等級5）。
■千百合＝倉嶋千百合。跟春雪從小就認識，是個愛管閒事又活力充沛的少女。校內虛擬角色為「銀色的貓」，對戰虛擬角色為「Lime Bell」（等級4）。
■拓武＝黛拓武。跟春雪及千百合從小就認識，擅長劍道，對戰虛擬角色為「Cyan Pile」（等級5）。
■楓子＝倉崎楓子，曾參加上一代「黑暗星雲」的資深超頻連線者。前「四大元素(Elements)」之一，司掌風。因故過著隱士般的生活，但在黑雪公主與春雪的勸說下回歸戰線。曾傳授春雪「心念」系統。對戰虛擬角色是「Sky Raker」(等級8)。
■謠謠＝四埜宮謠。參加上一代「黑暗星雲」的超頻連線者。名列「四大元素（Elements）」之一，司掌火。是松乃木學園國小部四年級生。不但能運用高階解咒指令「淨化」，還很擅長遠程攻擊。對戰虛擬角色為「Ardor Maiden」(等級7)。
■Current姊＝正式名稱為Aqua Current，本名冰見晶。是前「黑暗星雲」旗下的超頻連線者「四大元素（Elements）」之一，司掌水。人稱「唯一的一（The One）」，從事護衛新手的「保鏢（Bouncer）」工作。
■Graphite Edge＝本名不詳。是前「黑暗星雲」旗下的超頻連線者「四大元素」之一，真實身分至今仍然不詳。

■神經連結裝置＝以量子無線方式與大腦連線，透過影像與聲音等方式，對所有感官都能提供訊息的攜帶型終端機。
■BRAIN BURST＝黑雪公主傳給春雪的神經連結裝置內應用程式。
■對戰虛擬角色＝玩家在BRAIN BURST內進行對戰之際所控制的虛擬角色。
■軍團＝Legion。由多名對戰虛擬角色組成的集團，以擴張占領區域及確保利權為目的。主要軍團共有七個，分別由「純色七王」擔任軍團長。
■正常對戰空間＝指進行BRAIN BURST正規對戰（一對一格鬥）用的場地。儘管有著直逼現實的高規格重現度，但遊戲系統則與上個世代的格鬥遊戲相差無幾。
■無限制中立空間＝只允許4級以上對戰虛擬角色進入的高等級玩家用場地。其中的遊戲系統規模遠超出「正常對戰空間」之上，自由度比起次世代VRMMO遊戲也毫不遜色。

■運動指令體系＝用以控制虛擬角色的系統，正常情形下對於虛擬角色的控制都由這個系統處理。
■想像控制體系＝透過堅定想像意念（Image）來控制虛擬角色的系統。運作機制與正常的「運動指令體系」大不相同，只有極少數人懂得如何運用，是「心念」系統的精要。
■心念（Incarnate）系統＝干涉BRAIN BURST的想像控制體系，引發超越遊戲格局之現象的技術。又稱做「現象覆寫（Overwrite）」。

■加速研究社＝神祕的超頻連線者集團。不把「BRAIN BURST」當成單純的對戰遊戲而另有圖謀。「Black Vise」與「Rust Jigsaw」等人都是這個社團的成員。
■災禍之鎧＝名喚Chrome Disaster的強化外裝。一旦裝備上去，就可以使用吸取目標HP的「體力吸收」與透過事前運算來閃避敵方攻擊的「未來預測」等強力技能，但鎧甲擁有者的精神會遭到Chrome Disaster污染，進而完全受到支配。
■Star Caster＝Chrome Disaster所拿的大劍，有著凶惡的造型，但原本的外形可說名符其實，是一把意象莊嚴，有如星星般閃閃發光的名劍。

■ISS套件＝IS模式練習用（Incarnate System Study）套件的縮寫。只要用了這種套件，任何超頻連線者都能夠運用「心念系統」。使用中會有紅色的「眼睛」附在虛擬角色的特定部位上，散發出來的黑色鬥氣就是象徵「心念」的「過剩光(Over Ray)」。

■「七神器」(Seven Arcs)＝指「加速世界」中七件最強的強化外裝。包括大劍「The Impulse」、錫杖「The Tempest」、大盾「The Strife」、形狀不詳的「The Luminary」、直刀「The Infinity」、全身鎧「The Destiny」與形狀不詳的「The Fluctuating Light」。

■「心傷殼」＝包覆對戰虛擬角色根源所在之「幼年期精神創傷」的外殼。據說若外殼格外堅固厚重，安裝BRAIN BURST後就會塑造出金屬色的對戰虛擬角色。

■「人造金屬色」＝不是從玩家的精神創傷中自然誕生，而是由第三者加厚其「心傷殼」，人為創造出來的金屬色虛擬角色。

■「無限EK」＝無限Enemy Kill的簡稱。是指在無限制中立空間因強力公敵導致對象虛擬角色死亡，經過一段時間復活後再次被殺，陷入無限地獄的迴圈。

Accel World

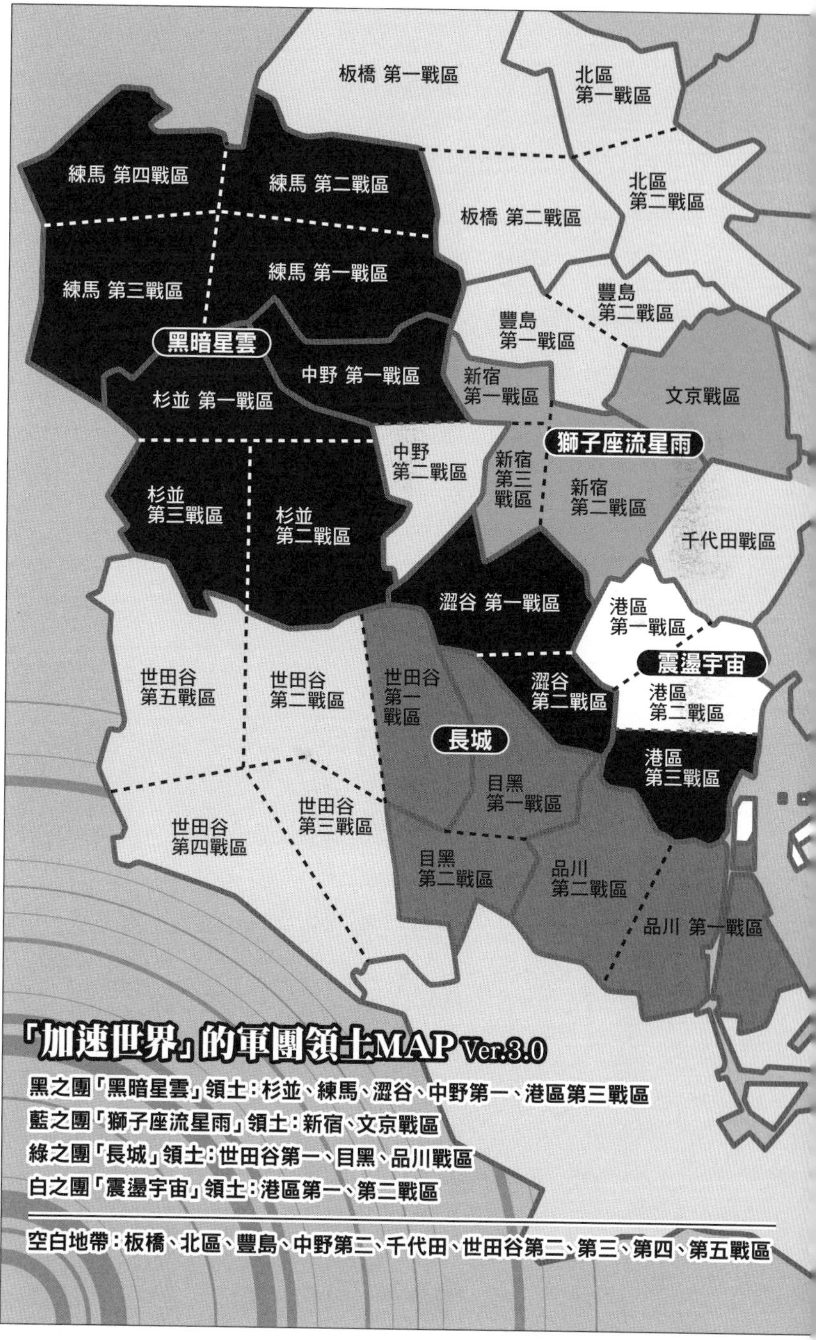

「加速世界」的軍團領土MAP Ver.3.0

黑之團「黑暗星雲」領土：杉並、練馬、澀谷、中野第一、港區第三戰區
藍之團「獅子座流星雨」領土：新宿、文京戰區
綠之團「長城」領土：世田谷第一、目黑、品川戰區
白之團「震盪宇宙」領土：港區第一、第二戰區

空白地帶：板橋、北區、豐島、中野第二、千代田、世田谷第二、第三、第四、第五戰區

1

「……拜託……今晚，可以跟我一起過嗎？」

他花了好幾秒，才將耳邊傳來的輕聲細語，轉化為有意義的言語。

換作是平常的春雪，多半已經像隻被嚇到的小豬那樣跳起來，連連呼喊各種感嘆詞，最後拔腿就跑。但現在有著雪白的雙臂從身後牢牢圈住春雪的身體，而且即使不受拘束，那像是忍著眼淚不流下來的顫抖嗓音深深透進心裡，讓他別說動彈，連呼吸都有困難。

……學姊她果然……表面上裝得很有精神，但其實……

春雪在幾乎陷入一片全白的腦袋裡想著這樣的念頭，拚命吐出卡在胸口的空氣，再深深吸氣。心臟的脈動無止盡地加速，雙手完全麻木而沒有知覺，但春雪仍然對他唯一一位劍之主——對「黑暗星雲」軍團首領，同時也是他「上輩」的黑雪公主，說出最真切的話：

「好的……當然沒問題。只要是我能力所及，要我為學姊做什麼都行……」

結果這次換黑雪公主先沉默了三秒鐘左右，發出恢復了幾分鎮定的嗓音。

「謝謝……可是，還真有點嚇我一跳。我還以為你會用媲美Silver Crow的速度跑回家去呢。」

「啊……啊哈哈……我也，有點嚇到……」

「呵呵，你也不會永遠都是我剛認識那個時候的你啊。」

黑雪公主輕聲說完這句話，放開雙手，手放到春雪雙肩上，讓他轉過身來。一雙位置有點高的黑色眼睛，蘊含著水晶似的光芒，長長的睫毛上沾著非常小的水滴，但黑雪公主仍然平靜地微微一笑，說道：

「那，我們馬上來吃你買來的飯菜吧。我去熱湯，麻煩你把菜分到盤子上。」

如果是春雪自己一個人在家吃飯，多半不會特地把飯菜挪到盤子上，而是會直接就著外帶用的容器吃。但把飯菜裝到黑雪公主拿出來的那些看起來很高級的橢圓盤子上擺盤後，這些現成的飯菜彷彿也增添了五成美味。

正好就在一個月前，「災禍之鎧」事件正如火如荼時，春雪就曾來過這棟小公寓。現在他們就和當時一樣，把裝了飯菜的盤子排在小了些的餐桌上，面對面坐下。兩人對看一眼，不約而同地笑逐顏開。

還記得那一天，黑雪公主問他說：「日歐中義西德法，你想吃哪種？」然後請他吃的就是塞滿了冷凍庫的紙盒裝高級晚餐。飯菜好吃得無從挑剔，但一想到黑雪公主每天都獨自吃著這些，就覺得胸口一陣糾結。

從此以來，春雪靠著千百合與拓武的幫助，動輒找理由舉辦「黑暗星雲餐會」。光是在有田家的客廳裡，看著黑雪公主和楓子、謠與晶等人開心談笑，展現意外健談的一面，都讓他覺得好幸福，但也許到頭來這終究不過是春雪的自我滿足。因為對於黑雪公主之所以必須一直獨自住在這間小公寓的複雜家庭因素，他終究無能為力。

春雪按捺住胸口的絞痛，和黑雪公主齊聲說「開動」，然後先把手伸向還冒著熱汽的湯杯。他小心不碰出聲響，把一口湯含進嘴裡，濃厚的法式清湯風味立刻瀰漫在口中。

「啊……這個，好好喝。」

春雪忍不住這麼一說，黑雪公主先眨了眨眼，輕輕一笑：

「是嗎？那太好了……雖然我只是打開罐頭，拿小鍋子熱一熱。」

「呃……呃，一定是因為學姊不用微波爐，用鍋子，才會這麼好吃。」

「我是用ＩＨ爐，都一樣是用電……啊，糟糕，早知道就該說是用心念的力量加熱的。」

黑雪公主難得說出明顯像是玩笑的玩笑話，讓春雪也放聲笑了笑。他又喝了一口湯，然後忽然想起似的說了：

「……要提升物理上的溫度，也許是太強人所難……可是，我覺得這種事情是真的存在。」

「你說的這種事情，是指心念？」

「是。以前百惠伯母……就是小百的媽媽，她說就算用的材料和步驟都完全一樣，用心做的飯菜就是比較好吃。我以前是個相當孤僻的小孩……現在也一樣是啦，但總之即使我聽她這麼說，也會懷疑她是說真的嗎……」

春雪用雙手捧住湯杯，感受著從陶瓷杯傳來的熱，有一句沒一句地持續將念頭轉為言語。

「用心這句話，指的就是為吃的人著想吧……不單純是機械作業式的烹飪。如果是這樣，那麼即使烹飪的人沒能自覺到，是不是仍然會做出小小改一下調味，或是調節一下溫度之類的事情呢？我覺得這雖然不像加速世界的心念系統那樣，只靠想像就能引發不得了的現象，但如果從心意可以影響結果的角度來看，可能也可以算是一種廣義的心念吧。」

「唔……」

黑雪公主莫名露出有些驚訝的表情應了一聲，把視線落到自己的湯杯上。

「聽你這麼一說，就想到我熱這湯時，也許的確小心避免不要熱到滾燙……以免毛毛躁躁的你燙傷嘴。」

「啊，原……原來是這樣啊？謝謝學姊費心……」

春雪縮起脖子，黑雪公主就抬起頭來，再度微笑。

「原來如此，說不定這湯裡頭也有些微的心念力在作用。既然如此，同樣的道理在你買來的這些飯菜上應該也說得通。你也不是什麼都沒想，就隨便挑了這些東西來吧？」

「咦……？」

聽到這個意料之外的問題，這次換春雪看向桌上。

橢圓大餐盤上，盛裝著柯布沙拉、南瓜可樂餅與鮭魚抹醬，比較小的另一個盤子上放著墨西哥薄餅捲與長棍麵包三明治，甜點檸檬塔則放在冰箱冰。他當然並不是胡亂選了這些飯菜。春雪並不清楚黑雪公主愛吃什麼東西，想著儘可能挑些她比較肯吃的東西，才選出這些菜色。但他還不知道自己的選擇是否正確。

「是……是啊，怎麼說……學姊給我的印象就是常吃蔬菜比較多的飯菜，所以我就往這個方向去選……」

「謝謝你，每一樣看起來都非常好吃。就趁這個機會告訴你，我並沒有特別挑剔不吃的東西。硬要說的話，大概也只有墨魚義大利麵了吧……畢竟我小時候一挑食，就會被嚴厲地斥責。可能也因為這件事造成的反作用力，讓我也沒有明確愛吃的東西就是了。」

「是……是這樣啊……」

虧我還以為買了這麼多來，總有個一樣可以猜中黑雪公主喜歡吃的東西——黑雪公主多半是輕易地看穿了春雪的這個念頭，摻雜著淡淡的苦笑說：

「我不是說過我沒有討厭吃哪一樣東西嗎……好，那麼從今天起，我就當作這些全都是我最喜歡吃的東西。」

「咦……咦咦？」

「來，我們開動吧！你肚子也餓了吧。」

看到黑雪公主拿起叉子，說了聲「開動」之後，將柯布沙拉送進嘴裡，春雪的肚子也發出了輕快的震動聲。

的確，這一天發生了很多事。暑假第一天的七月二十一日，春雪從上午就在和大量的暑假作業搏鬥，下午搭楓子開的車去到千代田戰區，出席今年第四次的七王會議。他們在會議中追究白之王的全權代理Ivory Tower，終於成功讓震盪宇宙承認了他們所犯下的惡行……但還來不及高興，這場會議的所有出席者，就被埋伏在對戰空間中的Wolfram Cerberus拉進無限制中立空間，春雪和加速研究社的Argon Array與Shadow Croaker展開激戰，最後……

春雪用力閉上眼睛，斬斷回想，自己也握住了叉子。他將叉子插在南瓜可樂餅上張大嘴咬了一口。或許是因為麵衣用了比較粗的麵粉，即使已經過了不短的時間，仍然保有酥脆的口感，與入口滑順的南瓜醬對比起來饒富趣味。他轉眼間就吃完一整塊，抬頭一看，就和微笑的黑雪公主四目相對。

「很好吃吧。」

「是！」

春雪一點頭，再度覺得胸中一股熱流上衝，直接就著杯子喝了一口熱湯。緊接著……

「好燙！」

喉嚨滾燙的感覺，讓他忍不住慘叫。他用黑雪公主急忙遞來的冰水來冷卻口腔與食道，這才鬆了一口氣。

「真是的……喝得這麼急，再怎麼說也知道一定會很燙吧。你還是一樣毛毛躁躁的啊。」

「嘻嘻……」

春雪難為情地一笑，接著將鮭魚抹醬送進嘴裡。聽說這種食物本來是用來抹在長棍麵包或餅乾上吃，但春雪買來的抹醬已經抹在一口大小的菊苣上，可以當沙拉吃。生的菊苣有著很強的苦味，但和濃厚的抹醬一起吃，就不會太在意。

「嗯，這也很好吃。春雪，你知道不少好店嘛。」

黑雪公主同樣吃了抹醬後而給出的評語，讓春雪縮起脖子。

「哪裡，我也是第一次走進那間店……平常我都不會外帶熟菜。」

「哈哈，說得也是。」

「啊，可是，最近我想學會自己下廚，所以也會去超市買食材。雖然還只會做一些簡單的東西……」

「…………哦？」

他話一出口，笑意就從黑雪公主的臉上消失。

「舉例來說，你會做哪些菜？」

「咦？呃……呃，最近做過的有炒青菜、炒飯、番茄醬義大利麵之類的……我本來是想說差不多該來挑戰做咖哩，但削馬鈴薯皮這件事意外的高難度呢。」

「…………哦哦？」

黑雪公主仍然一臉正經地點點頭，還莫名地朝自己的手看了一眼之後，繼續問下去：

「你到底是為什麼突然對烹飪這麼有興趣？有什麼具體的理由嗎？」

「呃……也不是說有什麼理由，就是覺得老是吃冷凍披薩對健康不太好……」

春雪嘴上這麼回答，其實他倒也不是沒有像樣的理由。但這個理由即使是對黑雪公主也不能透露，至少得等到能夠切身感受到努力已經得到成果的那一天

「……原來如此啊。也對，比起現成的冷凍食品，自己下廚的確比較健康吧。」

黑雪公主對春雪的話顯得並不懷疑，這麼回答完之後，清了清嗓子說下去：

「其實啊，春雪，我最近也……」

「最近，怎麼了？」

「嗚～呃～沒有，沒事。」

「咦……咦咦……？」

「你就別放在心上了。嗯，這墨西哥捲餅也相當不錯啊……」

之後兩人繼續一邊聊著各式各樣的話題，一邊用餐。本以為已經買得多了點，但不知不覺間，大盤上的飯菜和湯都已經幾乎掃光，只剩盛裝在另一盤的一份長棍麵包三明治。

「春雪，你可以吃啊。」

「咦，不，這是學姊的份啊。」

「你正處在發育期吧，別客氣。」

「學……學姊和我只差一歲吧？」

互相推辭到一半，春雪忽然想到一件事，說道：

「啊，那就這麼辦吧。我們就來一場直連對戰，贏的人吃。」

黑雪公主不是那種會在對戰中放水的個性，這樣就能確實讓她吃到……春雪做了這樣的盤算，於是就要從制服口袋拿出ＸＳＢ傳輸線，這才總算發現不對。

現在黑雪公主應該不是處在能夠悠哉打什麼對戰的心理狀態。畢竟Black Lotus的虛擬角色被困在白之團的圈套中，還只是短短三四個小時前的事。

就系統上而言，要參加包括直連對戰的正規對戰或領土戰爭，並不會受到任何限制。要執行軍團長的職務，應該不會發生太大的問題。

然而就像過去黑雪公主自己所說，無限制中立空間就是BRAIN BURST 2039的本質與核心。那個世界才是真正的加速世界——然而，現在黑雪公主一旦唸出「無線超頻」指令，Black Lotus就會出現在神獸（Legend）級公敵「太陽神印堤」的內部，一瞬間就會死在連鋼鐵都能熔解的超高溫火焰之下。那是完美無缺的無限ＥＫ狀態，甚至更甚於當初困住Ardor Maiden與Aqua Current的四神祭壇。

真要說起來，春雪之所以會帶這些餐點來到這間小公寓，就是因為擔心黑雪公主會因為對戰虛擬角色遭到封印而沮喪。實際上，黑雪公主看來也不是平常的她。畢竟她出來迎接春雪時，眼眶就已經泛紅；當春雪告知這次突然來訪的理由時，更是雙眼微微含淚。兩人面對面吃著飯，不知不覺間，她已經完全變回平常的模樣，讓春雪忍不住說出「來一場直連對戰」這樣的話，但即使系統上可行，現在的黑雪公主顯然沒有這樣的心情，這不是顯而易見的嗎？

「這個，對……對不起，我……」

春雪低頭吞吞吐吐地道歉，就要將ＸＳＢ傳輸線收回口袋。但就在即將收起之際，一隻雪白的手伸到他眼前。

「也好，我就接受你的挑戰。」

「咦……」

抬起頭一看，就在餐桌的對面，看見黑雪公主平靜……當中又有著些許慧黠的笑容。春雪仔細盯著這雙漆黑的眼眸，想找出有沒有強顏歡笑的神色，但對看三秒鐘已經是他的極限，讓他再度低下頭。

他也想過要不要道歉，撤回對戰的提議，但黑雪公主的手一動也不動，始終停在桌上。春雪心想這樣實在看不出她鼓勵自己選哪一邊，但仍然將傳輸線的一端接到自己的神經連結裝置上，再把另一端的接頭拿給黑雪公主。

黑雪公主把接頭接到鋼琴黑的神經連結裝置上之後，有線式連線警語就浮現在眼前，隨即消失。視野自動進行色調調整，只讓連線對象的身影變得色彩鮮明。

「這樣一連線，就會想起來啊……想起那一天。」

腦袋裡傳來耳語似的思考發聲，春雪點點頭回答。

「是，明明還經過不到一年，卻已經覺得是很久以前的事情。」

他們所說的「那一天」，當然就是去年的十月二十四日……春雪變成超頻連線者的那一天。出現在梅鄉國中校內網路虛擬壁球區的黑鳳蝶的虛擬角色邀請之下，春雪去到學生餐廳的交誼廳，儘管周遭學生投來的視線讓他差點當場昏過去，但仍和黑雪公主直連——於是她將那名為「BB2039.exe」的執行檔送了給他。

為何這個檔案會有著舊世代個人電腦作業系統當中所用的副檔名，以及這樣的檔案為什麼能在神經連結裝置上執行，春雪都不明白。他就只是心無旁鶩地點選了圖示，視野被火紅燃燒的火焰圍繞住，然後就成了超頻連線者。

「畢竟對我們超頻連線者而言，一年實在很長啊……可是，也對，等到了今年的十月二十四日，我們就來慶祝Silver Crow誕生一週年吧。到時候我也親自下……不，我什麼都沒說。」

黑雪公主不是用思念，而是實際清了清嗓子，然後正襟危坐。

「那，要由哪一邊挑戰？」

「啊，當……當然由我來挑戰！」

春雪斬釘截鐵地宣告，深深吸一口氣，然後用壓低的音量呼喊：

「超頻連線！」

2

久違的直連對戰舞台，是整個空間中到處有著正八面體水晶浮遊的「靈域」空間。春雪下到大約十層樓高度的大樓屋頂，在銀色面罩下瞇起鏡頭眼，放眼望向地面。

厚實的雲層縫隙間射下的陽光，照得水晶發出七彩光芒。雖然對戰空間中種類繁多，但這種光景的美仍然名列前茅。然而正八面體這樣的形狀，就是會讓人聯想到加速研究社Black Vise的心念「八面隔絕（Octohedral Isolation）」。雖然困住黑雪公主與其他諸王的是一種叫作「二十面絕界（Icosahedral Insulation）」的更高階招式，但看到這景象，還是令人掃興。

但願應該已經出現在遠處的黑雪公主看了這些水晶，不會因而憂鬱。春雪一邊想著這個念頭，一邊查看地形。

杉並戰區被劃分為三個戰區，中央線以北是第一戰區，南側的環狀八號線以東是第二戰區，以西則是第三戰區，黑雪公主的家和梅鄉國中一樣，包含在第二戰區之中。直連對戰不同於正規對戰，在對戰空間內出現的地點是隨機決定，但南方不遠處就可以看到多半是青梅大道的寬廣道路，北方則可以看見中央線的高架橋，所以春雪現在所在地點，似乎是杉並區公所大樓。這是直連對戰，所以看不到觀眾。

據說是在一九九〇年代建設的區公所大樓，寬度還大於高度，但杉並區這一帶高樓大廈很少，所以能夠看得相當遠。如果黑雪公主是從青梅大道過來，應該可以確實發現，但顯示在視野中央的導向游標指向正南方，這個方向上就林立著無數化為異國神殿風的建築物，到現在還找不到黑之王的身影。

身為挑戰者，似乎不應該在大樓屋頂等對手接近，而是應該主動拉近距離——春雪做出這樣的判斷，張開背上的銀翼，毫不猶豫地從十層樓的公所屋頂跳下。由於必殺技計量表全空而無法飛行，但他劃出螺旋軌道落到道路上，幾乎無聲無息地著地。

導向游標仍然指向南方。東西向的青梅大道以南，有著化為神殿的大樓密集林立，即使黑雪公主的對戰虛擬角色身材纖瘦，也無法從縫隙間穿過。如果她要展開攻擊，就必須從東邊或西邊的路口繞過來，而那個時候游標應該也會轉動。

春雪先深呼吸一口氣，然後小聲唸出語音指令。

「著裝，『輝明劍（Lucid Blade）』。」

白光匯集在左腰，轉化為有實體的細身長劍。他左手碰上劍柄，摸個清楚。

仔細想想，這還是他第一次裝備上這件透過6級升級獎勵選來的強化外裝，來和黑雪公主對戰。黑之王Black Lotus就如她的外號「絕對切斷（World End）」所示，是個往四肢刀劍切斷力特化的虛擬角色，劍技之精純當然也可說已經達到加速世界最高水準。用劍挑戰這樣的對手，也許無異於自殺行為，但春雪仍然想和自己所選、所追求的新搭檔一起奮戰。

當然了，他從一開始就不認為自己打得贏。因為讓黑雪公主打贏這場對戰，以便光明正大地要她吃掉最後剩的長棍麵包三明治，就是春雪想出的最佳化解方（Optimize Solution）。

即使如此，或者說正因如此，春雪更希望能卯足全力去打。黑雪公主爽快地答應了他出於思慮不周而提出的對戰要求，他想全力回應她的這份心意。

導向游標仍然一動也不動，但顯示在視野右上方的Black Lotus必殺技計量表，卻急速開始充填。多半是黑雪公主開始破壞水晶了。春雪也不認輸，接近飄浮在路上的虹彩色正八面體，以一記右腳中段踢粉碎。和無限制中立空間相比，充填的量令人不滿意，但相對的破壞的聲響也不會引來公敵。

破壞五顆水晶後，必殺技計量表已經集滿，於是……

「好……」

春雪小聲喃喃自語，準備飛去找黑雪公主，正要張開背上的翅膀之際——

一棟蓋在道路南方的五層樓建築，前方的牆壁上忽然有一道淡淡的閃光橫過。緊接著，牆上開出一個倒三角形的洞，一個尖銳的輪廓從洞口猛然衝了過來。這個輪廓的右手劍亮出光芒，以快得難以看清的速度高高舉起。

——學姊——破壞建築物——

——好快——躲不開——

春雪讓思考有如電子訊號般超高速閃爍，反射性地以右手拔出了輝明劍。

Black Lotus的手臂與劍是一體的，但斬擊的距離比想像中更長。要往左右或後方挪步閃避已經來不及了，要用手臂防禦也不可能。黑雪公主的特殊能力「終結劍（Terminate Sword）」，連Silver Crow的金屬裝甲也能輕而易舉地割開。

若是使用心念系統當然另當別論，但即使最近他老是在打心念火力全開的戰鬥——又即使這場對戰事關吃得到長棍麵包三明治的權利，不，是事關能讓學姊吃的權利，他終究不可能在這場對戰中，做出違反「只有受到心念攻擊的時候才能動用心念」軍團團規的這種事情。

因此春雪能夠選擇的手段，就只剩下用劍格擋，但對此他也完全不是說有什麼絕對的自信。過去能和黑之王四肢刀劍硬碰硬的，就只有「災禍之鎧」Chrome Disaster所裝備的魔劍Star Caster、綠之王所持有的不破大盾——七神器之一的The Strife等傳說級強化外裝，Silver Crow自身原本就不是用劍的虛擬角色，而且在6級的升級獎勵中出現的輝明劍，想來也沒有如此高的規格。

但春雪仍然用剛從鞘中拔出的愛劍，接下了黑雪公主從左上方送來的斬擊。

鏗！一聲尖銳的聲響響起——

黑水晶的劍刃，在春雪的銀色面罩幾公釐前靜止下來。

格擋成功……是算不上。刀劍交錯之處，黑雪公主的劍微微咬進了春雪的劍刃。如果就這麼試圖用蠻力推回去，很可能整個人都會連著輝明劍一起被劈開。

「……！」

春雪尖銳地呼氣，壓低身體，手腕一翻。黑雪公主的劍刃一路激出火花，滑到輝明劍的劍腹上。這次劍刃直逼他的右肩，但他先極力拖到最內門，然後順勢繞上這一劍的動向，不靠力量，而是靠抓準時機來往回推。這是以劍施展的「以柔克剛」。

Black Lotus的身體中軸線微微一偏，春雪不放過這一瞬間的空檔，以翅膀全力向後衝刺。劍與劍激出火花分開，拉出三公尺以上的間距之後，春雪才總算吸了一口氣。

黑雪公主立刻恢復了平衡，但並不立刻追擊。她讓一雙藍紫色的鏡頭眼在半鏡面護目鏡下閃出光芒，發出平靜的說話聲。

「這就是你的新強化外裝嗎？是把相當不錯的劍呢。」

「是……是這樣嗎……」

春雪一瞬間朝劍身瞥了一眼，刀刃上果然有著五公釐左右的缺損。他在心中悄悄說聲：

「對不起，讓你這麼慘。」一邊回答黑雪公主。

「……這把劍，我是基於有點任性的動機選的。如果要貫徹初衷，我應該和過去一樣，繼

續拿『加強飛行能力』，如果是想增加戰術上的廣度，也只要選攻擊類或防禦類的必殺技就好。Silver Crow原本就是格鬥型的對戰虛擬角色，所以和劍搭不搭還是未知數，而且我自己又完全不是說對於用劍很拿手……」

「唔。那麼，你所謂任性的動機是什麼？」

「呃……」

春雪對於要將自己所想，所感覺到的事情，轉化為言語解釋給別人聽，還是一樣不拿手，但對戰虛擬角色和血肉之軀不一樣，發聲器官不會違背腦的命令。他以下意識的動作左手按住胸口，繼續解釋：

「以前我強化虛擬角色，一直都是為了實現自己想飛得更快的願望。可是，我開始懷疑，就這樣一路加強到最後真的好嗎……例如說，四埜宮學妹有著『淨化』這種用來幫助別人的能力，楓子師父的『庇護風陣（Wind Veil）』和晶姊的『急流漩渦（Maelstrom）』，也是用來保護同伴的招式對吧？黑雪公主學姊也是，看似專精攻擊，但在集團戰處於守勢的時候，也會施展『超頻驅動（Overdrive）』的綠色模式。所以我就想到……我也希望為了並肩作戰的同伴，增加一些自己辦得到的事。因為如果有劍可用，那麼碰上不怕打擊的對手也一樣能對抗。」

「我的綠色模式，本來是為了一打多而用的招式就是了。」

黑雪公主摻雜著苦笑加上這麼一句註解，然後微微歪了歪虛擬角色的頭。

「可是……聽你剛剛的說法，我倒覺得這動機和『任性』正好相反。」

「啊，不是，我還沒說完……」

春雪縮起脖子幾分，繼續說明：

「……我從升級獎勵中選了劍的時候，想過這樣的念頭，這不是騙人……應該不是。可是，後來當我練習劍的用法，還有在實戰中和這把劍一起戰鬥，過程中我就發現了一件事。發現說，其實我也許另有別的理由……呃……我，和阿拓訂了約定。說等我們兩個都升上7級，就要再打一場真正的對戰。」

「哦？」

描述會突然飛躍，是春雪的壞習慣，但黑雪公主並不顯得困惑，點了點頭。

「對喔，你們也已經來到距離7級……距離高等級玩家的領域只差一步的地方了啊。站在『上輩』的立場，當然是再高興不過，但你跟拓武訂的約定，和這把劍有什麼樣的關係？」

「是……我大概，是想和阿拓用劍對打。我想，就是因為這樣，我才會選了這把輝明劍。這動機還挺……應該說相當任性吧？」

春雪預測黑雪公主聽完他的告解，不是會笑就是會生氣。但實際上兩種都不是，這個黑水晶虛擬角色就只是緩緩點了點頭。

「嗯……原來如此啊。可是，Cyan Pile的強化外裝不是劍，而是打樁機吧？如果是在可以用心念的規則下，他就能用『蒼刃劍』，但這場合下你的劍可就頂不住了。除非開發出強化劍的心念。」

「是……我想和阿拓進行不使用心念的對戰，所以他也得去弄到劍才行。如果7級的獎勵裡會出現就好，如果沒出現，大概就得去拚高階公敵的掉寶，或是終於要去『商店』……」

「為什麼？」

「咦……？學姊是問什麼事情為什麼？」

「你為什麼這麼想和拓武用劍對決？」

「…………」

明明覺得這個疑問問得很有道理，但春雪一時間答不出口，看了看右手上的輝明劍，又看了看黑之王的面罩。他在自己心中尋求理由，但莫名地找不到，所以順著邏輯講。

「那是因為，阿拓最拿手的就是劍。他在劍道社也是每天都很努力，而且心念也是劍……所以我就想說如果要和他全力對戰，我和他都應該用劍……」

「嗯……原來如此啊。」

她緩緩點頭，但看起來並非完全認同。春雪正呆站在原地，黑雪公主就像要揮開遲疑似的，輕聲清了清嗓子，以浮遊移動滑了過來。

如果這是發生在和團員以外的人對戰的場合，就應該提防對方是不是佯裝談話而企圖偷襲，但春雪完全沒想到這樣的念頭，放下了右手劍。

黑雪公主來到只剩五十公分的距離，以銳利的鏡頭眼盯著春雪的臉看，輕聲細語地回答：

「剛才那些話，不會是你全部的真心話。搞不好……你在內心其實已經感覺到了吧？感覺到不管用不用心念，一旦展開雙方都完全不留餘力的對戰……」

她停頓了一瞬間，然後用更小的聲音說：

「自己多半就會打贏。」

「咦……？」

春雪全身一震，嚇得退縮起來，拚命搖頭。

「怎麼會……怎麼可能！我跟他的第一場對戰，是我打贏了沒錯……可是後來他也非常努力，變得很強。誰會打贏這種事情，我根本不知道……我是真的這麼覺得！」

「這我不打算否定，也不想否定拓武的努力……可是，他的重心有一半是放在現實世界……尤其是放在劍道社的活動。相較之下，你雖然不能說全部，但應該有七成左右，都偏向加速世界吧。」

「嗚……這，也許是這樣沒錯啦……」

「到頭來，超頻連線者有多強，就看對戰虛擬角色的性能、當事人自己的能力，還有就是知識與經驗。你這陣子接二連三和一群真正的強者打過。光是我知道的，就有綠之團（長城）的Iron

Pound、藍之團（獅子座流星雨）的鈷錳姊妹、白之團（震盪宇宙）的Glacier Behemoth與Rose Milady、加速研究社的Shadow Croaker與Argon Array……還有雖然只有一瞬間，但你甚至和綠之王本人交過手。」

聽到黑雪公主列出這些琳瑯滿目的名字，春雪這才為時已晚地微微發抖。他跟這些人打過是事實，但沒有一個對手可以說是靠他自己的力量打贏的，而且也實在不會想跟這些人再打過。這些戰鬥就是這麼艱辛。這些經驗鍛鍊了春雪，給了他許多收穫……這的確是無從懷疑的事實。可是——

「……可是，阿拓也一樣經歷過很多大風大浪。仁子被研究社擄走的時候，他就敲壞了Black Vise的『八面隔絕』，之前的領土戰爭裡，也在邪神（Devil）級公敵的攻擊下保護大家，非常活躍……」

「問題就在這裡啊。」

「咦……？」

春雪瞪大眼睛，黑雪公主從他臉上移開視線，瞥向上方。多半是在看剩下多少時間吧。春雪也有樣學樣看去，數字還剩下大約一千三百秒——二十一分鐘左右。

「我們找個地方坐吧。」

黑雪公主說完就橫跨青梅大道，前往春雪跳下的杉並區公所。她在前庭挑上兩根並排的粗圓柱，以右手劍就像切豆腐似的應聲斬斷。柱子上半往後一倒，碎裂消失，成了兩張現成的椅子。

黑雪公主優美地坐下，春雪也在她對面乖乖坐下。他將還握在右手的輝明劍收回劍鞘，輕輕吐氣。

「……好安靜啊。」

黑雪公主喃喃說完，護目鏡再度往上。這次她多半不是看剩下的時間，而是看著天空。靈域空間基本上都是陰天，但雲不是黏膩的雨雲，而是呈帶狀的層積雲以相當快的速度流過，雲與雲的縫隙間，可以看見透出淡金黃色光芒的天空。

春雪茫然看著雲的流動看得出神，再度聽到說話聲。

「偶爾直連對戰一下也不錯呢……沒有觀眾，也沒有公敵，整個世界就只有兩個對戰者。」

「只可惜得要直連才能實現……」

春雪仍然仰望天空，不假思索地這麼一回答，就聽到嘻嘻一聲輕笑。

「那還用說？這是直連對戰啊。」

「就……就是說啊。」

春雪把頭轉回來，順勢縮起脖子，黑雪公主就對他點了點頭：

「不過，的確就如你所說，日常生活中就能對戰的超頻連線者，也許並不如你我所想的那麼多。畢竟一般來說，彼此知道現實身分的就只有『上下輩』，而且其中一人已經點數全失，又或者是因為某些原因而非敵對不可的情形，也不在少數啊……」

說這話的黑雪公主自己，就和她的「上輩」白之王White Cosmos決定性地對立，拓武的「上輩」是獅子座流星雨的團員，他就因為被追究使用與散播開後門程式的罪責，遭到藍之王處決。除此之外，像仁子、謠、累、聖實她們這樣失去了上輩的朋友，也的確不能說是少數。

「就是……說啊。」

春雪贊同的聲音，幾乎不成聲。

點數全失＝強制反安裝。這是構成BRAIN BURST根基的規則。就是因為有這個限制在，對戰才會真刀真槍，加速世界也才會變得並不只是遊戲世界，但仔細想想，這規則的冷酷，不，應該說是殘酷，實在讓人不能不戰慄。

點數全失的超頻連線者，會失去和BRAIN BURST相關的所有記憶。本來他們認為這個機制既是為了繼續隱匿加速世界，同時也是對點數全失者的一種救濟措施……但光是想像到失去這一切之後，將會襲來的那種莫名所以的空虛感，就覺得恐懼過度，手腳冰冷。

然而——

即使如此，他也完全不認為用某種手段將點數全失的超頻連線者拉回加速世界，讓他們再度投身於戰場，就是正確的事情。以模擬人格的形式復活的能美征二——Dusk Taker，受到比點數全失之前更劇烈的憎恨驅使而狂暴化，最後被ＩＳＳ套件本體傳送來的心念能量侵蝕，留下異樣的哀嚎後消失。讓能美「復活」的，疑似是有著「剎那的永恆」（Transient Eternity）與「死靈術師」外號的白之王，但無論有什麼樣的理由，她的做法都錯了。絕對是錯的……

「我想都沒想過。」

黑雪公主忽然輕聲說出這句話，讓春雪驚覺地抬起頭來。

「沒想過……什麼？」

「我萬萬沒想到，竟然會用血肉之軀，和這麼多超頻連線者面對面交流……在第一期的黑暗星雲那時候，我曾經在現實世界見過的，可就只有楓子和謠啊。結果呢……現在日常生活中就會見到面的對象卻早就超過十個人，呃……」

「楓子師父、四埜宮學妹、晶姊、小百阿拓和我、休可和結芽同學跟聖實同學、日下部同學、仁子和Pard小姐……這樣一共十二個人吧。還……還有……」

春雪遲疑了一瞬間之後，下定決心加上一個名字：

「……如果再加上若宮學姊，就是十三人。」

「…………嗯，也對。十三個人啊……」

黑雪公主說話的聲調平靜，但多半是以下意識的動作，將雙手劍交叉，抱住自己的身體。

春雪揮開再度湧上心頭的遲疑，問起：

「……學姊還沒，聯絡上若宮學姊……？」

黑水晶的虛擬角色，默默地搖了搖頭。

在惠梅鄉國中學生會擔任書記的黑雪公主好友若宮惠——Orchid Oracle，在昨天星期六進行的那場與白之團之間的領土戰爭中突然現身，以驚人的心念「範式瓦解（Paradigm Breakdown）」，將領土戰爭空間轉移到無限制中立空間。新生黑暗星雲勉力贏得了這場戰鬥的勝利，但與黑雪公主兩個人留在主戰場的惠，只說出一句「對不起喔」，就以Black Lotus的劍刺穿自己的胸口，從對戰空間中消失。

緊接著他們就一直聯絡不上的惠，今天卻以令人意想不到的形式，出現在黑雪公主與春雪面前。不，那真的是若宮惠自身嗎——

Wolfram Cerberus闖進七王會議，他的右肩，也就是之前宿有Dusk Taker複製人格的地方，發出了惠飄渺的嗓音，以及淡粉紅色的過剩光，讓整個對戰空間再度被轉移到無限制中立空間。

照常理推想，多半應該把今天出現的惠，當成和Taker同樣是被複製出來的人格。然而不同於能美征二的是，若宮惠本人並未喪失自己曾經身為超頻連線者的記憶。嚴格說來，她是說雖然曾經失去所有點數，BRAIN BURST程式遭到強制反安裝，但在週六的領土戰爭即將開打之際找回了記憶。

若宮惠在無限制中立空間的一座小小的塔上，對春雪說了。說白之王讓惠的記憶與BB程式恢復，再提出一個交換條件。說只要她闖進領土戰爭，施展「範式瓦解」，就讓她最重要的人復活，是一個令她絕對無法拒絕的條件。

最重要的人。那就是惠與Rose Milady的「上輩」Saffron Blossom。從很久很久以前，就被白之王親手逼到點數全失地步的悲劇性Originator。

惠聽春雪揭曉這個事實後，領悟到自己是受到白之王利用，於是將無限制空間再度變回領土戰爭空間。如果不是她做出這個行動，春雪等人很有可能就被邪神級公敵淹沒，全軍覆沒。

也就是說，惠在領土戰結束時，應該就已經理解了加速研究社的計謀，擺脫了白之王的精神支配。但她完全不回應黑雪公主的聯絡，甚至還被「配備」在Wolfram Cerberus身上，再度動用心念，這到底是發生了什麼事情呢——

「……如果至少不是暑假就好了啊……」

黑雪公主緩緩放下雙手，以無力的聲調回答。

「如果明天星期一，能在學校見到惠……不，即使她缺席，也多少能夠得到一些消息。可是在這個狀況下，我能做的事情，差不多也只有不斷發出郵件和進行語音呼叫……」

「…………是這樣嗎？」

春雪戰戰兢兢地把這句話說出口，黑雪公主就眯起了護目鏡下的鏡頭眼。

「你說我還有什麼別的手段可以跟她接觸？」

「呃……直接跑去若宮學姊的家裡看看……」

春雪自認說的話並不是很離譜，但黑雪公主好一會兒沒有任何反應。接著她雙眼眨動一次，發出夾雜嘆息的聲音說：

「你看看我……不，正因為是我吧。我就完全沒想到這個方法……」

「請問，過去學姊曾經去過若宮學姊家嗎……？」

「一次都沒去過，而且惠也不曾來過我家。放學後一起去買東西或是喝個咖啡，倒是有過很多次……看樣子，惠家裡也有不遜色於我家的複雜情形啊。不過話說回來，我想家裡情形不複雜的超頻連線者反而是少數吧……」

「…………」

春雪默默點了點頭。反過來說，正因為幾乎所有超頻連線者的家庭，都有著某些扭曲或問題，才能夠滿足「從幼兒期就佩戴神經連結裝置」這個BB程式的安裝條件。

「這麼說來……直接跑去若宮學姊的家這個方針也行不通嗎……」

「不，這倒也未必。好歹我也是學生會副會長，有辦法遠端存取全校學生個人資料的資料庫。」

這不是因為妳是副會長，而是因為妳利用這權限，對梅鄉國中的校內網路到處動手腳吧？

春雪想到這個念頭，但並未說出口，倒是探出上半身說：

「如……如果要去看看，我也陪學姊去！」

「嗯，有勞你了。可是……就時間來說，大概會是明天吧……」

「的確啊……」

她再度點頭。現實世界差不多快要晚上七點，七月時節，天空還剩下些許殘照，但要讓沒有大人陪同的國中生出門，就稍微晚了點。

這個念頭讓春雪想起，自己尚未聯絡母親，但這些事可以等對戰結束之後再想。現在更重要的是——

「……這個……如果要去若宮學姊家，我覺得去之前，有個人我們最好先去找來商量，或者說聽聽這人的說法……」

聽到春雪的提議，黑雪公主歪了歪頭。

「哦？是誰……？」

「呃……是白之團的Rose Milady。」

「這…………」

黑雪公主難得啞口無言了一會兒，這才輕輕吐出憋住的一口氣。

「哎呀……我都忘了，你在昨天的領土戰爭裡，接觸到了『暴躁鬼（Grumpy）』啊。惠……Oracle和

Milady都是Saffron Blossom的『下輩』，兩人都希望Saffron復活……既然如此，的確和Milady也該交換一下情報比較好。」

她說到這裡，先頓了頓，以另有他意的視線再度看向春雪——

「可是，你會說出這樣的話，就表示你有手段可以聯絡Milady吧？所以你是在領土戰爭時，連郵件帳號都交換好了？」

「不……不不不不是的！」

春雪讓雙手與頭部超高速進行一陣折返運動後，拚命試圖解釋：

「要……要說有聯絡手段，也的確是有，但不是問出什麼郵件帳號，是經由Highest Level……」

「哈哈，對喔。」

看到黑雪公主笑得愉悅，春雪才總算發現自己是被捉弄了。仔細想想，在今天的七王會議開始前不久，黑雪公主就應該已經得知春雪被大天使梅丹佐找去，在Highest Level與Rose Milady見面的事。只不過實際說明的人是同席的楓子。

他正忙著在銀色面罩下露出喪氣的表情，黑雪公主就輕巧地舉起右手。

「不，是我不好。一想到你又交到了女性型虛擬角色朋友，我就忍不住。」

「朋……不不不，我跟她根本就不是什麼朋友……對方應該也只把我當成對立軍團的小嘍囉吧……」

「這可難說得很喔。像獅子座流星雨的『雙劍』，起初也說要砍了你這無禮之徒，現在卻……」

「現……現在也是一樣啊！」

春雪拚命躲過追究，立刻想拉回話題──這才發現不對勁。他們之所以在這裡坐下，本來是為了談拓武的事，但之所以會開始這場直連對戰，原本應該是為了決定長棍麵包三明治由誰來吃。

春雪再度看了看剩餘時間，發現剩下不到十五分鐘。惠的事情固然重要，但也很好奇黑雪公主坐下之前本來要說的事情。

「這個……學姊，在談Milady之前，可以先問阿拓的事情嗎？剛才聽學姊的口氣，好像是說問題就出在阿拓經歷了很多大風大浪……？」

「對喔，他的事情才說到一半呢。」

黑雪公主在圓柱上端正坐姿，輕輕搖了搖頭：

「拓武經歷過很多大風大浪，這件事本身當然沒有任何問題。他變得愈來愈強，這點我也全面認同……可是，身為他的好友，你都不會覺得他自罰傾向的行動太多嗎？」

「自罰傾向……這意思是指責怪自己，懲罰自己，對吧？」

「就是這樣。」

「…………」

春雪閉上虛擬角色的嘴，看著鋪有白色地磚的地面。

很遺憾的，他無法立刻反駁黑雪公主指出的這一點。

的確，拓武過去就曾多次說起自己犯下的罪行，多次犧牲自己來保護同伴。春雪一再勸說：「你已經什麼罪都沒有了。」，但想必拓武直到現在，還是無法原諒當初在千百合的神經連結裝置上安裝開後門程式，想藉此獵殺黑之王的自己。他之所以會去沾惹ＩＳＳ套件，也是出於對自己的這種嫌惡感與絕望感。

看在春雪眼裡，會覺得拓武擁有一切，但現在他有自覺，知道他們兩個在最根本的層面上非常相似。從小春雪就愈來愈羨慕長得又高又帥，學業和運動都很出色的拓武，不由自主地漸漸疏遠了千百合與拓武。然而拓武也同樣因為太想獲得自己沒有，而春雪擁有的事物——儘管還不太清楚到底是什麼事物——輸給了開後門程式的誘惑。

在黑雪公主被送去的醫院裡所展開的決戰，以及ＩＳＳ套件事件時的再戰，春雪與拓武都袒露出內心不可告人的一面，使出了渾身解數，但心中就是留有一點點的疙瘩……就是為了去除這個疙瘩，他們才會定下這個「升上7級後再次對戰的約定」。要是到時候有所保留，相信拓武絕對不會原諒春雪，反之亦然。但黑雪公主卻說，如果維持現狀，春雪就會贏。

「……阿拓責備自己，和他的實力強弱……我覺得是兩回事……」

春雪抬起頭來這麼主張，黑雪公主對他很輕很輕地點頭。

「一般的正規對戰裡，應該就是這樣吧。拓武的冷靜、觀察力與分析力，以及運用這些能力所導出的卓越戰術，已經達到高等級玩家的境界。但我剛才也說過，超頻連線者的強弱，有三分之一是透過經驗打磨出來的。拓武也歷經過許多大風大浪，這點是千真萬確，但遇到生死關頭，他就會犧牲自己來保護同伴。」

黑雪公主說到這裡先頓了頓，鏡頭眼在護目鏡下發出逼人的冷光。

「可是春雪，你就不太一樣。你不管處在什麼樣的狀況下，都會設法讓自己與同伴都活下來。不，也許只是結果變成這樣啊……處在極限狀況下的你，腦子裡只有一個念頭，那就是如何勝過眼前的敵人。聽楓子說你在心念戰中打倒Argon Array的時候，我當場全身顫抖……」

「哪……哪裡，那完全不是靠我自己一個人……要不是師父拉住我，我在展開攻擊前，就會被雷射射穿腦袋掛掉了。」

「呵呵，你浮躁的毛病還是老樣子啊。可是在這之後，你不就從正面攻破了Argon的『無限陣列（Infinite Array）』嗎？像她那個領域的高手，心念的發動速度應該幾乎和普通招式沒什麼兩樣。你卻用速度壓過了她，所以你大可對自己多點自信。」

黑雪公主難得毫不保留的讚美，讓春雪忸怩著縮起的肩膀，頻頻搖頭。

「那……那也是靠了梅丹佐借我的『梅丹佐之翼』……剛才學姊除了Argon以外，還舉出了很多我打過的強者，可是裡面沒有一個是我靠自己的力量打贏的……」

「可是，和這些人之間的每一場戰鬥，應該都讓你有了很大的成長。你不畏於對這些強者挑戰，即使要用牙齒咬住石頭也要跟上，想辦法取勝。你的這種強悍……很遺憾的，現在的拓武就是有所缺乏。我再說一次，你之所以想把你和拓武之間的對決限定在劍與劍的對抗上，不就是因為你內心深處已經感覺到，如果是什麼招都可以出的對戰，你就會打贏？」

「才……才沒有！」

春雪再度試圖拚命否定。

「也不是什麼限定……我就只是，想和阿拓用劍比個高下……」

「那我問你。」

她聲調平靜，卻透出一種鋼鐵般的強韌。

「假設你用劍和拓武對打，那你打算封印飛行能力嗎？封印你背上這對甚至可以說是你存在證明的翅膀？你覺得這樣的對決，拓武會接受嗎？」

「…………！」

春雪尖銳地倒抽一口氣，但累積在虛擬肺臟裡的空氣卻不去化為言語。他憋著一口氣，在腦海中反芻黑雪公主問的問題。

其實，他已經微微察覺到。察覺到飛行能力和輝明劍，目前還不能說很搭。

把翅膀的推力加在打擊招式上的「空中連段攻擊」，的確可以應用在劍上。但飛行能力的真髓，終究還是在空中自由飛行的速度與機動力，而且要論俯衝攻擊的威力，也是俯衝下踢的威力遠遠凌駕於揮劍斬擊之上。像春雪在擊破Argon Array時，選擇的就是自己的右腳而不是劍。說得精確一點，是根本連要動用輝明劍的念頭都不曾有過。

春雪慢慢地，細細地呼出憋在胸中的空氣，喃喃說道：

「的確……如果要用劍對打，也許是非封印翅膀不可。但阿拓也一樣，如果要用劍，他也得封印右手上的『打樁機』。這樣條件就算是對等……吧……？」

「很遺憾的，拓武多半不會這麼認為。」

黑雪公主搖搖頭，舉起右手劍，讓從雲層縫隙間細細灑落的金色陽光照在劍刃上。

「對拓武而言，劍是已經用慣的武器。也許比右手的打樁機更熟……但對你而言就不是這樣。先前你用『以柔克剛』接住我的一劍，的確接得漂亮，但如果你空手，應該可以處理得更順暢吧？這把劍對你而言還是『延長攻擊距離的工具』，連持劍虛擬角色的基礎『人劍一體』境界都尚未達到。」

「人劍……一體……？」

「嗯。剛才你還是微微使上了多餘的力道。你的刀刃之所以會缺損，就是因為你試圖用力量把我的那一劍給推回去。」

黑雪公主的話像是在打啞謎，但最後指出的這點倒是立刻讓春雪深深信服。

同時也覺得耳邊迴盪著細小的說話聲。

——不要用力量把力量推回去。

——加速世界的劍技不需要力量。

他聽到這個聲音，是在與白之團的「七矮星(Seven Dwarfs)」中位列第七的Glacier Behemoth對打時。但到現在他還是不知道，這是誰說話的聲音。說話的口氣和他在Highest Level遭遇到的「四聖」天照有點像，但聲質完全不一樣。

「——春雪，你怎麼了？」

聽黑雪公主呼喚自己，春雪急忙抬起不知不覺間低垂的頭，連連點頭回答：

「啊，對……對不起。呃……學姊想說的話，我稍微懂一點。打擊……拳頭的威力，是取決於速度和力量，但是劍就不太一樣吧。這裡不是現實，是加速世界，所以劍，該怎麼說，這個……是刀刃……不，這理所當然啊。呃，說穿了甚至不是刀刃……而是一種叫作切斷力的概念……」

春雪一邊說得連自己都莫名其妙起來，一邊拚命說出的這番話，讓黑雪公主先眨了眨眼，才「哦？」了一聲。

「怎麼，沒想到你挺懂的嘛。當然並不是所有的劍都這樣……也有像鈍器一樣用重量來硬劈的劍，但我的這個，還有你的輝明劍，都是往切斷力特化的類型。只要能夠精通這種劍的用法，連鋼鐵都能斬斷，但要練到這地步，路途極為遙遠。如果你覺得從小就一直練劍道的拓武和現在的你，在劍與劍的對決中可以打得平分秋色，那就不得不說有點太天真了。」

「…………是……」

春雪悄然垂頭喪氣，就像溺水的人抓住浮木似的對劍之主問起：

「可是，既然這樣，我該怎麼辦才好呢？學姊不是認為，在什麼招都可以出的規則下是我有利嗎？……雖然我相信基本實力要嘛完全沒有差別，要嘛就是阿拓在我之上，可是梅丹佐之翼……那是跟梅丹佐借來的力量，超出了『同等級同潛力原則』的框架。但是話說回來，又不能禁止強化外裝，而且只禁止使用梅丹佐之翼的規則，阿拓一定也不會答應。」

「唔……我認為梅丹佐之翼不是本質上的問題點，不過你說得對，相信拓武會希望你使出全力。說穿了，你有兩個選擇。」

「兩個……？」

「第一，就是心念和梅丹佐之翼都全部用出來，用不折不扣的全力和拓武打。剛才我也說過，我認為你會靠著和那些強者們打過的經驗與想贏到底的意志力差距取勝，但這並不是百分之百沒有懸念。」

「另……另一個呢……？」

「就是如你所願，不管飛行能力、梅丹佐之翼或打樁機，都全部封印不用，雙方都用劍對決……只是在這之前，你必須成為連拓武也認同的劍術高手，達到真正高手的境界……如果是這樣，也許就可以打出一場如你和拓武所願，燃燒一切的真正對決。」

「高……高手……」

春雪茫然地喃喃說完，以下意識的動作摸了摸輝明劍的劍鞘。

「可是，我才剛從6級獎勵裡拿到這個耶……要是想練到高手的境界，不知道要練幾天……不，是不知道要幾週……」

「你太天真了。」

黑雪公主苦笑一聲，輕描淡寫地訂正。

「這道課題至少要花上幾個月，某些情形下甚至要好幾年。拓武練劍道是從國小三年級起……也就是至少練了五六年吧？想追上這樣的他，半吊子的努力可不夠啊。」

「…………就是說啊。真的。」

春雪一邊在腦海中描繪出拓武在劍道道場揮動竹刀的模樣，以及Cyan Pile握持心念劍

「蒼刃劍（Cyan Blade）」的模樣，一邊答話。

長達好幾年的修行——如果是在這個現實世界的十小時相當於四百天以上的無限制中立空間，這也不是不可能。但春雪從來不曾進行這麼長時間的連線。因為早在他得知無限制空間的存在時，黑雪公主就警告過他。說要是連線太長一段時間，現實就會變得稀薄……連現實世界的記憶都會變得含糊。

昨天的領土戰爭結束，回到自己家後，春雪就在大天使梅丹佐的命令下，再度去到無限制中立空間，進行了長達兩個月的連結強化訓練。目前這就是他的最長連線紀錄。

但這次，黑雪公主卻主動對春雪提議進行以年為單位的修行。相信就是得做到這個地步，否則就無法精通用劍作戰的方式——也就不可能和拓武對等戰鬥。

「正合……我意。」

春雪丹田用力，牢牢握住輝明劍的劍鞘，這麼回答。

「只要能和阿拓用劍對決，要修行幾年我都行。不是因為不設規則我就會打贏之類的理由……我就只是單純想用它和阿拓比個高下。因為這樣一來，我和阿拓都可以朝『下一步』前進……我是這麼想的。」

「——原來如此，我明白了。」

黑雪公主以藍紫色的眼睛直視春雪，做出了回答。

「不好意思啊春雪，講這麼多潑你冷水的話。既然是這麼回事，我也不會吝於協助。別看我這樣，我對劍技可也挺有點心得……就由我負責訓練你達到高手的境界……」

聽到這番令人聽了就壯膽的話突然停住，春雪眨了眨眼睛。

接著他才察覺不對。要在無限制中立空間修行劍術——黑雪公主無法同行。

因為Black Lotus一連進去的瞬間，就會被太陽神印堤的烈火焚燒至死。說得精確一點，應該會有幾十分鐘的等待復活時間，但結果沒有兩樣。在找出能夠從Black Vise所設的無限ＥＫ圈套下逃脫的手段之前，黑雪公主絕對不能前往無限制中立空間。

「——學姊。」

春雪探出上身，渾然忘我地愈說愈激動：

「我一定，一定會把學姊從印堤的烈火下救出來。今晚的軍團會議上，我們大家會一起討論，找出逃脫的方法。我保證……一定……」

「……嗯，我知道。」

黑雪公主解除了虛擬身體的僵硬，透出微笑的氣氛。

「我當然相信……相信你，也相信黑暗星雲的大家。好不容易走到了揭穿白之團惡行的這一步，我們不能在這裡停下腳步。只不過是一顆火球，我們可得馬上逃脫出來，對Cosmos宣戰才行啊。」

「…………是！」

春雪用力點點頭，猛然抬頭一看，視野上方的倒數讀秒就映入眼簾。不知不覺間，剩下時間已經不到五分鐘。

「啊……已經要結束了。那，由我來申請平手……」

「你說這什麼散漫的話？」

黑雪公主傻眼似的回答完，從斬斷的圓柱無聲無息地站起。

「有五分鐘就夠了。春雪，我們來分個高下。」

「唔咦！好……好的……」

春雪沒膽地應聲，同時趕緊站起。他急忙拔出輝明劍，然後才發現另外還有一件事必須先做。

「啊，等等，請等一下。」

「怎麼，事到如今你才怕了？」

「不……不是，我沒有怕……不對，怕是會怕，可是重新開始對戰前，請給我一點時間。」

「嗯……？這是無所謂，可是只剩四分半……」

「沒問題，三十秒就會結束。」

春雪斬釘截鐵地說完，伸出了雙手。

「學姊，手請借我一下。」

「呃，噢……」

黑雪公主顯得不解，但仍舉起雙手劍，讓劍尖籠罩在淡淡的過剩光當中。霹哩一聲輕響中，劍尖分割開來，化為五根細得驚人的手指。

春雪輕輕握住她伸出來的手，發出思念。

——梅丹佐，不好意思打擾妳休息，可以帶我們去Highest Level嗎？

他立刻聽見了回答，但不是說話聲，而是清澈的鈴聲。多重共鳴的鈴聲籠罩住他們兩人，隨即轉化為帶有微微熱氣的光流，在黑雪公主與春雪的雙手所圍成的圈子裡循環。

——學姊，請仔細感受光的流動。

他接著朝黑雪公主送出思念，接著就有個微微顯得困惑的聲音在腦海中響起。

——唔……這樣可以嗎？

——就是這樣，要專心……我們走了！

春雪宣告完，就讓意識和不斷加速的光同調。靈域空間的環境聲響漸漸遠去，風景也消融在白光之中……

等到啪的一聲再加速聲響響起，兩人的精神已經飛向高次元空間。

話。

3

「僕人，帶Lotus來這裡，可妥當嗎？」

這就是當春雪與黑雪公主來到Highest Level時，迎接他們的大天使梅丹佐所說的第一句話。

「咦……？這話怎麼說？」

春雪心想帶黑雪公主來有什麼不妥嗎，於是一反問，大天使就讓她那仍然緊閉雙眼的美麗容顏上透出傻眼的氣息。

「上次你和Raker一起來到這裡時，她不就說過嗎？說Lotus不用靠我的幫助，也總有一天會靠自己的力量來到這個地方。」

「……啊……對……對喔……」

「也罷，這種事情本來就不可能。因為就如我上次所說，BB2039開天闢地以來，從不曾有小戰士不受Being引導，就達到Highest Level。」

春雪聽著梅丹佐這番話，戰戰兢兢地看向黑雪公主。

他的劍之主站在稍遠處，背對春雪他們，看著眼底的無限星海看得出神。

這一顆顆小小的光點，全都是現實世界的公共攝影機──只是梅丹佐稱之為「節點」──這些光點匯集起來，詳細描繪出了東京的地形。春雪他們的虛擬身體也是以微小的光點描繪出來，沒有實體，所以在這個空間裡，任何攻擊都不構成任何意義。

黑雪公主未經任何說明，就被轉移到這個世界，不知道她現在是在感受、思考著什麼樣的事情呢？春雪心驚膽戰等了好一會兒後，聽到她悄聲說道：

「……原來如此，這裡就是Highest Level……這就是加速世界真正的樣貌，是嗎？」

她的聲調意外地鎮定，所以春雪急忙說出謝罪的話：

「這個，對……對不起，學姊……我什麼都沒說就把妳帶來……」

「你不用道歉。」

黑雪公主輕飄飄地轉過身來，雙手劍大大往旁一攤。

「聽到你和Raker說的情形，我就一直覺得總有一天要來這個地方看看。只是我沒料到這一天就是今天。」

「既然如此，早點拜託我的僕人不就好了？畢竟妳多得是機會。」

梅丹佐不可思議地一問，黑雪公主就放下雙手，微微聳了聳肩。

「話是這麼說沒錯，不過……我也許是有點怕了吧。升上10級，取得被封印在禁城的最後神器，了解這個世界的一切……之前一直只為了得到這些而活到今天的我，俯瞰整個加速世界時，會有什麼感想，就連我自己都無法想像……」

「那……那……學姊覺得怎麼樣……？」

春雪以沙啞的聲音問起，黑之王只回了一句話。

「很大啊。」

「咦……就……就只有這樣？」

「怎麼，只有這點感想，你不滿意嗎？」

「不，也不是這麼回事……」

「也是啦，我對自己的反應也有點意外。我本來以為……我不是會被加速世界的巨大所震懾住，就是反而會覺得就只是這樣而幻滅，但現在就只覺得『很大』。這是為什麼呢……」

黑雪公主喃喃說完，梅丹佐對她說：

「Lotus，這應該是因為，妳對這個世界作為容器的一面沒有興趣吧。」

「唔……我倒覺得沒這回事。」

「我懂的，因為我也一樣。這個世界很大、很深……可是，終究是有人為了某種目的而打造出來的容器，是一種箱庭。雖然我們Being也一樣是人造的……但正因為這樣，我才更想知道。知道這個世界，以及我存在的理由。」

大天使說完，黑雪公主默默凝視著她的臉好一會兒。

幾秒鐘之後，她讓面罩上下點動。

「的確是這樣啊。我也想知道。想知道BRAIN BURST被創造出來的理由，超頻連線者戰鬥的理由……知道最根源有著什麼事物。我一直覺得，應該還沒……還不是盡頭。覺得這個叫作對戰虛擬角色，不，是叫作人類的這個軀殼之外，還有著不曾有任何人看過的……」

聽到她有一半是以思念發出的這番話，春雪瞪大了雙眼。

春雪確確實實，聽過幾乎完全一樣的獨白。就在他才剛從黑雪公主手中得到BB程式不久，在高圓寺的一家咖啡廳靠裡頭的桌上，透過直連線路聽到。

黑雪公主的模樣沒有改變。從那之後過了九個月，發生了很多事情，很多事物都有了改變，但黑雪公主藏在內心深處的渴望仍然完全沒有改變。

那個時候，春雪應該是這樣回答的。

他說：「不管是什麼樣的遊戲，要是有人放棄去看結局，永遠只在最後關卡前面的地圖晃來晃去，那個人就只是個呆子而已。既然有更高的等級，當然就應該去追求……因為BRAIN BURST就是為了這點才存在的，不是嗎？」

他右手按上沒有實體的虛擬身體胸口，朝自己宣告：

——我的心意也完全沒有改變。我想和學姊一起把這個遊戲玩到破關，看到「更外側」，這種心意並沒有改變。所以——

「……我們走吧，學姊。」

春雪這麼說完，就走向劍之主，把右手從自己胸口拿開，碰上黑雪公主的右手。雖然摸不到東西，指尖仍然感受到淡淡的熱。

「去到這個世界的盡頭……去到中心。和我，梅丹佐，還有所有團員一起。」

「……嗯，你說得對。」

黑雪公主微微一笑——儘管Black Lotus的面罩下只看得見鏡頭眼，但春雪仍然這樣感受到——像要振奮心情似的，用大了點的聲音說：

「所以呢，你之所以帶我來這裡，應該不是只為了讓我看見世界的樣貌吧？你的主要目的是什麼？」

「啊，對……對喔。呃……」

他退開一步，轉身面向大天使。

「梅丹佐，『楓風庵』妳還中意嗎？」

春雪問了這個問題當開場白，梅丹佐儘管微微皺起她秀氣的眉毛，但仍以平常的聲調說：

「還好，還不錯。當然跟我的居城是沒得比，但像這樣小小的住家，在療傷的時候也的確不錯。而且也不會有不知死活的小戰士闖進來。」

「是……是喔……妳的傷勢呢？和白之團的戰鬥中消耗的體力恢復了嗎？」

「僕人，你第一個該問的就是這個問題。」

大天使伸出右手，在春雪的面罩上輕輕彈了一下他的額頭——即使是在Highest Level，就只有梅丹佐的攻擊，會讓他不由得感受到一陣柔和的衝擊——然後臉不紅氣不喘地說：

「畢竟我和『災禍之鎧MarkⅡ』打的時候，失去了核心以外的所有資料……要修復（Recovery）這些資料並非易事，但多虧Raker提供了楓風庵，讓我得以關閉除了和你的連結以外的所有感覺，專心修復。現在，我身體的重新建構，已經完成到百分之七十八・三。只要繼續休眠加速世界的十年左右，應該就可以完全修復了吧。」

「十……十年……？」

春雪聽得愕然無語，梅丹佐就露出一如往常拿他沒轍的表情。

「對我來說只是睡一覺罷了。而且，換算成Lowest Level時間，也只不過是三天吧。」

「這……這個嘛，是這樣沒錯啦……」

春雪點了點頭，但他實在樂觀不起來。如果在完全修復完畢之前，又迫於情勢而必須和「MarkⅡ」那種超規格的敵人戰鬥，梅丹佐又會再度耗損自己。

這樣一想，就覺得會遲疑該不該說下去，但相對的，他們處於刻不容緩的狀況，這點並未改變。春雪下定決心，切入正題。

「……梅丹佐，我之所以找妳，是因為想再找天照談談。說得正確一點，是想找她的朋友Rose Milday談，但我們沒有別的手段可以聯絡上她……」

一聽春雪說到這裡，不只是梅丹佐，連黑雪公主也全身一震。

「……原來如此。僕人，你的這個要求，和無限制中立空間（Mean Level）當中所發生的異狀有關嗎？」

「異……異狀……？」

「現象本身的規模並不大，卻也是加速世界開天闢地以來不曾發生的事情。總是隨興在Mean Level滾來滾去的『太陽神印堤』，待在區域００……『禁城』的附近，靜止不動。雖然我是在剛轉移到Highest Level時才發現這件事，但那個滾珠停止滾動，以及這麼接近禁城，都是第一次發生的事。」

「滾……滾珠……妳討厭印堤嗎？」

「那玩意兒就只是一直滾來滾去，根本無所謂喜歡不喜歡，但的確是令我不快。明明擁有足以媲美我們『四聖』與『四神』的優先度，對我們的接觸卻完全不做任何反應。應該可以說是整個加速世界最莫名其妙的Being了吧。大約在兩千年前，我總算得出了結論，就是認為去想那玩意兒也是白費心思，但這下又得多方考察推敲，實在令人生氣。」

梅丹佐的口氣顯得真的忿忿不平，讓春雪不由得與黑雪公主對看一眼，然後戰戰兢兢地發言：

「呃……印堤停在進城附近的理由，是已經知道了。」

「哦？」

大天使微微睜開平常總是閉著的眼睛，以莊嚴神聖的金色雙眸看了春雪一眼。

「你說的理由是？」

「呃……這可能會讓妳想起不愉快的回憶，其實就和把妳的第一型態從『兩極大聖堂』拖出來，移動到東京中城大樓的那種力量一樣。印堤現在受到了神器『The Luminary』的拘束。」

他話一說完，梅丹佐立刻散發出比起黑雪公主的「極寒氣黑雪式微笑」有過之而無不及的寒氣，更不掩飾嫌惡感，說道：

「——說穿了，又是震盪宇宙做出來的好事了？可是，到底為什麼？把印堤固定在那個座標，那些人可以得到什麼好處？」

「這……」

春雪正要說明七王會議上發生的事，但一瞬間遲疑了。

梅丹佐從移動到楓風庵以來，一直關閉所有知覺，所以並不知道包括黑雪公主在內的五個王，已經在印堤內部陷入無限ＥＫ狀態。一旦她知道，多半，不，是肯定會停止休眠，想辦法處理印堤。這令人覺得非常靠得住，而要救出黑雪公主，梅丹佐的協助多半也是不可或缺，但站在春雪的角度來看，實在不希望她在完全復活前跨出這裡。在昨天的領土戰爭裡，她也同樣傷勢未癒，就以全力發射「三聖頌（Trisagion）」，因而再度元氣大傷。

而大天使彷彿看穿了春雪的這種遲疑——

「說下去，僕人。」

她以堅毅的聲調下令。緊接著微微放鬆語氣——

「……我可也是黑暗星雲的一員呢。不過也罷，如果你不說，我也只要強制看你的記憶就好了。」

被她補上這麼一句，春雪再也不能拒絕。

他用力握住以淡淡光芒構成的雙手，點了點頭。

「知道了。可是希望妳不要想一個人去解決。」

春雪花了體感起來大約五分鐘的時間，說完七王會議上所發生的事情後，梅丹佐只說了一聲：「原來如此」，就眼睛半閉，看向下方。她先朝由無數光點描繪而成的東京都都心當中，黑漆漆地坐鎮在最中央的禁城看了好一會兒，才將視線轉到黑雪公主身上。

「——Lotus，很遺憾的，即使憑我的力量，也別說破壞印堤了，連要挪動都不可能。那是一整團超高溫的火焰……物理攻擊會在打到核心前就被熔解，熱能量攻擊則會被吸收。」

梅丹佐平常極其唯我獨尊，卻說出這種反常的消極說法，讓春雪嚇了一跳，但黑雪公主並不動搖，點頭稱是：

「嗯……畢竟儘管我只從遠處看到，但以前似乎有過許多超頻連線者，試著去打倒印堤。每個人都想過，只能用的大量的水或冰來冷卻，但我聽說每次當無限制空間變成『大海』或『暴風雨』，印堤就莫名地不會現身……」

「想來印堤應該也有像我的兩極大聖堂，或像天照的天之岩戶那樣的據點。」

直徑達二十公尺的大火球會有什麼樣的據點呢？春雪拚命試圖想像這會是個什麼樣的地方，但尚未想到具體的形態，梅丹佐就開了口。

「這樣看來……還是只能把天照給叫出來了吧。」

「咦……？可是我，還沒說明我想跟Milady談話的理由……」

「反正同樣的話你也要說給天照聽吧？我們就省點事吧。」

梅丹佐說出這句像是急性子星人Pard小姐會說的話後，再度閉上了眼睛。

短短的〇．五秒後。

梅丹佐身旁出現一個小小的發光像素，轉眼間就形成日輪造型的髮飾。新增的大量光點在空中飄盪、凝聚，形成一個像是穿著日式巫女裝束的女性型虛擬角色。

實體化——雖然這裡是Highest Level，所以沒有實體——的天照，用和身旁的大天使一樣閉上的雙眼，依序朝春雪與黑雪公主一瞥，然後俐落地張開右手的扇子，掩住嘴角，發出略顯低沉的美艷嗓音。

「Silver Crow，本座明明說過一百年只會來上一次Highest Level……從上次見面，可一年都還沒過呢。」

「是！非……非常抱歉勞您大駕！」

春雪雙手貼在身體兩側，連手指都伸得筆直，鞠躬道歉。無限制空間的一百年，相當於現實世界的三十六天又十二小時，但狀況實在不容他等那麼久。

「這個，我是有急事要拜託妳……」

但這個和印堤同樣有的太陽神尊號的Being，只再度將合起的扇子往前一送，打斷春雪說話。

「而且Crow，你答應過本座吧？說要帶上供品，來到本座的祠堂……天之岩戶道謝。」

「是、是的……將來，一定……」

——說完發現這個回答，和上次一字不差，春雪急忙補上一句：

「呃，那，具體來說，我該帶什麼樣的供品去……」

「也對……那邊那位說話尖酸的大天使，一直跟本座炫耀她吃到了蛋糕什麼的，所以本座要一樣的東西。」

「咦……蛋糕……？」

春雪正納悶地心想她有吃過這種東西嗎，歪頭朝梅丹佐一看，這才總算想起。楓子帶他們兩人來到楓風庵時，就端出了上面放滿不可思議果子的蛋糕來招待。那種蛋糕的確很好吃，但他完全不知道在加速世界的哪裡可以弄到。

「……梅丹佐，妳對天照炫耀那個核桃蛋糕？」

春雪姑且一問，大天使立刻撇開臉，發出有點心慌的聲音說：

「我沒有炫耀。只是在告訴天照我要進入閉關模式十年的消息時，順便跟她分享了資訊。」

「哪門子的分享資訊，本座一要求複製味覺資料，妳就冷淡地拒絕了。」

「這是因為只複製味覺，根本不算是吃過！想嚐到那種蛋糕，就用本體從天之岩戶踏出來，來到我暫住……不，是來到我的新居。」

「別強人所難，要是想以本體前往外頭，本座的第一型態……」

雖然也想聽兩位最高階Being聊下去，但實在看不出她們何時會說完，於是春雪拚命插話：

「這個，不……不好意思！蛋糕我會請Raker師父去弄來，一定會送到天之岩戶去，現在還請聽我們說……」

結果太陽神以仍然閉著的眼睛朝春雪瞪了一眼，說道：

「不是有一天，等梅丹佐修復完畢，就要立刻送來。那，你找本座有什麼事？」

——終於談到正題了啊……

春雪一邊在內心喃喃自語，一邊挺直了腰桿。要把他想和Rose Milady聯絡上的理由解釋給天照和梅丹佐聽懂，就得讓她們理解到Orchid Oracle……也就是若宮惠所處的那種極其複雜的狀況。他還是一樣不擅長說話，忍不住會想依靠黑雪公主，但選擇召喚天照的是他自己，所以非得盡到這個責任不可。

春雪一瞬間先看向黑雪公主，然後朝著兩位高階Being，開始說明他所知的一切。

4

「真是的……總覺得完完全全中了你的計呢……」

黑雪公主回到現實世界後，一邊發著這樣的牢騷，一邊從脖子取下ＸＳＢ傳輸線，還給了春雪。

「哪……哪有什麼計謀……」

春雪連連搖頭，先將傳輸線收回口袋，然後把放在桌子正中央的盤子推到黑雪公主身前。

「可是，對戰是學姊打贏，所以請學姊吃掉這個！」

「好吧，我就恭敬不如從命了。」

她拿起夾了乾番茄、莫札瑞拉起司與芝麻菜的長棍麵包三明治，發出清脆的聲響，咬了最邊邊一口。冰箱裡還有甜點檸檬塔在待命，但連春雪都已經飽得很了，多半會留到明天。

明天。

所謂明天，就是今天的下一天。也就是說，要先睡覺，醒來，明天才會來。一想到這理所當然的道理，大約一小時前黑雪公主所說的話，就在腦海中重現。

——拜託……今晚，可以跟我一起過嗎？

春雪對這個請求的回答是「當然」，但其實他並不確定黑雪公主所想的「今晚」，具體來說有著什麼樣的意義。是指就國中生而言有點晚的時間，例如到晚上九點？還是指獨自走在街上而被公共攝影機拍到，系統就可能會通報附近員警的深夜十二點左右呢？又或者，是指更晚——也就是雖然不會再有被抓去輔導的風險，但會發生完全不一樣的重大問題的，所謂隔天早上路線嗎？

不管是哪一種，他都必須盡快和母親聯絡才行，但聯絡內容也會隨著預計回家的時間而不同。若是要走深夜或隔天早上路線，也許就得靠拓武幫忙才行。

春雪正以極限速度持續評估這些問題，黑雪公主在他面前吃完了這塊有點小塊的長棍麵包三明治之後，把杯子裡剩下的湯喝完，「呼」的一聲輕輕吐氣。

「哎呀，肚子好飽。上一次像這樣挑戰極限，已經是多久以前啦……」

「對對對不起，我買太多了……」

春雪趕緊道歉，淡黑雪公主笑瞇瞇地對他說：

「不用道歉，畢竟你說的是事實。」

「咦……我……說了什麼……」

「『多吃點東西就會有精神』。」

「啊……是……是的……」

「我的確有了精神，果然吃飯很重要啊。而且也很久沒能跟你打一場對戰，又得以去到Highest Level，也見到了梅丹佐和天照……雖然沒能見到『暴躁鬼』是很令人遺憾啦……」

「……說得也是……」

他再度緩緩點頭。

四聖天照在Highest Level聽了春雪說明後，試著與Rose Milady取得聯繫，但很遺憾的沒有回應。天照與Milady的「連結」似乎並不處於能送達現實世界的階段（Lowest Level），所以也是無可厚非。因為在時間流動速度加速到一千倍的無限制中立空間（Mean Level），一個人上線時，這人的朋友正好在線上的可能性是非常低的。

但天照表示會在下次聯絡上Milady的時候傳話，所以春雪也就把一個用來和許多超頻連線者聯絡的匿名郵件位址——這個情形下的「匿名」，指的是並未綁定神經連結裝置——告訴了她。用說話的方式來告知郵件位址字串，是一次相當新鮮而令人不放心的經驗，但據她們的說法，在Highest Level無論用口說還是用文字寫，本質上都沒有差別。

春雪完全不知道Milady何時會收到他的留言，假設收到了，也不知道她是不是真的會聯絡。如果等到明天都還沒收到聯絡，對若宮惠這件事，多半就必須在沒有她協助的前提下展開行動。

「……學姊昨天說，如果可以，希望讓Milady離開震盪宇宙，加入黑暗星雲，對吧？」

春雪小聲一問，黑雪公主就默默點頭。

「這可能性……存在嗎？過去我所接觸過的白之團團員，不管是Behemoth，還是Fairy……甚至連讓學姊妳們陷入無限EK狀態的Platinum Cavalier，都和加速研究社那些人不一樣，感覺不像壞人……啊，對……對不起，我不該說這種話。」

「不會，沒關係的。你想說的話我懂——然後呢？」

「呃，該怎麼說，他們明知自己的行為，會在加速世界中製造許多的痛苦，但似乎還是因為某種理由，認為說什麼都非做不可。我想，Milady在這方面大概也是一樣。她在Highest Level說過……說震盪宇宙有震盪宇宙戰鬥的理由，而這個理由和黑暗星雲戰鬥的理由，絕對無法相容。」

春雪閉上嘴後，黑雪公主仍好一會兒不說話，就只是注視著雙手上的湯杯。

過了一會兒，她從湯杯放手，看了春雪一眼。一雙晶瑩的漆黑眼眸，像在承受著痛楚似的瞇了起來。

「——姊姊……我的『上輩』白之王White Cosmos，用假情報操縱我，引誘我打得前代紅之王點數全失。這件事我之前就提過吧……」

「是……是啊……」

春雪生硬地點頭。

「日珥」初代軍團長Red Rider，以他的「創造武器（Arms Creation）」特殊能力，創造出七把槍，作為七王的友情證明，發給各王。這些槍命名為「七道（Seven Roads）」，是左輪式手槍，七發裝的彈筒裡裝了七色子彈，但即使扣下扳機，子彈也不會發射出去。

然而白之王卻對黑雪公主灌輸假情報，說這種槍有著核彈般的壓倒性威力，是一種「保證相互毀滅兵器」，而紅之王就是想透過機這些槍發給諸王，讓七大軍團的互不侵犯條約變得絕對而永久。那是在三年前……黑雪公主還是國小六年級生時的事情。

當時黑雪公主主張，所有超頻連線者都應該為了升上10級而戰，但她與其他諸王之間，相互之間似乎仍當成好對手或平等的王看待，彼此間相互肯定。但白之王試射的「七道」那種將戰場上的建築物連根夷平的威力，逼得黑雪公主別無選擇。她鑽牛角尖地認為一旦這幾把槍開始發揮嚇阻裝置的功效，她就永遠升不上10級，於是在七王會議上突襲Red Rider，透過一戰定生死規則讓他點數全失。

「……這些年來，我一直這樣想。想說Cosmos是因為某種理由，變得有必要排除Rider，才把這骯髒事塞給我去做。實際上，Cosmos的確操縱復活的Rider，讓他製造ＩＳＳ套件，但……最近，我忽然有個想法……」

黑雪公主喃喃說到這裡，春雪看著她的臉，連呼吸都忘了。春雪覺得眼前的她虛幻得像是只要一眨眼，就會從眼前消失，在膝蓋上握緊了雙手。

「想說我，會不會到現在還受到Cosmos操縱。想說讓Rider點數全失，並不表示我的任務就此結束，那只是過程……想說會不會就連和Cosmos敵對，某種程度上逼得震盪宇宙無可推託的現在，我其實還是跳不出Cosmos的手掌心……」

春雪聽到這句話，用力左右搖頭。

「怎麼會……不可能是這樣！昨天的領土戰爭裡，震盪宇宙……Black Vise無疑想把我們逼到我們點數全失的地步，而且今天的七王會議上也是一樣，那種把學姊和其他諸王逼進無限EK狀態的作戰，也是不惜同歸於盡。白之王也已經被逼得無路可退了……ISS套件的本體受到破壞，加速研究社的真面目被揭穿，不，不用說這些，學姊讓黑暗星雲東山再起的這件事本身，對白之王應該就已經是意料之外的事了！」

春雪大力主張的同時，上身往前傾斜過度而失去平衡，差點從椅子上摔下去，這才趕緊雙手撐在桌上。看到春雪這樣，黑雪公主也嘻嘻一笑。

「也對……你們這麼拚命努力，我卻這樣搖擺不定，可就沒臉見團員了啊。你和楓子都看穿了，我第一次陷入無限EK，大受動搖，但仔細想想，謠和晶都在同樣的狀況下忍耐了足足兩年。只是Graph那傢伙似乎就靠自己的力量擺脫了。」

「學……學姊可別學他啊，Graph兄也不是說已經完全擺脫四神玄武的領域，他是逃進了禁城，現在也還困在裡面……」

「呵呵，我明白。今天晚上的軍團會議上，應該會討論逃脫計畫，但我已經不心急了。畢竟這對領土戰爭與正規對戰都沒有影響，我覺得等到對震盪宇宙的總攻擊結束之後再說，也還不遲。」

「…………是。」

春雪滿心想說我馬上救學姊出來，但還是忍了下來，點頭答應。

他已經切身感受過太陽神印堤的可怕。即使是屬於金屬色角色的Silver Crow，要是貿然衝進去，多半不到一秒就會被燒個精光。春雪對同為太陽神的天照，也曾問起過印堤的攻略法，但她只面有難色地說：「本座不想跟那顆火球扯上關係，不好意思啊」。若想救出黑雪公主，就不能貿然送死，必須和同伴們好好擬訂計畫才行。

「回到正題……」

黑雪公主先加上這句話，然後以鎮定的語調再次說起。

「剛剛你說得沒錯，我也覺得震盪宇宙的團員，尤其是幹部『七矮星』，是基於某種覺悟在行動。如果Milady也和他們共有同樣的覺悟，相信她不會輕易選擇離開軍團……而且Cosmos對於與自己為敵的老部下，動用『處決攻擊』應該也不會有所遲疑。只是，並不是連一丁點的可能性都沒有。」

「是……是怎麼樣的可能性……？」

「如果Milady對Orchid Oracle與Saffron Blossom的心意，凌駕在她的覺悟之上，說不定……」

這句話深深刺激了春雪的記憶。他將耳邊響起的Milady那幾句話，原原本本地複誦出來。

「『我會為了Orchid Oracle，為了Saffron Blossom，做我該做的事』……上次Milady留下這句話，就從Highest Level消失。那句話的意思……會是指她要背叛白之王嗎……？」

「──不知道。」

黑雪公主喃喃應聲，拿起了湯杯，發現杯裡是空的，又放回桌上。

「……我去泡個茶吧。喝冰紅茶可以嗎？」

黑雪公主起身，春雪急忙回答：

「好的，當然。這個，我來收拾桌子。」

「也對……那，我們一起收拾吧。」

兩人把空盤子拿到廚房，放進洗碗機，把生物可分解的各種包裝袋丟進廚餘處理機後，並肩等待水煮沸。春雪心想，應該要抓住這個時機，問清楚「今晚」的含意，但最新型的快煮壺轉眼間就讓五百毫升的水沸騰，讓他又錯失了機會。

黑雪公主從罐子裡舀出茶葉，泡了偏濃的紅茶，和裝滿了冰塊的杯子一起端到桌上。蒸煮時間結束的瞬間，將紅寶石的液體從熱水壺高高沖入杯子，就聽到杯子裡霹啪作響。

春雪有點不敢喝純紅茶，但聞起來實在太香，於是直接端起來喝了一口試試看，發現雖然不是沒有苦味，但口感清爽，明明沒加糖，卻感覺得出淡淡的甘甜。喝下後充滿在鼻腔內的香氣，宛如麝香葡萄般高雅。

「非常好喝。」

春雪一說出這句詞彙貧乏的感想，黑雪公主就開心地微微一笑：

「這是惠送我的，是大吉嶺的第二季茶。從五月到六月期間，在產地採收的茶葉，就是這麼稱呼。」

「是喔……咦，可是記得紅茶必須經過發酵的過程吧？現在才七月，在日本就已經買得到啦？」

「你問到重點了。惠說這是她常去的紅茶專門店裡，今年進的首批第二季茶。她是在第一學期最後一次學生會幹部會議那天給我的……」

黑雪公主再度露出的笑容上，多了淡淡的憂鬱。她也跟著玻璃杯往嘴邊傾斜，閉上眼睛品味紅茶好一會兒後，又接著說下去：

「——我也在同一天，把我在高圓寺一家生活百貨找到的茶匙送給她。放學後我們一起繞去咖啡館，天南地北地聊起來。我本來還以為，這樣的日子會一直持續下去……原來我對惠什麼都不了解，不，是根本不曾試著去了解啊……」

「既然這樣，以後慢慢了解就好了。」

多虧冰涼的紅茶，春雪的嘴動得比平常順暢。

「我想我對學姊也還有很多地方不了解，學姊也不是說對我的一切都已經了解了吧？我想就算花上幾十年，也不可能了解彼此的一切……所以人才會這麼有意思，待在一起也才會開心吧？」

黑雪公主聽了，連眨了兩次眼睛，嘴角綻放笑容。

「嚇我一跳，真沒想到會聽到你說出這樣的話來。我們剛認識的時候，你還說自己別無所求了。」

「嗚啊……不……不好意思……」

春雪正在椅子上忸怩地想著，自己的確說過這樣的話，黑雪公主則是愉快地笑了。

「不用道歉，你說得沒錯。只要以後一點一滴地慢慢了解就好……為此，我們必須把惠救回來。」

「是！」

春雪猛一點頭，帶得玻璃杯裡的冰塊碰撞出聲，彷彿在呼應他說話。

就在兩人喝完冰紅茶的同時，時間來到了晚上八點。軍團會議是從晚上八點半開始，但他必須在這之前聯絡母親。但到底要如何確認黑雪公主在「今晚」這個字眼當中所灌注的真意呢？

要先講一聲差不多要回家了試試看嗎？但黑雪公主即使內心失望，或是覺得寂寞，應該也不會說出口。要是在她最難受的時候，沒能陪在她身邊，那就沒有任何意義了。

他正坐在椅子上想破頭，黑雪公主就像這才想起似的說了：

「對了春雪，你不用和令堂聯絡嗎？」

「咦耶？」

「有什麼好咦耶的？你還是國中生，這種事情得好好回報才行啊。」

「是……是是是的，這我是非常明白。」

——聯絡的內容要怎麼寫啊！

春雪又不能問到這地步，生硬地動起右手，從虛擬桌面叫出訊息APP。他凝視著空白的視窗，拚命運轉腦袋，對母親送出一封郵件，內容是：「我在朋友家做暑假作業，所以會晚回家，說不定會過夜。」幾秒鐘後，顯示出母親的回信內容：「小心別給人家添麻煩。」春雪這才鬆了一口氣，關閉了APP。

「令堂怎麼說？」

黑雪公主立刻問起，春雪照實回答：

「呃，她說……要我別給人家添麻煩。」

「這樣啊。」

黑雪公主點點頭，顯得鬆了一口氣，於是春雪戰戰兢兢地補上一句：

「其實，我拿要做暑假作業當理由……」

「哈哈，原來如此。那我們可不能讓這句話變成說謊啊……等會議結束，我會盯著你做功課做個夠。」

「有……有勞學姊了。」

春雪回答之餘，腦中卻不由得大喊：「所謂做個夠，具體來說是要做幾個小時啊！」

把紅茶用的玻璃杯也收拾完後，兩人從餐桌轉移到客廳去。這裡像樣的家具，就只有圓形的發泡微粒坐墊，以及牆上的梯櫃，但設置在東南角落的一座約九十公分大的水槽，卻非常引人注目。春雪小跑步跑過去，朝裡頭看著仔細。

游動的活魚就只有二十隻左右的小型熱帶魚，水槽的主角是配置得頗具巧思的多種水草。其中最引人矚目的，就是從槽底朝水面延伸，張開圓形葉子的熱帶睡蓮。之前看到的時候還只有莖和葉，現在中央卻已經有著橢圓形的花蕾突起。

「啊……已經長出花蕾了耶！」

春雪這麼一喊，黑雪公主也在身旁仔細觀看水槽。

「嗯，總算啊。我本來還以為會更快一點，沒想到這麼花時間。」

「好期待它開花啊。」

「嗯，畢竟是你送我的睡蓮啊。」

黑雪公主輕聲說完，手碰上春雪的背。

這株睡蓮——嚴格說來是幼苗——是去年秋天，黑雪公主在車禍中身受重傷而住院，從加護病房轉到一般病棟的那一天，春雪去探病時所帶來的。春雪連它的品種名稱叫作「林西．伍茲」都不知道，但這個品種的睡蓮，會從葉子的根部長出肉芽，不斷有新的肉芽從中穿出再穿出，浮到水面上之後，如果運氣好，根和新芽就會伸長。是黑雪公主小心翼翼地讓唯一一株肉芽發芽，培育到了這個地步。等這顆花蕾張開，應該就會開出一朵與黑之王Black Lotus的過剩光十分相似的藍紫色花朵。

「等開花了請告訴我，我要再來看。」

「這可是你說的……好了，時間差不多要到了。」

春雪聽到這句話而往視野右下方一看，時間已經到了八點二十七分。

黑雪公主推著春雪的背，讓他坐到放置於客廳中央的發泡微粒坐墊上，自己也在他身旁坐下。多半是用了很高級的微粒吧，坐墊就像有密度的液體一樣變形，包裹住春雪的身體。

「啊，這個坐墊，坐起來還是一樣舒服呢。」

春雪嘴上這麼說，但坦白說，他的大部分知覺，都已經集中在碰到黑雪公主的右手上。即使想多拉開點距離，坐墊的構造上也讓他不可能辦到。

相較之下，黑雪公主對於兩個人貼在一起的狀態顯得並不在意，把身體靠到春雪身上，用含有笑意的聲音說：

「這種坐墊會讓人墮落，一不小心就會想睡。你可別在會議上打瞌睡啊。」

「是……是的。說……說到這個，今天的會議，是誰來當邀請者？」

「是楓子。最好先做好覺悟。」

「咦……覺悟什麼？」

「看了就知道。好，我們上……」

黑雪公主在身旁一吸氣，結果連她胸部鼓起的感覺都傳了過來，讓春雪更加心臟怦怦亂跳，但他仍然勉力吸進了最低限度的空氣，配合時機，發出語音指令。

「「直連連線！」」

先是坐墊的軟，接著是地板的硬，都接連消失，視野轉為黑暗。春雪一邊意識著黑雪公主留在他右手上的體溫，一邊落入虛擬的黑暗當中。

5

春雪變成了睽違許久的粉紅豬虛擬角色，用有著小小豬蹄的腳，踏上堅硬的平面後，立刻鬆了一口氣。他本來已經做好了覺悟，心想既然是外號「ＩＣＢＭ」與「超空流星」的楓子設計出來的ＶＲ空間，搞不好會連地面都不存在，但看來她終究不會做到這個地步。

他抬起頭，往四周看了一圈——

「嗚咦咦咦咦！」

當場發出尖叫，坐倒在地。緊接著四面八方都爆出哄堂大笑。

「看吧！我就說這傢伙也不行！這賭注是我贏啦，Bell！」

喊出這句話的，是一名身穿有如童話中王子服裝的紅髮少女——直到一天前還是「日珥」第二代頭目，現在則擔任第三代黑暗星雲暫定副團長的紅之王Scarlet Rain，也就是上月由仁子，簡稱仁子。

套上貓掌手套的雙手扠在腰間，穿著連身洋裝站在她身旁的貓耳少女，則是春雪的兒時玩伴拓武的下輩，Lime Bell也就是倉嶋千百合。

「啊啊真是的！你平常都飛來飛去，這點高度就不能忍一下嗎！」

春雪聽到這句沒天理的抱怨，先蹦跳著站起，再開口反駁。

「妳說這點高度，但這樣一般人都會嚇到好不好！如果是塔或浮島就算了，這根本是生物嘛！」

春雪一邊說話，一邊掌握狀況。

不管怎麼看，四面八方都是飄著白雲的藍天。腳下是泛灰色的平面，但左右呈弧線往下彎曲，前方則像山丘般隆起。在後方將細長延伸的尖端緩緩擺動的，則是回力鏢狀的巨大尾鰭。春雪他們就站在這全長四十公尺，寬約有七公尺的流線型生物背上。

春雪朝著站在山丘上……不，是朝站在巨大生物頭上，穿著水藍色洋裝的女性型虛擬角色問起：

「師父，這個生物，是鯨魚嗎？」

「你答對了，鴉同學。」

笑瞇瞇回答的Sky Raker倉崎楓子，任由微風吹拂一頭亞麻色長髮，繼續說明：

「牠的名字叫『塔拉薩（Thalassa）』，喜歡吃的是鯖魚雲與沙丁魚雲，最討厭打雷。一旦衝進積雨雲就會失控，要小心喔。」

「……知……知道了。」

話是這麼說，但這裡不是加速世界，而是全球網路上的ＶＲ空間，所以要不要放積雨雲出來，不是全由楓子決定嗎？……想是這麼想，但他還是制止自己做出破壞氣氛的吐嘈，連連點頭。

朝四周仔細看看，發現這條飛天鯨魚寬廣的背上，已經集合了十個以上的虛擬角色。雖然顏色和形狀都五花八門，但做巫女裝束的Ardor Maiden／四埜宮謠、變成水獺的Aqua Current／冰見晶、古董機器人模樣的Cyan Pile／黛拓武，以及豹頭機車騎士Blood Leopard／掛居美早這幾位，他都立刻就認得出來。

至於外型與現實世界中的容貌很相似，還穿著同款圍裙制服的少女型虛擬角色三人組，肯定就是Chocolat Puppeteer／奈胡志帆子、Mint Mitten／三登聖實、Plum Flipper／由留木結芽等Petit Paquet組。淡紫色護士服的腰間佩有大型剪刀的長髮女性，應該是Magenta Scissor／小田切累。到這裡都是前黑暗星雲組的人。

春雪依序和他們一個個對看，然後將目光望向站在鯨魚尾巴那一側的三個陌生的虛擬角色。

其中兩人的造型，都和Pard小姐有共通之處。身穿暗紅色西裝的男性虛擬角色，有著長著巨大犄角的鹿頭；身穿同種素材連身裙的女性虛擬角色，則有著長著刺的穿山甲頭。想來鹿頭是前日珥「三獸士（Triplex）」的Cassis Moose，穿山甲頭則是同為三獸士之一的Thistle Porcupine。

春雪先對兩人行注目禮，然後看向第三人——然後張大了嘴合不攏。

「哇啊……」

他會忍不住發出驚嘆聲，是因為這個虛擬角色的品質高得無以復加。

不同於BRAIN BUEST程式自動產生的對戰虛擬角色，在一般完全潛行空間裡所用的虛擬角色，全都是由使用者自己準備。要直接用既有的資料當然沒問題，也可以加以改造，而且只要有技能，也可以親手從頭製作。

春雪就曾經為了在梅鄉國中校內網路中使用，親自製作過一個超級帥氣的——現在回想起來是得說有點做得過火了——黑騎士虛擬角色，但短短幾天就被那些不良少年給搶走了。而這些人逼他使用的，就是現在他仍然在用的粉紅豬虛擬角色，那是學校準備的預設套組中所收錄的種類。自從不良學生的領袖消失後，他隨時都可以換回黑騎士虛擬角色，卻仍然繼續使用粉紅豬虛擬角色，一是因為已經用慣，二是因為黑雪公主說喜歡。

但現在站在他幾公尺前方的虛擬角色，製作之精巧遠遠超過春雪嘔心瀝血打造出來的黑騎士。

要用一句話來形容，大概就是「偶像明星」吧。火紅的開襟杉與迷你裙上，施加了會複雜反光的光澤處理，荷葉袖與絲帶的構造也極為精細。最重要的是，穿著這套服裝的虛擬身體栩栩如生，一點都不像是虛擬角色。除了眼前這個人物以外，要說還有誰擁有這麼高水準精度、造型與資料量的人型虛擬角色，春雪只知道一個人。

這個偶像虛擬角色，將長長的雙馬尾甩得輕柔飛舞，走向春雪，然後發出有點像是少年的嗓音說：

「好久不見了，Silver Crow。」

一聽到這個記憶中的聲音，春雪立刻瞪大雙眼。

「啊……是Blaze Heart？」

「嗯。」

偶像虛擬角色點點頭，春雪歪著頭對她問起：

「呃……請問妳為什麼知道我是Crow？」

春雪跟前日珥團員Blaze Heart，只在領土戰爭中打過一次，以及後來在軍團合併交涉時見過一面。在現實世界中是不用說，即使在VR空間也不曾遇到過。因此，照理說並沒有任何根據足以她判斷出這個粉紅豬虛擬角色就是Silver Crow……他本來是這麼認為。

這位雙馬尾的美少女有點傻眼地眨著眼睛回答：

「剛才Lime Bell都說你『平常都飛來飛去』了，而且Sky Raker也叫你『鴉同學』。」

「……啊，原……原來如此。」

「不過在聽到這些之前，我第一次看到，就覺得那個大概是你了。你這虛擬角色很不錯，我很喜歡。」

「啊……謝……謝了……」

Blaze Heart終究只是說「喜歡這個虛擬角色」，但春雪仍無可避免地一顆心七上八下，結果……

背後傳來一聲輕輕的咳嗽聲，接著是一陣輕快的腳步聲。

踏上前的，是個身披漆黑長禮服，有著黑色鳳蝶翅膀的女性型虛擬角色。這個完成度不輸Blaze Heart的虛擬角色，當然就是黑暗星雲現任首領黑雪公主所用。

黑之王將收起的陽傘往鯨魚背上輕輕一戳，面向Blaze Heart。漆黑的長髮與紅豆色的雙馬尾，在虛擬的微風吹拂下柔和地擺動。

上個月月底的領土戰爭中，Blaze heart對春雪說了。說黑之王Black Lotus以偷襲的方式，讓上一代紅之王點數全失，這是不爭的事實，因此她不會和黑暗星雲套交情。

但在合併交涉時，Blaze Heart卻投下了無條件贊成票。到底是什麼事情改變了她的意見，又或者她的本心其實並未改變，春雪還不知情。正當他心驚膽戰地看著兩人對峙——

「……我並不是已經原諒了妳讓Red Rider點數全失這件事。」

Blaze Heart以僵硬的聲調說了這句話。不只是春雪，包括前黑暗星雲的團員，甚至三獸士，也都緊繃起來。

只有黑雪公主面不改色，緩緩點頭。又隔了幾秒鐘後，Blaze說了下去：

「可是，不管這件事如何，我要感謝妳這次挺身保護了Rain……謝謝妳。」

Blaze一鞠躬，黑雪公主才首次對她開了口：

「不……我，還有其他幾個王，也不是想保護Rain一個人。純粹只是要儘可能讓更多同伴逃出太陽神印堤的火焰，就必須用到Rain的移動力而已。」

春雪聽了這話，視線往左邊一瞥，看到仁子與Pard小姐並肩站在鯨魚背部的右側，她維持雙手抱胸，不發一語。

代替她發話的，是有著穿山甲頭的Thistle Porcupine。

「就算是這樣，就結果而言Lotus陷入了無限ＥＫ仍然是事實。而且……妳已經是我們的軍團長了，道謝的話妳就乖乖接受吧。」

聽到她這與一副男性粗野口吻形成鮮明對比的甜美高音這麼說，黑雪公主露出淡淡的苦笑回答：

「這樣啊……那，我就說一句有軍團長樣子的話吧。今後我為了團員做任何事情，都完全不需要道謝。」

「唔，果然是個名不虛傳的冷長啊。」

鹿頭的Cassis Moose在Thistle身旁這麼喃喃自語，但這話春雪有一部分聽不懂，於是舉起右手說：

「請問……冷長是什麼意思？」

「就是指態度冷冷的軍團長啊，少年。」

「是……是喔……這麼說來，那Rain是什麼長？」

「她成天吆喝，所以應該是吆長吧。」

「原來如此。」

春雪一點頭，左側就傳來吼聲：

「喂卡西，我哪裡成天吆喝了？還有Crow也不要給我一秒認同！」

「妳……妳這不就在吆喝……」

春雪從豬鼻子噴著氣反駁，仁子就一臉講輸的表情，先清了清嗓子，然後雙手大聲一拍。

「不管怎麼說！今天開會該到的人都到齊了吧？這和BB不一樣，不會加速，所以不加快腳步進行，三兩下就要深夜啦！」

「Rain說得沒錯。」

楓子笑眯眯地贊同，從鯨魚頭上輕飄飄地跳下來，一路走到眾人圍成的圈子正中央。

「那我們也差不多該進入正題了。就由我負責主持，有沒有人有意見呢……」

她環顧眾人一會兒，隨即說道：

「看來沒有。那，就請大家坐下吧。」

楓子彈響右手，鯨魚背上就冒出了造型簡單的圓椅，而且不知道是怎麼運作的，每張椅子都是以適合各個虛擬角色的大小出現。春雪也朝在自己身後實體化的迷你椅子上坐下，挺直了腰桿。

楓子集十五人的視線於一身，卻絲毫不顯緊張，再度彈響右手。接著這次冒出的不是椅子，而是一面大白板，讓整個VR空間開始散發出一種教室般的氣氛。

【UI＞楓姊，感覺好像老師。】

謠在聊天視窗打上這行字，Cassis Moose等前日珥組的人，就朝嬌小的巫女瞥了一眼。他們理應不知道謠患有運動性失語症，只有在加速世界可以用自己的嗓音說話，但他們似乎仍然感覺出了某種跡象，並不詢問她以打字交談的理由。

「哎呀，是喔？那就乾脆換一下衣服吧？」

楓子笑瞇瞇地這麼一回答，迅速操作視窗，水藍色輕飄飄的洋裝，就變成了非常典型教師風格的襯衫與窄裙。髮型也換成高馬尾，還不忘加上一副無框眼鏡。

楓子新裝登場後，清了清嗓子，用上整面白板寫上了一行大字。上面寫著：

【太陽神印堤討伐作戰】。

「對於沒參加今天七王會議的團員，我已經先發了郵件說明……」

楓子回過頭來，說出這麼一句開場白後，拓武與晶等人都默默點頭。楓子等他們點完頭，然後以柔和卻宏亮的聲音繼續說明：

「……但為防萬一，我就只把重點再說明一次。多虧了休可妹妹用重播卡錄到的畫面，我們成功證明了白之團的Ivory Tower就是加速研究社的Black Vise，以及過去在加速世界中造成許多悲劇與混亂的元凶就是白之王White Cosmos。但Vise靠著Wolfram Cerberus……嚴格說來應該是靠著Orchid Oracle的心念，把會場轉移到無限制中立空間，然後把用神器『The Luminary』控制住的神獸級公敵『太陽神印堤』，砸到與會者的頭上。雖然大部分參加者都成功逃脫，但除了Rain以外的五個王，都在印堤的火焰下，陷入了無限ＥＫ狀態……」

聽著楓子述說，那一瞬間的恐懼、焦慮，以及無力感，都歷歷在目地在腦海中復甦。不知不覺間，春雪低下了頭。但緊接著就聽到鏗的一聲高亢聲響，讓他反射性地抬起頭。

聲響來自楓子右手握住的伸縮指揮棒。楓子先用這種在這年頭的電子黑板上已經不再用到的用具，再敲了一次白板上的文字，這才以堅毅的表情說下去：

「因此，我們黑暗星雲的新任務，就是討伐太陽神印堤，救出我們的軍團長……也順便把其他四個王給救出來。今天的會議上，我希望大家拋開顧忌，好好討論營救手段。」

「對不起，可以打斷一下嗎？」

說出這句話的是Blaze Heart。楓子左手一擺，要她說下去。

「Blaze，請說。」

「在進入正題前，我想問清楚兩個問題。首先第一個問題，如果要討論這個議題，應該不是只找我們黑暗星雲的團員，而是應該把藍團（獅子座流星雨）和綠團（長城）等其他各團的人也找來吧？另一個問題，如果只是要救出王，也不必特地打倒印堤，只要想辦法把它挪動幾公尺就好了吧。」

聽她這麼一說，就覺得很有道理。春雪透過領土戰爭時交手過的印象，一直認為她是個「直來直往型不屈不撓偶像」，但看來她在戰場以外的地方，倒是屬於理論派。

楓子也把嘴角繃緊了三成左右，以正經的聲調回答：

「首先第一個問題，我之所以沒有找其他軍團的人參加，是因為這個會議是以完全潛行方式進行。由於也有很多人把自己在現實中的長相，反映到聊天用虛擬角色身上，讓其他團的團員參加，會有很高的風險。當然這就牽扯到，為什麼不在加速世界進行會議……已經和震盪宇宙全面開戰的現在，我們不知道另一頭會發生什麼事。對方可是能夠將正規對戰空間轉移到無限制中立空間，即使我們自以為已經完全排除外人，但實在不敢說這個空間絕對不會被入侵……坦白說，我認為就連這個私人ＶＲ空間，安全設施也不是完美的。」

「這也就是說……」

身穿王子服飾的仁子，指了指飛天鯨魚的頭。

「這個布景，也是為了因應偷窺了？」

「算是為防萬一。塔拉薩是設定成發現有人非法存取時，就會用叫聲通知。但如果連這道安全措施都被突破，那我也沒轍了。」

聽楓子這麼說，春雪忍不住四處張望。在高空緩緩游動的鯨魚周遭，有著許多小片的雲朵飄著，但當然看不到人影。但不限於虛擬空間，即使是現實世界，看得見的東西也未必就是真相。春雪就曾經因為在這方面疏於戒備，中了Dusk Taker的圈套。

拉回視線一看，看見楓子朝春雪瞥了一眼，要讓他放心似的露出了微笑，然後轉身再度面向Blaze Heart。

「然後第二個問題的答案……是因為比起挪動它，打倒它多半比較好玩。」

——給這種答案沒關係嗎？

春雪慌了手腳，但Blaze笑吟吟地回答：

「ＯＫ，我明白了。為了對拖慢會議進行表示歉意，我就第一個出主意吧。太陽神印堤是物理攻擊無效，能量攻擊無效的一整團火焰……那也就只能用大量的水去潑它。聽說過去也曾有各式各樣的超頻連線者想到這一點，也實際挑戰過，不知道我們這幾個人裡面有沒有？」

聽他這麼一問，春雪等前黑暗星雲組的團員，都一齊看向晶。

戴著紅框眼鏡的水獺虛擬角色，不滿地讓尖尖的鼻子抽動，然後才在嘆氣聲中回答：

「話先說清楚，我只是被拉去的……四五年前，我和Graphite Edge，一起試著去討伐印堤。我一邊用水流裝甲勉強防禦高熱，一邊拚死拚活地拖著印堤跑了兩公里以上，引它掉進了赤坂御用地的水池。」

春雪以前也曾聽過這件事，但實際體驗過太陽神印堤那駭人的高熱後，可怕的感覺也增加了五成，讓他吞著口水，聽晶說下去：

「的確，掉進水池的瞬間，印堤的火焰變淡，感覺好像微微可以瞥見像是核心的東西。Graph沒放過這個機會，用衝鋒招式殺了進去。可是長達兩百公尺左右的水池，轉眼間就被蒸發完，那個當勇者當到傻了的傢伙就當場被瞬間蒸發，我也就趕快跑掉了。」

晶辛辣的口氣，讓包括黑雪公主在內的黑暗星雲老手群嘻嘻一笑，累與志帆子等人，以及日珥的Cassis、Thistle與Blaze則啞口無言。過了好一會兒，Cassis Moose才清了清嗓子，對晶問起：

「妳指的是，以前的黑暗星雲幹部，現在銷聲匿跡的雙劍士『矛盾存在(Anomaly)』Graphite Edge……是嗎？」

「就是的說。」

「他現役時代的英勇事蹟我也聽過很多……原來還不止那些啊。」

「不是英勇事蹟，是愚行錄的說。」

「……………算……算了，對這件事我就不與置評了。可是照剛剛的情形聽來，用水冷卻的方案似乎也沒什麼希望……Blaze，妳的主意具體來說，到底是怎麼做？」

Blaze Heart被Cassis點到，筆直豎起食指說：

「要澆熄印堤的火焰，用兩百公尺大的水池還不夠。而且根據傳聞，當無限制空間換成水系屬性的時候，印堤就會消失。可是啊，照現在的狀況看來，印堤就算想動，也動不了吧？既然這樣，不就等於……我們只要耐心等待變遷，等屬性變成『暴風雨』或『大海』就可以了？」

「啊……對……對喔……」

春雪說到這裡，抬頭看向虛擬空間的天空。

Blaze Heart這個點子極其單純，但她說得沒錯。暴風雨屬性或大海屬性也是極少出現，但並不像「地獄」或「天堂」那麼稀有。只要連進無限制中立空間，等個相當於現實時間十小時──內部時間一年兩個月左右，照理說就一定等得到其中之一出現。不，光是七王會議結束，到這場會議開始的這段期間，已經有其中之一，或兩者都已經來臨過，都沒什麼不可思議。

「……要是我留在裡面監視就好了……」

春雪正懊惱地垂頭喪氣，身旁就伸來一隻手，拍了拍他的背。

「你為什麼就這麼會搶在前頭自己沮喪起來？」

「可……可是，我說不定就這麼眼睜睜錯過了救出學姊的機會……」

「我話先說在前面，你覺得我沒想過和Blaze一樣的事嗎？」

「咦？這……這話是怎麼……」

就在春雪一句話尚未說完之際。

站在白板前面的楓子雙手輕輕拍了兩下，吸引眾人的注意。

「這時機正巧，我要追加與會者。」

——咦，還有人要來？到底會是誰……？

春雪內心喃喃自語，看著楓子操作視窗。一秒種後，咻的一聲響，鯨魚頭上有著一個新的虛擬角色化為實體。

來人屬於人型，一身日式裝扮……但不是一般的披掛袴裝，而是平安貴族般的直衣。顏色是比背後的天空更深邃的蒼藍。頭上戴著烏紗帽，但底下的臉孔則掛著有瓷器般質感的面具。

這名日式裝扮的虛擬角色深深一鞠躬的瞬間，春雪已經從圓椅上跳起來大喊：

「Lea……Lead！你怎麼會來這裡！」

結果這位日式裝扮的虛擬角色一起身，就筆直走向春雪，發出涼風般的嗓音說：

「問我為什麼也太過分了吧，Crow兄。我也是黑暗星雲的一員啊。」

「這……話是這麼說沒錯啦……」

春雪忙著雙手亂搖，這才發現不對。Lead也就是Trilead Tetraoxide，也和Blaze Heart他們一樣，理應是第一次看到春雪的豬型虛擬角色。但他不再一一詢問對方看穿這點的理由，而是道歉說：

「……抱歉，我不是排擠你。可是你總給我一種印象，覺得好像不能連線到太晚……」

春雪在先前與Trilead的交流中，有了一種覺得他應該是「相當有來頭的家族裡頭的孩子」這樣的印象，於是這麼一說，Lead就在面具下透出苦笑：

「不會，現在這樣的時間完全不成問題。而且這次不只牽扯到我們軍團，更是牽扯到整個加速世界的緊急事態。哪怕要跨日，我也打算參加這場會議到結束。」

「這樣啊……謝啦，Lead。」

春雪先對他深深點頭致意，然後站到圓椅上，轉身面向軍團團員。

「呃，我想也有人是第一次見到他，所以介紹一下。這位是昨天加入我們軍團的Trilead Tetraoxide……只是我稱他為Lead。他是Graphite Edge的徒弟，是劍術高手。」

「哪……哪裡稱得上什麼高手。」

Lead慌了手腳似的輕聲謙遜，雙手先在身體兩側伸得筆直，然後深深一鞠躬。接著起身鄭重報上名號：

「我名叫Trilead Tetraoxide，本次有幸加入黑暗星雲。只是這個名字是敝業師所取……」

Lead說到這裡，有了一瞬間的躊躇，但接著仍以堅定的聲音說下去：

「——我的虛擬角色正式名稱，叫作『Azur Heir』。但如果各位能像Crow兄一樣稱為我Lead，我會很高興。」

「了解，Lead！以後我也這麼叫你嘍！」

立刻做出回應的，是貓耳虛擬角色的千百合。Lead對她應該也是第一次見到，卻毫不遲疑地再度點頭致意：

「謝謝妳，Bell。」

仔細想想，這兩人在昨天於港區第三戰區所進行的領土戰爭中，就長時間和春雪以及梅丹佐一起行動。而且在戰鬥的尾聲，Lead還揹著千百合跑過滿是尖刺的地面，漂亮地把她送到主戰場之後才力竭身亡。一起有過那樣的經驗，會聊得開也是當然……只是……

「你就是Trilead啊？」

看到拓武說了這句話起身，春雪內心「咿！」了一聲。

去年他們解除交往關係後，拓武顯然還一直對千百合有意思。反而讓人覺得拓武之所以對課業、劍道、BRAIN BURST三者都毫不鬆懈地持續努力，就是因為有著想再度成為配得上千百合的男人這樣堅定不移的目標。這樣的他，看到千百合與Lead之間的互動，會有什麼感覺——

但看來春雪的擔憂是杞人憂天。拓武走向Lead後，以一如往常的陽光笑容伸出了右手。

「總算見到你了。我是Cyan Pile，跟你一樣是藍色系……只是很遺憾的，我的主武裝不是劍。黑暗星雲的女性團圓很多，所以有男生加入我很開心。以後也請多多關照。」

「哪裡，要請您多多關照了，Pile兄。」

春雪看著拓武與Lead雙手用力互握，暗自鬆了一口氣。雖然覺得兩人身後竄過一陣電光，但那多半是錯覺，於是他決定裝作沒看見。

等介紹完畢，春雪對楓子問起：

「那師父，妳說Lead參加是『時機正巧』，這話到底怎麼說……？而且，妳到底是怎麼聯絡上Lead的？」

「我沒聯絡啊。」

聽到楓子這個答案，春雪把頭歪得不能再歪。

「咦，那為什麼他會來到這個封閉網路裡…………啊，對喔……是Lead的師父，Graph兄……」

「就是這麼回事。我是找Graph來，但這情形也就是說，那個家裡蹲勇者是派了愛徒來當信差。」

聽到這裡，Trilead帶了什麼樣的訊息來，也就可想而知。在眾人的視線下，他對這位戴面具的年輕武者問起：

「Lead，Graph兄該不會是在無限制空間裡監視印堤……」

「是。」

Lead點點頭，隔著白色面具，環視參加會議的眾人：

「敝業師Graphite Edge，透過Raker姊的聯絡而得知七王會議上發生的事情後，立刻自行留在禁城北之丸公園，監視太陽神印堤。他這麼做的目的有二……一是如果加速研究社有要挪動太陽神印堤的預兆，就要通知Black Lotus團長。二是為了查看無限制空間變遷為『大海』或『暴風雨』空間時，印堤會有什麼變化。」

Lead說到這裡先頓了頓，身穿護士服的小田切累就迅速舉手。

「可以問一下嗎？你說監視……但從七王會議結束到你出現，現實時間大概是七個小時又四十分鐘左右……換算到無限制空間，已經過了三百天以上。要進行這麼長時間的監視，我覺得除非有超人級的精神力，或是像Black Vise那樣擁有減速能力，否則應該不可能吧。」

「那應該就是前者吧。」

Lead回得很乾脆，以更增嚴肅的聲調加上幾句解釋：

「我想，過去曾經並肩作戰的各位黑暗星雲早期團員，應該比我更清楚。Graphite Edge這個人，平常讓人難以捉摸，但遇到關鍵場面，卻會發揮深不可測的戰鬥力與精神力。師父他對於包括Lotus在內，多達五個王陷入無限ＥＫ這件事，似乎感到深深自責。多半就是因此，他才會自願擔任這艱鉅的任務吧──可是……」

有著瓷器般質感的面具，微微朝下。

「……很遺憾的，師父託我帶來的信息，卻不是各位所期待的。首先，直到現在為止，正確說來是直到我連進這個VR空間前一秒，加速研究社都完全沒有要挪動印堤的跡象。接下來才是正題……從師父開始監視起大約四個月後，『暴風雨』屬性出現了。大量的雨灑在印堤身上，但直到下次變遷的這一週裡，印堤的火焰沒有任何衰減，仍然若無其事地持續旺盛燃燒。」

「……可……可是……！」

春雪一邊在腦海中浮現出大天使梅丹佐的攻擊，與災禍之鎧MarkⅡ的砲擊互相抵銷的模樣，拚命反駁：

「公敵的……Being的能量應該是有限的。讓這麼大量的雨水蒸發，卻不用消耗這些能量，這說不過去吧。就連比印堤更高階的超級公敵『四神』朱雀，一旦拖上太空，火焰也都消失了……我看這次只是單純水不夠，只要雨能下個兩週或一個月，印堤的火焰也會消失……」

「Crow，你冷靜點。」

聽身旁的黑雪公主叮嚀，春雪這才驚覺回神。Trilead只是送來Graphite Edge的情報，所以這樣逼問他，他應該也會困擾。

「……Lead，不好意思……」

他豬鼻子透著大氣道歉，年輕武士就用力搖頭。

「哪裡，Crow兄坐立難安的心情，我很能體會。我也希望至少能送個有用的消息來……」

「不好意思～」

這時聽到一個有些悠哉的說話聲，於是春雪看向右側。

這個輕輕舉手的，是在泡泡袖連身裙上披著白色圍裙，戴著大眼鏡的少女型虛擬角色。是Petit Paquet組的由留木結芽。

「我認為有用的消息並不是零。」

她說著站了起來，受到所有與會者的矚目，但仍若無其事地說下去：

「剛才Trilead說，印堤的火焰在豪雨中仍然持續旺盛燃燒，對吧？可是仔細想想，這實在有點奇怪呢～我覺得要是有大量的水，灑在連金屬都能融化的超高溫火焰上，應該會產生非常大量的水蒸氣，讓附近一帶都變得一片全白，什麼也看不見才對。」

「…………的確，是這樣沒錯。」

點頭的是水獺虛擬角色的晶。

「印堤衝進赤坂御用地的水池時，沸騰的池子猛烈冒出熱汽，連火焰都看不到。我也不曾聽說Graph有強化視覺，而且看得清楚被雨淋的印堤，也有點不合理。」

「的確啊……——我是很想把Graph叫來，直接找他問個清楚啦……」

黑雪公主發起牢騷，Trilead就過意不去地低頭說道：

「對不起，我也對師父說過，最好是由他直接告知情報。但他說自己還是長城的團員，不能參加黑暗星雲的會議……」

【UI＞這種地方硬是很頑固，這點真的和蓮姊一模一樣說。】

聽謠這麼說，楓子等人嘻嘻笑了幾聲，黑雪公主則大感冤枉似的攤開雙手：

「喂喂Maiden，我和那個勇者大爺的共通點，也只有裝甲顏色好不好——別說這些了，關於雨水並未形成熱汽這件事……暴風雨空間就像這個屬性名稱所說，不只是豪雨，還會發生強烈的勁風，所以會不會是熱汽一產生，就被強風吹走了？」

「不是的，Lotus。暴風雨空間的風，並不是以一定的風量吹個不停，強度和風向都會隨機改變。有時候也會完全無風……照理說某些時機下，還是會被大量的熱汽籠罩住，而Graph沒提到這點，就很不對勁。」

聽楓子指出這點，黑雪公主也翹起苗條的腿，點了點頭。

「嗯，這也說得是……可是既然這樣，為什麼……」

「這個，各位，我的話，還有一些沒說完。」

結芽再度發言，白板前的楓子就朝她招了招手。

「Plum，如果不介意，可以請妳過來這邊講解嗎？」

「咦～這門檻未免太高了點……」

「好啦，Raker老師都指名妳了！上去上去！」

結芽被穿著水色禮服的聖實在背上拍了一記，整個人往前跌跌撞撞地上前。換作是春雪遇到這樣的情境，大概得花個二十秒，才能讓心臟的悸動穩定下來，但結芽卻發揮了出人意表的膽力，只清了清嗓子，就堂堂正正開始解說：

「那，我就先來一段開場白嘍～呃……鴉同學。」

突然被叫到名字，讓春雪猛然豎起大大的雙耳。

「咦……叫……叫我？」

「鴉同學知道火焰是什麼嗎？」

「火……火焰？呃……就是紅紅，熱熱，燒得很旺的……」

「差不多都答對了！」

結芽先用雙手比出個小小的圓，然後開始說明。

「火焰，也就是『火』的定義，就是可燃性氣體一邊發出光與熱，一邊氧化的狀態，對吧。只是，關鍵字是『氧化』，也就是和氧氣化合。我以前一直認為，印堤的火焰當然也是這樣，可是聽了Lead同學的說明，就覺得可能不是。」

聽到結芽最後朝眾人說出的這句話，Cassis Moose丟出覺得不解的意見。

「妳說不是……可是有不屬於氧化反應的火焰存在嗎？」

「有喔～例如如果點燃氯和氫的混合氣體，那麼即使沒有氧氣也能燃燒；還有氟和氫一旦起化學反應，即使不點燃也會爆炸。可是不用提到這些很化學實驗的例子，大家其實也幾乎每天都會看到不屬於氧化反應的火焰。」

——每天？在哪啊……？

春雪歪了歪頭，但拓武與Lead同時發喊。

「對喔……是太陽啊！」「就是太陽吧！」

黑雪公主則晚了一步喃喃說道：

「原來如此，的確太陽……恆星的火焰是氫的核融合反應，所以不需要氧氣——Plum，所以妳的意思就是說，印堤的火焰也是……」

「別急別急，在這之前……」

結芽搖動雙手打斷黑雪公主的提問，再度將視線望向春雪。

「那麼這個時候呢，鴉同學！」

「又……又是我？」

「假設宇宙空間裡有著無限量的水……其實是會結成冰啦，你認為不斷地把這些冰塊往太陽砸，總有一天可以滅了太陽的火嗎？」

「砸……砸……」

春雪動著豬耳朵，拚命思考。

「呃……呃……即使太陽的火焰不是氧化反應，而是核融合反應，燃料也不是無限的吧？也就是說，如果有無限的水，只要不斷地砸過去，太陽總有一天會耗盡能源，火就會消失……不是嗎？」

「太遺憾了！」

結芽這次雙手比出叉叉，嘻嘻一笑。

「雖然我也不是說實際試過啦，只是講一下照道理會怎樣。假設我們把水灑向太陽，首先水會汽化，變成水蒸氣……這個時候，的確會奪走一部分太陽的熱，但產生的水蒸氣，也就是H2O，會在超過五千度的表面溫度下發生熱裂解，分離成氫和氧……」

「變成氫和氧……」

春雪先複誦到這裡，這才雙手連連搖動。

「這……這樣不行吧！太陽不就是靠氫進行核融合嗎？要是把氫往裡灌，不就會讓燃料變多！」

「答對了！」

結芽再度用雙手比出大大的圓圈，然後補充說明：

「順便說一下，因為熱裂解而產生的氧氣，也會被太陽的碳氧氮循環所消耗，變成能源，一點都不浪費。做個總整理，就是即使用無限量的水往太陽灌，也豈止滅不了火，反而會讓火焰燒得更旺～」

她像要切換氣氛似的輕聲清了清嗓子，然後在眼鏡下露出正經的眼神，環視眾人。

「……當然我也不認為，太陽神印堤從頭到尾都和真正的太陽一樣。可是我認為有可能就只有它的火焰，在設定上不是氧化反應，而是屬於核融合反應。如果真是這樣，那麼用水就絕對滅不了印堤的火。這只是我的推測，但我想不管它掉進水池還是下雨，都會把碰到的水全都進行熱裂解，化為自己的燃料……水池那次會冒出水汽，是因為熱傳播出去，把整個水池加熱到沸騰；下雨不會冒熱汽，則是因為小小的雨點來不及蒸發，轉眼就被熱裂解為氫和氧……」

結芽說完後，好一陣子仍然沒有任何人想發言。

只是推測——結芽是這麼說，但春雪曾一瞬間親身體驗過印堤的超高熱，說那種火焰是來自核融合反應的這句話，就是會讓他覺得有著很強的說服力。

「……如果是這樣……」

春雪聽見自己的口中發出乾澀的嗓音。

「如果是這樣，那印堤的火焰就和朱雀不一樣，即使在太空也不會消失吧。沒有氧氣也會繼續燃燒……這樣的火焰，要怎麼滅……」

結芽對於春雪提出的這個問題只微微搖頭，並不回答，默默一鞠躬後，走回自己的椅子。

沉重的沉默持續了好幾秒，最後被一個強而有力的嗓音打破。

「Crow，不是要滅火吧。」

發言者是迅速站起的仁子。

「當然也不是要滾動它。我們的目標，是要打倒那個滾球！管他核融合又怎樣，那可是公敵啊。這不也就表示，它有體力計量表？只要把這計量表打到零，就打得倒它……只有這點是不爭的事實！」

仁子握緊右拳說到這裡，讓春雪下意識地對她送出掌聲。緊接著黑雪公主，再接著是剩下的與會者，也都紛紛鼓掌，讓鯨魚背上好一陣子充滿了熱鬧的聲響。

仁子用假裝成鼓起臉頰生氣的害臊表情讓掌聲停下來後，黑雪公主也迅捷地站起。

「Rain說得沒錯。由我這個等大家救的人講這句話是不太合適，但我們必須要有創下擊破太陽神印堤這種加速世界史上首創壯舉的氣概……去面對這個挑戰，否則多半無法達成這次的任務。當然了，這並不容易……但相信方法是一定有的。我認為關鍵就在於兩個巨大的謎。」

「兩……兩個謎……是嗎？」

黑雪公主低頭看著眨眼的春雪，深深點頭。

「沒錯。加速研究社用神器『The Luminary』的力量馴服印堤，把它藏到雲上，再讓它朝著展開『二十面絕界』的Black Vise落下。雖然是敵人的計畫，仍然令人佩服，但這也留下了兩個未解之謎。第一，他們是如何將之前都只在地面上滾動的印堤，拉到雲上去；另一個則是，The Luminary會對馴服對象賦予的『荊棘之冠』，為什麼不會被印堤的高熱破壞。」

「啊……的……的確……」

春雪連連點頭，然後加大音量說下去：

「我在東京中城大樓，跟和印堤一樣被馴服的梅丹佐第一型態打時，就用物理攻擊破壞了The Luminary的寶冠。結果馴服狀態解除，梅丹佐就不動了……那種寶冠明明不是無法破壞的物件，卻不被印堤的火焰融化，這不合理。」

「……慢著，這也就是說……」

仁子仍然站著，露出有些尷尬的表情。

「這也就是說，只要能破壞那個長刺的冠，就算不打倒印堤，它也會自己滾到別的地方去，Lotus他們也就可以復活了？」

「也……也許是啦……可是反過來想，要破壞連印堤的火焰也毀不掉的東西，大概是很難。到頭來還是只能打倒印堤本體……」

春雪這麼說了，但仁子皺起的眉頭仍不放鬆。她將視線轉到黑雪公主身上，攤開戴著白手套的雙手：

「Lotus，到底為什麼The Luminary的冠，會是討伐印堤的提示？」

結果這位身穿黑色洋裝的麗人，就像舉劍似的舉起陽傘回答：

「很簡單。只要能夠得到和足以承受印堤超高熱的那種寶冠同性能的武器，就能貫穿核融合的火焰，對本體造成損傷……也許吧。」

「只是也許喔……」

仁子苦笑之餘，甩動雙馬尾點頭：

「不過也是啦，照道理說的確是這樣。嗯唔……二十天前連Crow那種沒力的手刀都破壞得了的寶冠，這次卻承受得住五千度的火焰，這又是什麼道理？是物理攻擊管用，但對火焰屬性就有抗性之類的？」

「印堤的火焰，可不是一般的屬性抗性就應付得了的。被『二十面絕界』捕獲的虛擬角色當中，也包括了對高熱抗性很強的Iron Pound。但他體力計量表減少的速度，和其他虛擬角色完全沒有兩樣。如果不是原則上無法破壞，就連地面大概都會融化吧。」

「原來如此啊……也就是說，短短二十天之內，『The Luminary』有了某種決定性的改變是吧？這……說不定，是那個啊……」

仁子說完，黑雪公主默默點頭，所以春雪交互看著兩人嚴峻的神情，問起：

「Rain……妳說那個，是什麼？」

「那個，該怎麼說……像是一種都市傳說，不對，是加速傳說啦……」

春雪猜到加速指的大概是加速世界，於是「嗯嗯」兩聲點頭，等她說下去。仁子朝這樣的春雪白了一眼後，拉緊王子服裝的大型衣領，開始說起：

「……我想不只是我，大概連Lotus和這些幹部都不曾實際見過……但從很久以前，就傳說無限制中立空間有『鐵匠』。」

「鐵……鐵匠，是嗎？」

複誦這句話的人是拓武。坐在他身旁的千百合，也讓尖帽往右一歪：

「這，跟Rain前一任的軍團長……Red Rider有什麼關係嗎？他也可以自由製造強化外裝對吧？」

「不，和上一代應該沒有任何關線。所謂的鐵匠，是一種在無限制空間徘徊的攤車型商店。只要找到這鐵匠，就可以叫鐵匠幫忙製造自己想要的強化外裝，或是幫忙強化自己擁有的強化外裝……當然需要點數就是了。就是有這樣的傳聞。」

「把強化外裝，強化……」

千百合的喃喃自語，消融在和緩的風中。

這隻被命名為塔拉薩的鯨魚，顯得毫不在意這場在牠背上進行的會議走向，悠然地在蔚藍的天空游動。每當巨大棉花似的雲朵從附近通過，虛擬身體的皮膚就變得冰涼。

「也就是說……」

春雪別說鐵匠，連一般商店都沒看過，只好全力運轉想像力說道：

「也就是說，白之王就是找到了這鐵匠攤車，強化了『The Luminary』……是嗎？所以才會連印堤的火焰都承受得住……」

「這推測沒有任何根據就是了。可是，除此之外我想不到別的理由。然後如果這是正確答案，也就漸漸看得出一點攻略印堤的頭緒了。」

仁子說到這裡先頓了頓，咻一聲從掛在左腰的紅色劍鞘，拔出了一把窄軍刀。這當然沒有任何攻擊力——聚集在這個VR空間裡的虛擬角色，本來就連HP的概念都沒有，但仁子將軍刀刀尖指向春雪的豬鼻子，剽悍地嘴角一揚：

「我們就把全軍團團員所擁有的最強強化外裝，拿去給鐵匠再進行強化，讓這把武器可以貫穿印堤的火焰。震盪宇宙辦得到的事，我們沒理由辦不到。所以啦……現在的黑暗星雲裡，手上強化外裝最強的是誰？」

仁子的視線在同伴們身上掃過一圈，春雪急忙回答：

「想也知道是Rain吧。就算找遍整個加速世界，也沒幾件強化外裝比『無敵號』更強。」

「我說你喔……」

緊接著仁子露出了頂級傻眼的表情，用軍刀戳了戳春雪的鼻子：

「先不管強不強，就跟你說我的無敵號只有遠程火力了。就算強化了，對印堤也只是火上添油好不好？」

「啊，對……對喔。如果要走和The Luminary同個方向，就得是近戰兵器……啊，等等，等我一下。」

春雪一邊用長著蹄的雙手使出空手入白刃，接住戳在他鼻尖上的軍刀，一邊說個不停：

「近戰物理類的強化外裝，說穿了就是劍啦、長槍啦、槌子之類的武器吧？就算拿去讓鐵匠強化，弄得可以承受住印堤的火焰，使用的人也得靠近到武器打得到的距離才行，所以到頭來還是會被火焰幹掉吧？」

「未必盡然。」

回答他的，是先前一直保持沉默的Blooe Leopard。

這名苗條的身上穿著黑色騎士皮衣的豹頭騎士，一邊揮動長長的尾巴，一邊以鎮定的聲音說：

「我們要逃出印堤的熱殺圈時，待在最後面的我和Suntan Chafer，本來已經覺悟會在途中陣亡。可是，多虧了Lime Bell的香櫞鐘聲，我們兩個都得以活著逃脫。那真的是不得了的能力……我個人認為可以和梅丹佐的『三聖頌』，還有Orchid Oracle的『範式瓦解』，並列為加速世界最高峰的招式。」

「……最……最高峰……」

春雪先複誦了一次，然後吞了吞口水。

春雪現在就有著同樣的感想。然而，鐵打不動的高等級玩家Pard小姐說出來的話，說服力就不一樣。他心想不知道千百合自己是如何看待這件事，戰戰兢兢地轉頭一看，結果──

這個穿著白色連身裙的貓耳虛擬角色，用長著肉趾的手套按著後腦勺，若無其事地說：

「嘿嘻嘻嘻，還好啦～也沒那麼厲害。」

站在圓椅上的春雪差點滑下來，好不容易調整好姿勢，對Pard小姐說道：

「這……這是沒錯啦，我也好幾次受了香橼鐘聲照顧……可是那一招，必殺技計量表的消耗也不是普通的大。靠這只有一次的補血，能停留在印堤熱殺圈內的時間，也增加不了多少吧……？」

「Crow你給我等一下，這種話只有當事人自己可以講吧！」

千百合立刻插話，還將粉紅豬虛擬角色的右臉頰拉得長長的，於是春雪也不認輸地拉住貓耳虛擬角色的尾巴。

「還不是因為妳在那邊嘿嘻嘻嘻！」

「受到讚美當然會高興吧！你也不要老是只會謙虛，偶爾講一句『因為我是天才』來聽聽啊！」

「我……我哪說得出這種話！而且妳覺得我講出來會帥氣嗎！」

「想也知道會讓人只想裝作不認識！」

「那妳幹嘛叫我說！」

兩人一吵嘴，先是Petit Paquet組同時噗嗤一聲笑出來，接著小田切累也忍俊不禁地哼笑幾聲。開懷大笑的圈子迅速擴大到全體與會者，往後一看，連黑雪公主也用陽傘遮著嘴，肩膀頻頻顫動。

春雪看到這情景，微微鬆了一口氣，將視線拉回Pard小姐身上。結果豹頭虛擬角色強忍笑意似的清了清嗓子，這才輕聲說了句「SRY」，然後繼續說明：

「……的確，必殺技的消耗率是很重要的問題。可是，加速世界裡，從很久以前就一直有人研究各種能夠實現『必殺技計量表連續充填』的相乘效果，而且雖然人數不多，但也的確有超頻連線者擁有可單獨發動的充電技能。這次這件事，藍、綠、黃、紫各團的王，都與Lotus一起陷入無限EK，要和他們結盟應該不難，所以也許能夠組出史上第一次橫跨五軍團的相乘效果。」

「啊……對……對喔……」

春雪喃喃應聲，最先想起的就是紫之王Purple Thorn的必殺技「Elementary Charge」。那種招式能將自己必殺技計量表消耗量的1.602177662倍，灌到用杖碰到的對戰虛擬角色的計量表上。他本來納悶為什麼會有這麼零碎的數字，但離開無限制空間後上網一搜尋，發現所謂Elementary Charge，本來是個在日語中譯為「基本電荷」的物理學用語，而那個數字就是等式中的一部分。

不管怎麼說，如果能夠組成相乘效果，這個招式應該就能發揮高倍率放大器的功效，但遺憾的是Purple Thorn已經和黑雪公主一起陷入無限ＥＫ狀態。但Pard小姐說得沒錯，加速世界裡應該還另有不少虛擬角色，能夠恢復別人的計量表。

「……也就是說，要組合多名超頻連線者的招式與能力，建構出一個大型能量槽似的機制，然後用來不斷恢復Bell的必殺技計量表是吧。的確……如果是這樣，說不定就能連續對印堤施加近距離攻擊……！」

春雪興奮地說到這裡，Part小姐就用力點動豹頭，但立刻又補上一句「但是」。

「……這個作戰，必須達成三個條件。『能夠備妥足以一擊對印堤造成重大損傷的強力近戰物理攻擊型強化外裝』、『無限制中立空間中有鐵匠商店存在』、『鐵匠能夠把強化外裝強化到足以承受五千度的高溫』。坦白說，現在期待這些都還太樂觀。」

「…………不會。」

春雪想了一瞬間後，搖了搖頭。

「第一個條件，大概能夠滿足。現在的黑暗星雲裡，有團員擁有加速世界最強水準的劍……沒錯吧，Lead。」

春雪一邊叫出這個名字一邊抬頭看去，站在白板旁的戴面具年輕武士，雖然做出微微縮起肩膀的動作，但仍點了點頭。

「……是，雖然我取得那把劍的來龍去脈，一點也不光彩……但威力並無虛假。我想這七星外裝(Seven Arcs)之一的『玉衡』The Infinity，只要能夠承受火焰，對太陽神印提應該也能造成不小的損傷。」

Lead一說出神器的名稱，Cassis Moose與Thistle Porcupine等日珥出身的團員間，立刻一陣低聲的交頭接耳。

現在加速世界當中，已經確定持有人是誰的神器共有六件。其中The Luminary是由白之王持有，The Destiny由春雪親手封印。再者，The Impulse屬於藍之王，The Strife屬於綠之王，The Tempest屬於紫之王，全都已經陷入無限ＥＫ狀態，所以這次作戰中能夠動用的神器，實質上等於只剩Trilead的The Infinity。

「Trilead……」

黑雪公主從椅子旁走遠，以正經的表情叫了年輕武士的名字：

「拿你的The Infinity作為印提討伐作戰的主軸，意味著要讓你孤身擔任攻擊手。只要出個什麼差錯，難保不會陷入無限ＥＫ。要把這種危險的工作，塞給加入軍團還只過了一天的你，實在令我過意不去……真的可以嗎？」

「那當然。」

Lead立刻做出回答，聲調中沒有迷惘。

「我長年來，都只看過禁城高牆內的世界。全靠Crow兄和Raker姊，不惜冒著可能在四神朱雀的祭壇陷入無限ＥＫ的危險，把我帶了出來。我不認為敝業師Graphite Edge，是預測到這次的事態才吩咐我離開禁城。但我仍然這麼認為……認為我就是為了在這場遲早會來臨的討伐作戰中完成自己的職責，才會離開禁城。」

「……是嗎？既然你都願意說得這麼堅定，我也不再迷惘。Trilead……萬事拜託了。」

黑許公主深深一鞠躬，Lead也同樣有禮貌地一鞠躬，說道：

「請包在我身上，軍團長。」

——搞不好會稱學姊為「軍團長」的團員，已經增加到兩人了。

春雪覺得戰慄，但並不說出口，而是喊出另一件事：

「這樣一來，作戰的第一個條件就滿足了吧！再來就只剩下『鐵匠』了！」

「這鐵匠才是最大的問題就是了……」

黑雪公主露出苦笑，忽然想起什麼似的看看春雪，接著又看看楓子。

「說到這個……從那個Highest Level，不是可以看到整個無限制空間嗎？那不就可以從那邊找到鐵匠的攤車嗎？」

「啊……………」

春雪完全沒考慮到這個可能，張大了嘴合不攏，但過了一會兒後，說出的卻是否定的話：

「……不，這可能有點困難。只要去到Highest Level，的確就可以俯瞰整個Mean Level……可是在那裡，無論地形、公敵，還是超頻連線者，全都用小小的點來顯示，要看清楚那些點是什麼東西，就得離開Highest Level，實際去到那個地方才行……」

「噢，這樣啊……——可是，也許至少可以找出個方向啊。如果鐵匠攤車真如傳聞中存在，應該就不會出現在各地商店街，而是會單獨在荒野上移動。要跟公敵區別大概會很難，但我想總比漫無方向地在無限制空間裡找來找去要好。」

「…………的確是這樣啦……」

春雪點了點頭，他還另外別的事情掛心。

現在春雪無法只靠自己的力量去到Highest Level。他必須先加速，然後和梅丹佐聯繫，請她把自己的意識往上帶。但現在梅丹佐為了修復資料上元氣大傷的身體，正在楓風庵休眠，要到加速世界時間十年後——換算成現實時間也要等到三天後才會修復完畢。梅丹佐說「只不過是三天」，但在這個狀況下就實在太漫長。

如果要找到鐵匠，就得從Highest Level進行探索，春雪自己是百般願意……哪怕要花上體感時間幾個月甚至幾年，他都有覺悟要堅持到底，但為此而再度妨礙梅丹佐的休眠，就讓他提不起勁。正當他遲疑著該如何說明這些情形——

「Crow，你不用擔心。」

黑雪公主似乎感受到了春雪的不安，以平靜的聲調說了。

「我也不打算在這次的作戰裡，把梅丹佐拖出來。她身為黑暗星雲的一員，在與震盪宇宙那場化為『地獄』屬性的領土戰裡，進行了搏命的全力攻擊，把我們從萬劫不復的絕地中拯救出來。在她的傷勢完全痊癒之前，我不會再妨礙她沉眠……即使事後會被她本人罵。」

「這……這樣啊……——可是，憑我一個人，還沒有辦法去到Highest Level……」

「『四聖』不是只有梅丹佐一個……不是嗎？」

聽黑雪公主這麼一問，春雪不點頭也不搖頭，連連眨眼。黑雪公主也不再多說什麼，手輕輕放到粉紅豬虛擬角色的頭上，然後朝團員們發出堅毅的聲音：

「我想討論到這裡，作戰計畫的骨架已經確定。最終目標始終是擊破太陽神印提——為此，我們要將Trilead Tetraoxide所持有的神器『The Infinity』拿去給鐵匠強化，同時也要建構能連續補充Lime Bell必殺技計量表的多段相乘效果。這兩個目標，我們都要去對其他四個軍團請求協助，設法迅速達成——對以上結論，有什麼問題要問嗎？」

穿山甲頭的Thistle Porcupine立刻舉手：

「只有一個問題。聽說七王會議被搞得一團亂之前做出的決議，也就是要對白之團展開總攻擊，這件事現在怎麼樣了？如果這件事也要同時進行，就也得分配一些團員去進攻港區戰區才行。」

「唔，的確是啊。」

黑雪公主點點頭，苗條的手托住下顎思索，這時改由楓子開了口：

「波奇說得沒錯。在議場被拉進無限制空間前不久，Purple Thorn還有Blue Knight就宣告過。說等會議一結束，藍、綠、紫、黃、黑五團就要組成聯軍，對港區第一、第二、第三戰區展開總攻擊。具體來說，就是只要在對戰名單上找到震盪宇宙的團員，就依序持續對他挑戰，打到他們點數全失。而且在下一次的領土戰爭中，還要對港區第一與第二戰區也展開攻擊，剝奪他們的統治權……只是，目前這個作戰尚未執行。我想不管是哪個軍團，對於要如何因應團長陷入無限EK這種異常事態，都還沒有確立方針。」

「這也就是說，總攻擊要暫時延期了？」

「是這樣沒錯，但這種進展有點討厭啊……」

仁子插上這句話，哼了一聲。

「唯一逃出熱殺圈的我，講這話是不太公道啦……但我覺得震盪宇宙基本上也沒料到，事情會弄成現在這種狀況。要不是被Chocolat拿重播卡錄下了變身畫面，Ivory那傢伙想必是想繼續裝蒜到底。所以我想，他們也還沒準備好要因應五大軍團聯軍的攻擊。非得眼睜睜放過這個好時機不可，就讓我有夠不痛快的……」

仁子擺出雙手在後腦勺交疊，噘起嘴唇的「小孩鬧彆扭姿勢」，黑雪公主就苦笑著回答：

「坦白說，我認為要請各位把我從印堤內部救出來的這件事，大可等到對震盪宇宙展開總攻擊之後再說。畢竟即使不能進無限制中立空間，對正規對戰和領土戰爭也都沒有影響……可是我們不知道其他軍團怎麼想，而且要統一對總攻擊的意思，大概也非得再開一次幹部級會議不可。現階段，這件事也不容易啊。」

「要是那場會議也有Vise的手下混進去，又搞得一團亂……這樣的情形也有可能發生啊。」

「要防止這種情形……」

黑雪公主說到這裡，立刻又說：「不，這根本辦不到。」，於是搖了搖頭。仁子立刻探頭說：

「Lotus妳是怎樣啦？講出口了就說完……」

但仁子也沒能說完這句話。因為白板後方，也就是鯨魚頭頂，落下了一道光柱，讓一個新的虛擬角色實體化。

是個苗條嬌小的少女型。偏短的頭髮有著輕柔的輪廓，身上穿的卻是打上無數銀色鉚釘的黑色皮外套，以及磨得滿是破口的剪裁牛仔褲。這位讓人搞不清楚到底是走少女風還是龐克風的虛擬角色，把圓滾滾的眼睛睜得大大的，朝著春雪直奔而來，接著毫不猶豫地用雙手抱起了粉紅豬虛擬角色。

「有……Crow同學！」

春雪被這名本來大概是想喊「有田同學」的龐克少女一把抱住，急忙雙手亂搖。

「綸……Ash同學！」

Ash也同樣差點叫出她的本名，但日下部綸／Ash Roller一點也不在意地喊著：

「Crow同學……還好你沒事……！」

「Ash同學，妳怎麼，會來這裡……」

「那是因為……我現在……也是黑暗星雲的一員……」

聽她聲淚俱下地這麼一說，春雪才想起還真有這麼回事。Ash Roller與Bush Utan以及Olive Glove這三人，得到綠之王Green Grandee的允許，在「到與加速研究社的戰事了結為止」的條件下，轉投黑暗星雲旗下。

「……不好意思讓妳擔心了，Ash同學。我完全沒事……頂多只是指尖被印堤燒焦……」

春雪一邊說著，一邊拍拍綸的肩膀，她才總算放鬆了手臂的力道。

春雪才剛喘一口氣，立刻發現到黑雪公主、千百合與仁子半翻白眼的視線，不由得目光亂飄。他很想回到椅子上坐好，但綸始終將粉紅豬抱在懷裡，不肯放手。春雪只好再轉動視線，

發現Cassis Moose、Thistle Porcupine與Blaze Heart等三人，都露出目瞪口呆的表情。

「等……等一下，所以這個可愛的龐克少女，就是那個瘋狂暴走騎士裡面的人？」

聽Blaze問起，春雪遲疑著不知該如何回答。

眾人在這場會議當中，都不使用本名，而是以虛擬角色名稱互相稱呼，是因為日珥組的三個人與黑暗星雲組的人馬，尚未在現實生活中見過面。也就是說，他們三人並不知道日下部綸與Ash Roller之間複雜的關係，當然會覺得不解，但要由春雪說出這件事，又讓他有所遲疑。

春雪正「呃、呃」半天，綸就對Cassis等人一鞠躬，說道：

「是，我的確就是Ash Roller……但嚴格說來，在加速世界戰鬥的人……不是我。」

「咦咦？這話怎麼說？」

Blaze Heart的表情更顯狐疑，綸就對她做了一番簡潔的說明：

「現在，就請先當作……雙重人格之類的情形。將來有一天，我會好好解釋。」

「這樣啊？原來如此。」

Blaze很乾脆地接受，Cassis與Thistle也不約而同地點點頭。仔細想想，個性作風在現實與BB之間會有劇烈改變的超頻連線者並不在少數，只要當作是這條延長線上的情形，應該也就不難理解。

Blaze等人也依序報上名字，等打完招呼，綸就轉身面向「上輩」楓子：

「這個，師父……不好意思……我遲到了。」

「沒關係的，Ash。那，長城那邊的情形怎麼樣？」

「剛才，Decurion兄有了……聯絡。說長城眼前會以救出綠之王為最優先事項……還說關於這件事，希望盡快和黑暗星雲……商議。」

「原來如此……也就是說，長城也要把對震盪宇宙的總攻擊延期了是吧。照這樣看來，藍和紫大概也一樣會採取以救出團長為優先的方針吧……雖然黃色就很難說。畢竟我也不覺得Radio會有那樣的人望。」

楓子若無其事地說了一句挺難聽的話，看了黑雪公主一眼，迅速點頭。她們似乎只這麼一個眼神就足以溝通，只見她一邊環視眾人，一邊拉高音量說：

「那麼，我們再次確認今後的方針。我們要做的事情有三件……第一，搜索鐵匠商店。第二，建構回復必殺技計量表的相乘效果。第三，與四大軍團商議。關於第一項的搜索，由於必須進入無限制空間，務必慎重行事。我們會擇日再行選出搜索隊，還請徹底通告包括日珥組在內的全團團員，不要擅自去找鐵匠。」

「了解。日珥組這邊就由我去聯絡。」

Cassis Moose接下任務，楓子就點點頭說下去：

「關於第二件的建構回復相乘效果，就反而希望全團團員絞盡腦汁。有任何關於必殺技計量表的回復手段或相關情報與構想，無論多麼小的點子都無所謂，只要發送給我，我就會整理成檔案發布給大家。理想是能夠建立兩套體系……不，希望能建構出三套體系的相乘組合。」

「……這個，關於這件事……」

仍被綸抱在懷裡的春雪舉起右手，身穿女教師服裝的楓子就把眼鏡往上一推，微微一笑。

「什麼事呢，鴉同學？」

「呃……我想在場的人裡面，總不會有人連這個系統的名稱都沒聽過，所以我就問了，關於這回復必殺技計量表的相乘效果，可以讓心念系統介入嗎……？」

他這話一出口，明明身處VR空間，整個場面的氣氛卻一口氣緊繃起來，讓他縮起身體，以為自己說錯話了。

最先有反應的，是身穿巫女裝束的謠。

【UI＞我認為，只要是能做的事情，就該去做。心念的力量只有在受到心念攻擊的時候可以動用，這是黑暗星雲的團規沒有錯，但Orchid Oracle把七王會議的會場轉移到無限制中立空間的範式瓦解，還有Black Vise把蓮姊他們困住的二十面絕界，也都是心念，所以為了對抗這些圈套而動用心念的力量，應該不算違反團規。】

謠不到三秒鐘就打完這麼長一段文章後，先看看春雪，再看看楓子，最後看向黑雪公主。

「………的確是這樣啊。」

黑雪公主喃喃回答完，右手從陽傘上拿開，往前直伸。

「心念的力量，在加速世界中產生了許多悲劇。不……我沒有資格說得這樣事不關己。兩年又十一個月前，我就用必殺技偷襲，一刀殺了紅之王Red Rider……」

突然聽到這句獨白的瞬間，Cassis Moose、Thistle Porcupine、Blaze heart等三人都全身一震。氣氛變得更加尖銳，春雪更是變得連呼吸都有困難，但黑雪公主仍然舉著右手，靜靜地說下去：

「那個時候，我下意識地用心念強化了必殺技。如果當時沒動用心念，Rider也許就不會當場斃命。就是這些無濟於事的想像與悔恨，讓我對心念系統更加疏遠……連對自己挑上的『下輩』Silver Crow，我都沒能指導他心念——可是……」

她用力握緊舉起的右手，用像是在承受痛苦，卻又讓人感受到一股堅強的聲調說：

「這陣子，我經常在想。想說如果心念的力量純粹是系統上的Bug，BRAIN BURST的管理者應該早就已經處理掉了……既然不是，那麼加速世界中存在心念，是不是就有著某種意義呢。我……我想我大概已經無法更進一步去鑽研心念的力量。但我不希望新世代的超頻連線者，走上跟我一樣的路。若說心念引領我們走到的盡頭，不是只有深沉的黑暗，而是有著希望之光，我會希望他們有朝一日，能把這希望之光找出來……」

黑雪公主緩緩放下右手後，仍然好一陣子沒有人發言。

春雪受到一股覺得非說些什麼不可的衝動驅使，咬緊了牙關。但他滿心思緒，偏偏擠不出話來。

綸彷彿感受到了春雪的這種焦躁，雙手灌注力道，然後發出不同於往常的堅定說話聲：

「……家兄他……Ash Roller他，即使聽Raker師父推薦，也堅持不肯修練心念系統。因為直通『精神黑暗面』的心念力量，和家兄專心享受對戰的方針背道而馳。可是，經歷了昨天的領土戰爭後，家兄似乎也稍微改變了想法。」

「那是因為，他親身感受到了震盪宇宙的心念攻擊多麼有威脅性嗎？」

對於黑雪公主的提問，綸斬釘截鐵地搖了搖頭。

「不是這樣的……——我，對於家兄戰鬥時的事情，只能像作夢那樣依稀記得一點，但只有這件事連我也記得。領土戰爭的最後，Lotus姊那決定勝負的『星光連流擊（Star Burst Stream）』……明明應該屬於破壞的心念，卻美得令人流淚，深深撼動了家兄的心。」

「喂喂！」

這時插話的又是仁子。

「那個時候我明明也卯足全力放了心念吧！妳老哥都沒提到我的『輻射連拳（Radiant Burst）』喔？」

「呃……這倒是沒有……」

「那個混帳骷髏，等我下次遇到，絕對要讓他欲哭無淚……」

黑雪公主先對嘀咕的仁子一瞬間露出愉悅的笑容，然後再度看向綸，說道：

「如果他覺得我的心念很美……而這會成為他學習心念的契機，那我也不能一直畏縮了——Crow。」

春雪突然被叫到名字，在綸懷裡挺直了腰桿。

「有……有！」

「關於你剛才的問題，對於在本次作戰中使用心念系統的可能性，現階段不排除。可是，我想你也知道，心念的光明與黑暗是表裡一體，而且一動用就會刺激公敵……千萬要慎重，知道吧。」

「是！」

春雪再度點頭，黑雪公主就收起微笑，微微噘起嘴補上一句：

「只是話說回來……你是打算這樣搞到幾時啊？」

「什麼這樣搞……」

他先眨了眨眼，這才察覺她這話是指被綸抱住的狀況。

「不，這個，這是！」

他一邊發出破嗓的聲音，一邊雙手上下擺動，但綸似乎把這粉紅豬虛擬角色當成了玩偶，緊緊抱著不肯放開。春雪又無法強行掙脫，只能一邊辯駁說：「不……不是這樣！」，一邊頻頻動著耳朵，結果——

「呵呵呵……啊哈，啊哈哈哈。」

聽到這豪爽的笑聲，春雪往左一看。

發笑的是戴著白色面具的年輕武士虛擬角色。他多半是察覺到自己引來了眾人的矚目，還把右手按上面具，但還是停不住笑聲，最後乾脆轉過身去。

春雪納悶地想著，到底剛剛那樣的互動，是哪裡戳到了Lead的笑點，結果……

周遭發出一陣比先前他和千百合秀了那段互動時更大的笑聲浪潮，籠罩住了整個鯨魚背上的空間。春雪感受到一陣頻繁的震動，抬頭一看，發現連抱著他的綸都張大了嘴在笑。無論拓武、千百合、楓子、黑雪公主、仁子與Pard小姐、晶與謠、累與志帆子她們，甚至連Cassis他們，也都一副覺得好笑得不得了似的模樣，讓開懷的笑聲響徹四周。

春雪也跟著「嘿嘿……」傻笑幾聲，同時腦海中的一個角落想著。

相信在加速世界中引來巨大戰亂的震盪宇宙團員，也一定有過這樣的瞬間。有過和心靈相通的伙伴們由衷歡笑的這種無可取代的瞬間。明明……明明應該是這樣，但為什麼？

春雪不由自主地眼眶含淚，連連眨眼，拚命忍耐。連自己也無法命名的情緒滿溢在胸中，讓他什麼話也說不出口，就只是一直反覆看著同伴們的臉。

6

——即使受到諸王的軍團攻擊，無可避免會導致點數全失……會想脫離震盪宇宙的團員，是一個也沒有。

從鯨魚背上回到現實世界的瞬間，別人說過的這句話，微微在春雪腦海中迴盪。

他心想，到底是誰說的……立刻就發現是誰。是白之團的幹部集團「七矮星」中排名第一的Platinum Cavalier。

他拿著說是白之王交給他的The Luminary，讓太陽神印堤往下砸的前一刻，在戰場的上空遭遇到了春雪和楓子。楓子忠告他說，Ivory Tower = Black Vise失控的行為，將會把震盪宇宙的一般團員也連累進去，但Cavalier就不為所動地如此回答。回答說：沒有一個團員會離開震盪宇宙。

這是因為他們害怕「處決攻擊」之類的威脅，受到白之王束縛呢？還是說——

「辛苦了，春雪。」

耳邊聽到這樣一句話，讓春雪睜大了雙眼。

陌生的天花板。包住身體的坐墊。以及右手碰到的柔和溫度。

春雪這才想起自己是在什麼狀態下連進虛擬空間，立刻全身一震，就想從巨大的微粒坐墊上站起。但就在他即將起身之際，一隻苗條的手臂從右側伸來，按住了春雪的身體。

「哇啊，學學學學姊，妳做什……」

他這喊得破嗓的說話聲，也在看到黑雪公主那有點彆扭的表情後，立刻收了回去。他本以為自己是不是又做錯了什麼，只是……

「你被日下部同學抱住的時候都若無其事，為什麼換成我就變成這樣的反應？」

「咦？」

春雪花了兩秒鐘才理解她這麼問的意味，更加慌了手腳地回答：

「那……那那那裡我跟綸同學那時候兩個人都是虛擬角色嘛！可……可是現在學姊和我都是，這個，活……活生生的身體。」

「不管是虛擬角色還是現實身體，都只有組成的資料量不一樣，本質上不會有差異。」

是～～這～～樣～～嗎～～？

春雪內心猛力歪頭納悶，但尚未擠出反駁的話，黑雪公主就把全身靠了上來，讓春雪的思考再度停機。黑雪公主的體重，多半比國三女生的平均值要低得相當多，但仍讓春雪的身體深深埋進微粒坐墊，再也動彈不得。黑雪公主窺看他的表情，露出慧黠的微笑輕聲說：

「……一下子就好，讓我就這樣待著。只要跟你身體互碰，就會有消除精神疲勞的相乘效果。」

春雪正要說怎麼可能，但話要出口之際停住不說，轉而小聲問起另一件事。

「這個……我是覺得剛才的會議裡，已經看到相當大的希望……但還不夠讓學姊恢復嗎……？」

黑雪公主聽了後眨了兩次眼睛，輕輕搖了搖頭。

「噢，抱歉，這可讓你誤會了啊。我也感受到了希望，雖然門檻最高的多半是找出鐵匠商店，但對此我也算是有幾個打算……可是，大家拚了命努力想救出我，這個狀況本身……讓我很難受。難受得不得了……」

黑雪公主以壓抑過的聲音吐露心聲，把臉用力埋進春雪懷裡。

春雪遲疑了一會兒後，舉起雙手，輕輕摟住了她苗條的肩膀。莫名地只有現在，他不用拚命思考，話語也會從胸口深處湧出。

「……不必因為自己是軍團長，就什麼都一個人扛起來。」

黑雪公主一聽，雙肩一震。春雪慢慢揉搓她的肩膀讓她安心，一字一句，滿懷真心對她說：

「從再度結成黑暗星雲以來，學姊一直為了全團團員而犧牲自己。和第五代Chrome

Disaster打的時候，把四埜宮學妹從朱雀祭壇救出來的時候，我變成第六代Chrome Disaster時，ＩＳＳ事件的時候，還有在昨天的領土戰爭跟今天的七王會議上也是……還不只這些，像是荒谷開車撞過來的時候，學姊也不惜動用會把超頻點數的九十九%都消耗掉的最終指令，自己還受到危及生命的重傷，救了我的性命……」

「那當然，我可是軍團長……還是你的『上輩』。」

黑雪公主仍然把臉埋在春雪胸口，以沙啞的聲音輕聲回答。但春雪用力搖了搖頭，斬釘截鐵地說：

「不是當然。一點都不當然。」

他把手從黑雪公主的雙肩挪到背後，繼續說道：

「學姊非常強……所以我們不知不覺間，理所當然地依賴起學姊來了。不管什麼時候，都覺得只要有學姊在，就不會有問題……卻沒能發現，這樣的心態，等於讓學姊不斷背負重擔。黑雪公主學姊是『純色之王』，是9級（Nine）玩家，比任何人都強……可是其實也只比我大一歲，一樣是國中生。我……我還很弱小，不管在加速世界還是現實世界，都還成天迷惘、煩惱，可是我想變得讓學姊更能依靠。不只是單方面靠學姊扶持，而是可以互相扶持，互相幫助，朝同一個目標一步步往前走……相信現在，全團團員都有著一樣的想法。不只是黑暗星雲組，剛合併的日珥組團員一定也是一樣。所以學姊，這次就請妳依靠我們……相信我們。我們一定會把學妳，也順便把其他四個王，從印堤的無限ＥＫ中救出來。所以……所以…………」

這也許是春雪十四年出頭的人生中，第一次能說完這麼長一段話不卡住。但說到最後他還是情緒太過澎湃，不管怎麼吸氣，就是不會化為言語。

不知不覺間，春雪已經兩眼透出淚水，反覆著不規則的呼吸，結果──

黑雪公主輕輕抬起頭，從極近距離看著春雪。一雙漆黑的眼眸似乎也已微微濕潤。

「…………你變強了呢，春雪。」

黑雪公主輕聲這麼一說，舉起右手，碰上春雪的臉頰。

「不管是在加速世界還是現實世界，你都變得非常堅強了。哪裡是什麼單方面受到扶持……不管是我、楓子、謠、晶，還是仁子他們，都從很久很久以前，就一直得到得到你的扶持。就是因為你張開銀色的翅膀，不斷地飛在高空，我們才能走到這一步。」

黑雪公主錯開身體，把自己的臉挪到春雪的臉正上方。春雪就從這短短十公分的距離，看到她那珍珠般水潤的嘴唇微微顫動。

靠近。一叢黑髮灑落，一股甜香飄來。心臟的脈動漸漸加速──

客廳裡突然傳出一陣嗶嗶作響的電子聲響，結束了這段魔法的時間。黑雪公主用彈跳似的動作猛力抬頭，先碰了碰虛擬桌面，然後說：

「不好意思……我設定成每天都會在這個時候放好熱水。」

「啊……是……是這樣啊。」

「嗯，噢……春雪，你先去洗吧。」

「咦？」

這時春雪在言語的選擇上，犯了決定性的錯誤。

他最先該問的是自己是否該回去了。但被黑雪公主這令他作夢也沒想到的提議問了個措手不及，把腦海中最先浮現出來的念頭，原原本本地說了出來。

「這……這個，我汗臭味很重嗎？」

「嗯？不會啊。可是今天從白天就一直在活動，你應該累了吧。」

黑雪公主這麼一說，從微粒坐墊上站起，伸出了右手。春雪拉住她的手借力，自己也先站起來再說，但他不知道該如何是好。

「呃，可是，這個，我不能喧賓奪主……」

「我才要說你遠來是客呢。別說這麼多了，去把汗沖一沖吧。」

「我……我果然汗臭味很重……」

春雪還在嘀咕，黑雪公主雙手推著他的背，把他帶到位於走廊途中的盥洗室兼脫衣間。

「洗髮精和沐浴乳你儘管用。慢洗。」

拉門被關上後，春雪茫然呆立了好一會兒。他發呆想著為什麼事情會變成這樣，但腦袋就是運轉不起來。但至少事到如今，狀況的確已經不容他說出「我還是回家好了」。既然如此，倒也覺得似乎至少應該把汗臭味給洗掉。

他機械式地脫掉梅鄉國中的制服，摺好放進脫衣籃後，拉開折疊式的玻璃門走進浴室。面積本身和有田家的浴室差不多，但浴盆卻是含有噴射水流噴嘴的最新款。只是話說回來，他當然不會一開始就跳進熱水裡。他先在透明的矮凳坐下，解下脖子上的神經連結裝置，掛到牆上的專用掛鉤上，再沖個熱水澡。先仔細把全身沖洗得一片汗垢都不留，再讓身體泡進浴盆裡。不那麼熱的溫度正合春雪的喜好，他「哈呼～」一聲吐出氣息，讓全身放鬆後，連自己都沒意識到的疲勞，立刻隨著一陣發麻似的感覺從四肢穿出。

他從牆上的掛鉤拿起神經連結裝置，重新戴好，然後連接到浴室的控制面板上。接著從顯示在眼前的選單中，試著開啟噴射水流。結果微小的泡沫水流往他背上噴個正著，讓他忍不住「嗚咿」一聲叫出來。這種感覺像痛又像癢，十分奇妙，但絕非令人不快，反而相當舒暢。

要是有田家的浴盆也有這功能就好了……春雪一邊想著這樣的念頭，一邊委身於泡沫的震動當中，思考就漫無目的地亂飄。

他的雙親買下蓋在高圓寺車站北側的大型住商混合大樓當中的一戶，是在十四年前，也就是春雪出生的那年。那棟大樓屬於裝潢與設備都可以高度自由選配的類型，相信父親和母親多半就是一起看著型錄，討論這個好還是那個好，一個房間一個房間決定要怎麼裝潢。說不定也曾經討論過，浴盆到底要不要加裝噴射噴嘴。

這樣的兩人離婚，則是在春雪國小二年級的時候。父親終於要離家的時候，春雪再也忍不住淚水，忘我地抓住父親的腳，哭喊著要他別走。但父親只任由春雪哭了一會兒，然後用大大的手把春雪的雙手從他腳上扳開，用力抓住春雪的雙肩，什麼都不說，就走出了玄關。從那以後，春雪再也不曾見過父親一面，現在連父親在哪裡做些什麼都不知道。

離婚的原因，似乎是父親出軌。所以，他也可能已經和出軌對象一起到別的城市建立新的家庭，也可能已經有小孩。長到十四歲的現在，春雪既不特別想見父親，而且即使想起，也並不特別覺得寂寞。即使如此，春雪還是把父親留下的床與網椅拿到自己的房間繼續用，而且即使終於有點凹陷，也不打算買新的來換。

他關閉浴室的控制面板，轉而打開神經連結裝置的內建儲存空間。在長年使用中劇烈複雜化、多層化的資料夾結構中不停往下鑽，過了一會兒，找到了一個名稱叫作【F】的資料夾。F是父親（Father）的F。母親完全刪除之前，他偷偷從家用伺服器複製了父親的照片、影片、郵件與一些工作相關的檔案，封存在裡頭。他國小的時候，也先會窩進棉被裡，然後點進這個資料夾，反覆播放少少幾段拍到父親一個人或全家三人的影片。但曾幾何時，春雪已經不再看這些影片，記得最後一次點進這個資料夾……是在Dusk Taker事件當中，拉出完全潛行技術史資料的時候。

當時父親留下的資料就幫助了他。要不是有父親寫在年表上的註解文字，春雪多半就不會發現Dusk Taker與加速研究社祕密所在的關鍵——腦內植入式晶片。雖然並不會特別想見到父親，但如果有朝一日，有機會從遠處看看父親，倒是想在心中對他道謝。謝謝他說，多虧了你，我現在才能繼續當超頻連線者。

「喂，泡太久可會泡昏頭啊。」

聽到這樣一句話，春雪趕緊一邊按掉視窗一邊回答：

「啊，對不起，我馬上出……」

但這句話說到這裡，他卻全身定格，生硬地把頭往左轉，再度讓思考停止了三秒鐘左右之後，大喊：

「學怎進麼來！」

春雪本想說的是「學姊妳怎麼進來了啦！」卻完全講不好，而且連講不好的自覺都沒有，一張嘴反覆張開閉上。

黑雪公主從不知不覺間拉開的玻璃拉門後，往浴室踏進了一步。看來……並不是擔心春雪而跑來看。能夠判斷出這一點，是因為看到黑雪公主用髮夾固定住一頭長髮，身上只包著一層白色浴巾。

「這個，對對對對不起我我我馬上出去！」

這次他總算用日語喊了出來，正要站起，卻第三度當場定格。說來當然，春雪身上什麼都沒裝備，要離開浴盆而走向脫衣間的過程，將會發生巨大的問題。

「這……這個學學學姊，我我我出去之前，可以請妳先在外面等一下……」

「偶爾這樣有什麼關係嘛。」

黑雪公主回得十分乾脆，踏進浴室，伸手關上身後的玻璃門。她從目瞪口呆的春雪眼前走過，坐到了矮凳上。

「…………什……什麼偶爾……我……我們從來，不曾……」

春雪好不容易從差點堵塞的喉嚨擠出聲音，黑雪公主就瞪著正面的鏡子，用有點尖銳的聲音說：

「問題就在這裡。」

「問……問題……？」

「那還用說？仁子做過的事情，我不能不做。」

「咦，仁……仁子，做了什……」

他先喃喃說到這裡，這才想起。

仁子也就是上月由仁子，第一次見到春雪時，報上的是一個完全不同的名字。齊藤朋子——是實際存在的春雪表妹的名字。仁子假冒為朋子，溜進有田家，甚至還在初次見面的春雪洗澡時闖進浴室，展開了一場奮不顧身的社交工程。

「沒……沒有啦，雖然的確有過這種事，但那是仁子為了抓住我的把柄，把我挖去日珥才做的事情……等等，咦，我有說過仁子闖進浴室這件事嗎……？」

春雪雙手抓住浴盆邊緣，歪頭納悶，黑雪公主仍然不把撇開的臉拉回來，說道：

「是沒聽你說過，但我聽仁子自己說了。就在我們兩個借用你家浴室的時候。」

「……原……原來如此……」

「從那次以來，我就一直在想。想說哪天有機會，我就要討回這筆帳。」

「這……這筆帳……學姊是說，對仁子討？還是對我……？」

「對你們兩個。那麼……機會難得，可以幫我洗背嗎？」

「嗚咿咿！」

這次春雪真的想說我辦不到對不起我要出去了，但這些話還在嘴裡塞車，黑雪公主就用右手抓住包在身上的浴巾，看似有了短短一瞬間的遲疑，但仍在春雪開口說話之前解開了浴巾重合處，從身上拿開，然後攏成一團用雙手抱住。

略偏橘色的燈光下，黑雪公主的背仍然潔白似雪，活像妖精般纖細，讓春雪連眼睛都忘了眨。他的思考完全停機，只顧張著嘴發呆，幾秒鐘後，黑雪公主先縮起背，然後吸了吸鼻子。

這下春雪才總算解開石化狀態，以沙啞的聲音說：

「學……學姊，這樣會感冒的……」

「那就麻煩你快點。這可是軍團長的命令。」

「這……這個，呃…………遵命…………」

既然都說是命令，春雪也就別無其他選擇，只好慢慢站起，跨過浴盆的邊緣，來到淋浴區。他遮著身體前方，磨蹭著前進，在距離黑雪公主的背二十公分處跪了下來。

這真的是現實嗎？會不會是軍團會議結束後，我以為已經登出連線，但其實神經連結裝置遭到入侵，其實我還在繼續進行完全潛行呢……他想著這樣的念頭，捏了捏自己的大腿，但狀況沒有改變。

春雪下定決心，右手盡量往前伸，把蓮蓬頭從掛架上抽出。他操作轉盤，放出熱水，先確定溫度，然後戰戰兢兢地把水流噴向眼前的背。無數水滴濺在雪白的皮膚上，將天花板上平板燈的燈光反射得閃閃發光。

春雪一心一意地沖著水，就聽到夾雜苦笑的一句話：

「春雪，希望你可以在我的背泡軟之前就幫我洗一洗啊。」

「……啊，好……好的！」

春雪以破嗓的聲音這麼回答，停下蓮蓬頭的水流，接著左手拿起海綿，沾上沐浴乳弄出泡沫。他雙手拿著海綿，小心再小心地在黑雪公主背上揉搓。緊接著……

「嗚呀……你……你可以用力一點。這樣太癢了。」

被她這麼一說……春雪趕緊雙手用力。

「大……大概這樣嗎？」

「嗯……剛剛好。」

春雪鬆了一口氣，小心翼翼地拿著海綿，在從黑色神經連結裝置下面到腰骨上面的範圍內往返挪動，結果——

「嗯——嗯……」

黑雪公主露出貓也似的低呼聲，接著說道：

「這是我第一次讓人幫我洗背，實在好舒服啊……」

「咦……學姊沒讓仁子幫妳洗嗎？」

「呵呵，那個時候我跟她不像現在這麼熟嘛。」

「是……是這樣啊……可是，都沒讓爸爸或是媽媽……」

春雪不小心說到這裡，這才急忙住口。黑雪公主明明告訴過他，說她與雙親的關係絕對說不上親密……春雪滿心懊惱，但已經說出來的話無法取消。

春雪讓海綿停在肩胛骨附近，整個人定住不動，就聽到一個平靜……但又透出些許惆悵的聲音：

「我還是個嬰兒的時候，他們也許曾經幫我洗過澡……但從我懂事以來，就沒有和家父或家母一起洗澡的記憶啊。在八歲前我都和姊姊一起洗澡，但她收我為『下輩』……把我變成超頻連線者的那一天，她就對我說，以後要自己一個人洗。」

「……原來……是這樣啊？」

春雪喃喃說完，就要重新開始海綿的往返運動。但即將動手之際，黑雪公主卻說出了一句令他意想不到的話：

「春雪，可以幫我解開神經連結裝置嗎？」

「咦……好……好的……」

春雪點點頭，先把海綿放回架上，再戰戰兢兢地舉起雙手，用指尖摘住她那苗條得令人驚奇的頸子上所佩戴的鋼琴黑配色量子通訊器材。

若非得到對方同意，解開別人的神經連結裝置這個行為，就是不折不扣的犯罪，即使是小孩子惡作劇，也會遭到嚴厲斥責，乃是現代社會最大的禁忌。春雪緊張地把夾臂左右攤開，緩緩從她頸子上取下。

「……解……解下了。」

春雪從右側遞出神經連結裝置，黑雪公主一邊說「謝謝」一邊接下，掛到牆上的掛鉤上。

春雪本以為她會說「幫我把脖子也洗一洗」，但她說的下一句話更加令他料想不到。

「你仔細看看我的後頸，神經連結裝置夾臂下面的部分。有沒有……看到什麼？」

「咦……？什麼看到什麼……」

春雪先眨了眨眼，才把臉湊向黑雪公主的後頸。視線屢屢被豔麗地貼在皮膚上的頭髮吸走，但他卯足了意志力，看向第三頸椎與第四頸椎之間，仔細觀察那比原本就白的肌膚更無色的，太陽沒曬到的痕跡。緊接著……

「啊……啊啊……！」

春雪太過驚愕，忍不住叫出聲音。

純白的皮膚上，透出了非常非常淡的紫色紋路。不……那不是紋路。是條碼，以及數字。

「學……學姊……」

「你看到了嗎？就是八位數的數字和條碼。」

「……看到了……這是……？」

春雪下意識地舉起右手，用指尖搓了搓條碼。但這些成排的細線並未消失。看來並不是用墨水之類的東西畫上去的。

「嗯……」

黑雪公主全身一震，讓春雪嚇得急忙放手道歉：

「對……對不起！我……我忍不住……」

「不，沒關係……我話先說在前面，這可不是什麼時髦的刺青。這是從我出生的時候就刻印上去的。他們說等我長大就會消失……但看來還留著啊……」

春雪不懂這幾句話的意思，只能呆呆地複誦。

「出生時，刻印……？聽他們說……是聽誰說……？」

「嗯……在這之前，我可以先洗個頭髮嗎？謝謝你幫我洗背，你回去浴盆泡暖點吧。」

聽黑雪公主這麼說，春雪點頭回答「好的」，回到了浴盆裡。熱水明明還沒涼，但即使泡到肩膀也無法覺得溫暖。在她雪白的後頸上找到條碼和數字時的震撼，讓他的手腳冰冷發麻。

春雪視線所向之處，黑雪公主拿開頭上的髮夾，解開了綁住的頭髮。她先用蓮蓬頭的熱水沖洗，然後用手掌把洗髮精搓揉起泡，再抹到頭髮上。

換作是平常的春雪，想必根本無法直視黑雪公主的這些舉動，不是轉過身去，就是連嘴都會泡進熱水裡。但現在他莫名地一瞬間也無法移開目光，從右後方的角度一直看著她。

黑雪公主用洗髮精洗完，把泡沫確實沖洗乾淨，先關掉蓮蓬頭，然後改把護髮乳抹上頭髮。她用梳子仔細梳理，然後第三次沖水。接著重新收攏頭髮，用髮夾固定。先喘了一口氣，然後開始用海綿洗身體。

本來春雪一直覺得黑雪公主就像妖精，甚至像是女神。但實際上當然不是這樣——黑雪公主也是有血有肉的人。是個跟春雪一樣每天會吃飯，也會洗澡的女孩子。

可是，既然這樣，那條碼又是怎麼回事？

黑雪公主用蓮蓬頭沖掉全身的泡沫後，從矮凳上站起，轉過身來。當視線與春雪對上後，露出微微責怪的笑容，舉起右手，把指尖沾到的水滴往前一彈。然後趁春雪反射性撇開臉的空檔，溜進澡盆的熱水裡，把背靠到另一頭的邊緣後，伸展一雙長腿，深深嘆了一口氣。

「這個……學……學姊辛苦了。」

浴盆裡的熱水已經因為噴射水流而顯得白濁，但春雪仍然小心不讓視線看過去，說出這樣一句話，就聽到黑雪公主拿他沒轍似的回答：

「你每天不也在做一樣的事情嗎？」

「可……可是……像我都只是洗髮精往頭上抹了以後用力抓一抓就結束……女生好辛苦啊。」

「唔，這可學到了一課。」

黑雪公主再度嘴角一揚，左手往牆上摸去。一碰之下，一部分塑膠面板無聲無息地滑開，露出裡頭的小空間。其中放有一個玻璃杯，從上方的噴嘴注入透明的液體。

玻璃杯側面立刻起霧，黑雪公主將杯子遞給春雪。

「請用，只是清水就是了。」

「謝……謝謝學姊……我不客氣了。」

春雪用雙手接下，就口一喝，發現冰涼的水美味得令人陶醉。本來他有點脫水，一口氣喝完後，深深呼出一口氣，然後把杯子還回去。

黑雪公主再度注水，自己也喝了一兩口，然後把杯子放回收納空間。塑膠面板毫無縫隙地關上後，就聽到咻的一陣清洗聲。

「……你喜歡泡澡嗎？」

突然被這樣問起，春雪想了一會兒後回答：

「呃……應該就是普通吧。雖然也不是討厭，但有些時候也會嫌麻煩。」

「哈哈，你這年紀的男生也許是這樣啊。其實我也是。」

「咦……咦咦？這浴室設備這麼棒，我還以為學姊很喜歡泡澡呢……」

「是不會討厭。可是，像這樣洗澡，就無論如何都會被迫重新認識到現實身體的受限……會忍不住去想一些念頭……想說人類的本質就是一根管子，也就是消化管，手腳、感官，甚至大腦，都只不過是用以提高這根管子使用效率的零件。有時候，我會想把自己的身體從內側翻過來，把每個角落都洗得乾乾淨淨。」

黑雪公主這番以她而言顯得格外自暴自棄的話，讓春雪不知道該如何回應才好。他想說學姊很漂亮，但他至少還聽得出黑雪公主並不是在講外表的美醜。

想必臉上露出了很窩囊的表情，黑雪公主朝春雪看了一眼，就讓雙手在水面一拍。

「抱歉，我說了奇怪的話。人類的本質是管子……對小時候的我說出這句話的，是我的姊姊，白之王White Cosmos。真是的，都過了那麼多年，還被這種胡言亂語給困住，簡直像是被施了詛咒啊。」

「……可是，我很慶幸人類從只有嘴和消化器官的動物進化了……」

春雪不由得這麼一回答，黑雪公主就輕輕揚起眉毛：

「哦？為什麼？」

「學姊妳想想，如果我們屬於那種全身都是吸收養分用器官的生物，烹飪之類的也就不會發達……以這個情形來說，『黑暗星雲餐會』，也會變成只是大家泡進營養池之類的地方就結束了……」

他這話一出口，黑雪公主就噗嗤一聲笑了出來。

「呵，啊哈哈……我對你的想像力甘拜下風。的確，這我可受不了。反正都是要吃，我也希望是吃好吃的料理。像剛才的南瓜可樂餅和長棍麵包三明治。」

「就……就是說啊。」

「嗯……而且，到最近，我開始覺得姊姊的話裡說不定也有別的含意……」

「別的含意……？」

這次換春雪歪頭納悶了。

黑雪公主睫毛低垂，沉默了幾秒鐘後，發出喃喃自語似的提問：

「春雪，你知道神經連結裝置的基本原理嗎？」

提問內容大大跳開先前的話題，讓春雪也花了幾秒鐘轉換思考，然後戰戰兢兢地回答：

「學姊說的基本原理，是指量子連線……對吧？就是與使用者的大腦進行量子層級的無線連線，藉此輸入及輸出感覺資訊……」

「唔。這個消息並未公開，但聽說這量子連線技術，在開發階段是被稱為……『Soul Translation Technology』。」

「So……Soul、trans……lation？靈魂的……翻譯，是嗎？」

這些單字還勉強處在春雪英語能力所能應付的範圍內，所以他這麼一問，黑雪公主就點了點頭。

「沒錯。縮寫是『ＳＴＬＴ』……也就是說，嚴格說來神經連結裝置，不是和人類的腦細胞通訊，而是和靈魂通訊。」

「靈……靈魂……這種東西，真的存在嗎……」

「ＳＴＬＴ的開發者們，應該是認為存在吧。我也只知道一些概略的知識，但聽說人類全身的細胞，都有著一種叫作『微管』的結構，就像這個名稱所說，是一種微小的管狀結構，和細胞的形成、維持與運動都有關。當然了，腦的神經細胞裡也存在著微管……微管內部封有相干涉狀態的光子，而這些光子引發的波函數收縮（Decoherence），就是人類的意識，也就是靈魂……」

黑雪公主這番話，春雪能夠聽懂的不到一成。然而，對於腦中封有光的集合這樣的概念，卻能夠輕易的想像，讓他茫然看向空中。忽然間，他覺得這個印象似乎快要和一件事連結在一起，一口氣喘不過來。

但這個念頭尚未成行，黑雪公主已經開口：

「抱歉，有點離題了。不管怎麼說，這細胞中的微管，英文是叫作『Micro Tubule』。Tubule的意思就是小管。」

「小管……」

聽到春雪複誦，黑雪公主輕輕點頭：

「對。說不定，姊姊所說的『人類的本質是管子』那句話，指的不是消化管，而是腦中的微小管啊。但就算是這樣，我對那女人的評價也不會因而改變。」

「……啊……該不會說……」

春雪喃喃說到這裡後，遲疑著該不該說下去。但看到黑雪公主用眼神要他說下去，於是硬著頭皮問起：

「……該不會，說學姊脖子上的條碼，長大後就會消失的，也是學姊的姊姊……」

「哦？你挺敏銳的嘛。就是她沒錯。」

黑雪公主微笑著點點頭，然後用嘩啦一聲舉到水面上的右手，摸了摸後頸。

「既然都說到這裡了，是應該全都告訴你……吧。」

黑雪公主說著放下右手，從浴盆的另一頭直視春雪。諄雪一直不去直視她，但只有現在，他覺得不應該撇開視線，於是也凝視著這雙漆黑的眼眸。

「──神經連結裝置的民生用第一世代機種上市，是在西元二〇三一年四月……也就是你出生的兩年前，我出生的一年前。」

黑雪公主宣告到這裡，朝自己那副還掛在另一頭牆上掛鉤上的神經連結裝置瞥了一眼。

「發售第一世代機種的企業有兩家，分別是通用電機最大廠商『RCT』與網路器材準大廠『KAMURA』。我不知道為什麼構成神經連結裝置基幹的STL科技，會同時在兩家廠商實用化。可是，當時RCT只把STLT的使用範圍停留在神經連結裝置，相較之下，KAMURA就更有野心……他們想運用這種把人類靈魂解碼的超科技，把手伸進神的領域。」

「神的……領域……？」

「春雪，如果能夠讀寫組成人類靈魂的所有資訊，你不覺得這個科技可以實現的事情，不單單是介面嗎？」

「不單單是介面……呃，也就是說……」

春雪讓拚命試圖理解這過於艱澀事物的腦袋全速運作，過了一會兒，一個字眼脫口而出。

「…………複製（Duplicate）？」

他為自己的想像而戰慄，但嘴停不下來。

「如果把人腦當成媒介……就可以讀出一個人的靈魂，寫進另一個人的腦裡……？」

「沒錯，就是這麼回事。」

黑雪公主點點頭，幾的臉也是明明泡著熱水，卻顯得有些蒼白。

「假設『複製靈魂』可行……但實際進行，就等於是殺人。畢竟複製去處的那個人，意識就會被覆寫而消滅。就連KAMURA似乎也做不到這一步……可是他們試圖透過做出複製去處的媒介，來突破這個障礙。」

「媒介……也就是說，能代替真正的人腦來儲存靈魂的機械記憶裝置？」

春雪說這話時滿懷確信，心想別無其他可能。但黑雪公主緩緩搖了搖頭。

「不對。KAMURA是製造了人類。技術上的門檻應該不高吧。畢竟到了二〇三〇年，人工子宮技術已經實用化了。」

「可……可是我在生物課上就學到，即使有人工子宮，要從零製造人類還是辦不到的。」

「沒錯。可是，只要有願意提供精子的男性，還有提供卵子的女性，就可以把進行過體外受精的胚胎放進人工子宮培養。這到現在仍是正常在進行的不孕治療療程。」

「話……話是這麼說，沒錯啦……」

春雪先微微點頭，然後頻頻搖頭。

「可是，把別人的靈魂覆寫到這樣出生的嬰兒腦裡……這應該是法理不容的事情吧？本來存在的嬰兒靈魂，就會消失吧？」

「是啊。可是，KAMURA……不，我的雙親，就做下了這件事。」

一聽到黑雪公主這句話，腦子尚未理解，春雪的全身就已經劇烈顫抖。他在熱水裡用力握緊雙手，以沙啞到了極點的聲音說：

「學……姊的雙親……是怎麼……」

「KAMURA，漢字寫作『神邑』。是我母親娘家的姓氏……家母是KAMURA創業者出身，家父是KAMURA的研究員。他們兩人結婚後，也繼續從事STL科技的研究，最後終於染指了禁忌的實驗。也就是複製人類靈魂的實驗……」

春雪的雙眼瞪得不能再大，視野中看見紫色的殘像搖曳。是刻印在雪白肌膚上的小小條碼與數字。

「學姊……學姊。」

春雪囈語似的喃喃說著，在浴盆裡朝黑雪公主靠過去。但黑雪公主的腳尖輕輕按住春雪的右膝，阻止了他前進。

「你應該猜到了吧？我不是從媽媽的肚子出生的。是把體外受精的胚胎放進人工子宮培養而成的所謂『機械小孩』。這個稱呼被當成歧視用語，大家都很忌諱，但當事人自己用總不會有問題。」

黑雪公主微笑著呵呵兩聲，從水中舉起雙手。她就像看著陌生的生物一樣，看著自己的左右手手掌，繼續進行這令人震撼的告解。

「哪怕是機械小孩，就遺傳基因而言，肯定還是雙親的小孩。但我還在人工子宮培養的階段，就已經被戴上神經連結裝置，施予了複製靈魂的處置。脖子上的條碼，應該就是當時留下的記錄……這也就表示，我在靈魂層級上，和雙親沒有任何關連。」

「既然……既然這樣。」

春雪用小得連自己都快要聽不見的聲音問起：

「既然這樣，學姊這個靈魂的爸爸，還有媽媽呢……？應該是存在的吧？這個靈魂真正的……」

春雪這句話說到一半，這才尖銳地倒抽一口氣。

「啊……對不起，我不是說學姊的雙親不是真正的雙親。」

「不，沒關係。我從白金那個家的雙親身上，也幾乎不曾感受到親子之間的愛情。對於過去他們至少讓我在物質方面生活得毫無匱乏，我的確很感謝，但我對他們而言終究只是實驗體。當我挑食時他們之所以會罵我，也是因為菜單的成分就經過計算……」

黑雪公主喃喃說到這裡，只把左手放回了熱水裡。接著讓留在空中的右手一翻，就像彈鋼琴似的用指尖敲打水面。好幾個小小的波紋誕生、擴散、消失。

「……我也不知道覆寫在我腦子裡的靈魂，是從哪裡來的。只是，我想多半不是成年人或兒童的靈魂，而是嬰兒的靈魂吧……要把成年人靈魂的所有資料量都寫進去，胎兒的腦容量應該不夠……」

「嬰兒的……靈魂……？」

「這一切都只不過是推測，不過……比方說，他們有可能是想把一個剛出生沒多久就死去的嬰兒靈魂，移植到我身上。」

「……這個，學姊不曾對雙親問起詳細情形嗎？」

對於春雪的問題，黑雪公主輕輕搖了搖頭回應。

「白金的雙親……多半還不知道我已經得知自己出生的祕密。因為剛剛所說的情報，全都是我被賦予了『SSS指令』後，靠自己的力量找出來的。」

「三……三S……？」

「對，你還不知道嗎？我晚點再告訴你，現在我就先說下去。我入侵KAMURA總公司的基幹系統，企圖獲取十五年前那場實驗中所有能夠得到的情報。可是資料幾乎全都已經被刪除……我把伺服器的每一個角落都翻遍，把收集來的情報拼湊在一起，才總算勉強掌握住了輪廓。但細節到處都有缺損，實驗的最終目的也還不詳……甚至連我的靈魂是從哪裡來的都無從推測。我只對姊姊試著說出事實看看，但她只回了我說等我長大就會消失的那句話……」

「……是這樣啊……」

春雪低頭不語，黑雪公主就用碰在一起的左腳拍了拍春雪的膝蓋。

「你不必沮喪，我也不是都沒有希望。我有個小小的線索。」

「線索……？」

「嗯，你不也看到了嗎？就是刻印在我脖子上那些條碼旁邊的八位數數字。」

「看到了。是20320930……是吧。」

「你知道這意味著什麼嗎？」

聽她這麼一問，春雪張大了嘴合不攏。先答了一聲說我哪裡會知道，這才總算發現不對。這個排列，只可能是年月日。這麼說來，記得九月三十日的確是……

「啊……是……是學姊的生日？」

「真希望你可以早個三秒答出來啊。」

黑雪公主露出有點鬧彆扭的表情，所以春雪先說起脖子說聲「對不起……」然後再次問起：

「可是，生日會是什麼線索……」

「根據記錄，我似乎在人工子宮裡待了足足十三個月，我明明沒有什麼發育不完整的狀況……而且，特地把生日刻印上去的意圖我也不懂。也就是說，這個日期有著某種特殊的意義。他們是有著某種理由，才會選擇在九月三十日，把我從人工子宮放出來……」

「九月，三十日……是什麼紀念日嗎……？」

春雪這麼一說，黑雪公主就正經地回答：

「聽說是胡桃日。還有，起重機之日。」

「胡……胡桃……起重機……這兩者感覺都沒什麼關連啊。」

「是啊。」

黑雪公主點點頭，嘻嘻一笑。

「可是，相信將來有一天，我一定會遇到這個日期。到時候，就可以知道寫進我腦中的靈魂來歷……我就是這麼覺得……」

黑雪公主的微笑就像小孩子一樣天真無邪，因此讓春雪覺得她虛幻得像是隨時都會變成透明而消失，下意識地輕輕撥開抵在他右膝上的左腳，又前進了二十公分左右，用自己的雙手把黑雪公主定在空中的右手牢牢握住。

「學姊……即使學姊是在人工子宮長大，受了ＳＴＬＴ的實驗……那些都是出生前的事情。從出生到現在這一瞬間，吃飯、睡得香甜、努力念書和運動，拚命地哭，拚命地笑，這樣一步步打造出自己的，就是學姊自己。我、楓子師父、四埜宮學妹、晶姊、阿拓和小百、仁子和Pard小姐……這麼多人喜歡的，都是現在的黑雪公主學姊。」

春雪拚命說到這裡，黑雪公主仍微微歪頭，好一會兒什麼話都不說。睜大的黑水晶眼眸，忽然間連連反覆眨動。從眼睛閃閃濺開的光點，是浴槽的熱水、汗水，還是……就在春雪想到這裡的時候。

黑雪公主任由右手被他握住，上身大大往前挺，左手繞過春雪的脖子，用力把他往自己懷裡一摟。兩人的皮膚在熱水中緊貼在一起，令人搞不清楚到哪裡是自己從哪裡開始是對方。

「……謝謝你。」

耳邊聽到輕聲細語。

「我不要緊的……因為你每次都像這樣，牢牢把我繫住。」

「…………是。」

春雪只能輕聲回答這句話，但覺得這樣就足以把心意都傳達到。他閉上眼睛，拚命忍著不讓水珠從自己的雙眼流下。

黑雪公主趁春雪洗澡時，就把他脫掉的衣服丟進了洗烘衣機。這也就表示連內褲都被她碰過了，讓春雪方寸大亂，但黑雪公主只回了他「你這樣將來可辛苦了」這麼一句神祕的話語。

兩人都在熱水裡泡得太久了點，有些昏了頭，但一邊喝著冰涼的麥茶，一邊慢慢降溫，時間已經超過晚上十點半。但他不能把跟母親聯絡時所說的話變成謊言，於是揉著惺忪睡眼，努力應付暑假作業。黑雪公主在一旁給予建議，所以進度比想像中要好，但到了深夜十一點四十五分，他的續航力終於到了極限。

春雪是認為該請黑雪公主好好睡在床上，自己只要睡客廳的微粒坐墊就夠……但黑雪公主從隔壁房間拿來毛毯，理所當然地讓春雪躺到坐墊上，自己也在他身旁躺下。本來覺得在這種狀況下哪裡睡得著，但這個念頭就成了他在七月二十一日最後的思考。睡魔轉眼間就來臨，春雪和黑雪公主身體碰在一起，被吸進了溫和的黑暗深淵當中。

翌日，二〇四七年七月二十二日，星期一——暑假第二天的上午七點。

春雪被收到郵件的鈴聲叫醒。

7

說是被叫醒，但起初也只有一成左右的腦細胞開了機，春雪眼睛只眨了幾次，立刻又閉上了。整個背被一股不可思議的彈性籠罩住，右半身還緊貼著某種柔軟又溫暖的東西，整體來說就是令他舒暢得無以形容。真想就這麼再睡一小時……不，再兩小時——

「嗯……嗯……」

這個細小的聲音發出的同時，有人呼出的氣息搔動右耳，讓春雪再度睜開了眼睛。

一看到陌生的天花板，以及顏色不一樣的窗簾，春雪立刻想起這裡不是有田家的自己房間，而是南阿佐谷的黑雪公主住處。春雪輕輕把臉往右一轉，發現黑雪公主的頭靠在他右肩上，露出稚氣的睡臉。

春雪一瞬間心臟怦咚一大跳，差點鬼叫著從坐墊上滾下去——但這樣的反應並未發生。反而滿腔都是一種揪心的愛憐，以及一股要保護她的決心。

春雪小心不吵醒黑雪公主，以左手操作虛擬桌面，打開才剛收到的郵件。寄件人是【RM】。

春雪一邊納悶這是誰的名字字首，一邊開啟內文，立刻尖銳地倒抽一口氣。這次他的意識終於完全清醒，恨不得瞪穿似的讀著這短短的內文。

【留言我收到了。我也有事情要商量。RM。】

RM……Rose Milady。錯不了。是四聖天照遵守和春雪的約定，幫忙傳了話給Milady。

春雪想立刻回信，但在這之前——

「……這個，學姊。」

春雪伸出左手，輕輕搖了搖還在睡的黑雪公主肩膀。

「不好意思打擾學姊休息……震盪宇宙的Milady有聯絡了。」

這句話一說完，長著長長睫毛的眼瞼幾乎發出唰的一聲猛然睜開。

春雪與黑雪公主拿昨天吃不下的檸檬塔配熱紅茶，簡單吃完早餐後，在上午九點出了家門。

天氣是多雲，氣溫也不怎麼高。氣象預報說一整天的天空都會是這樣，似乎不用擔心會下雨。黑雪公主配合春雪穿上制服，朝天空瞥了一眼後，對春雪微笑著說：

「還好大概不會像昨天那麼熱。」

「是……請問我們要怎麼過去笹塚？」

「嗯……在杉並要往南北向移動實在很麻煩啊。看是要搭地下鐵，先去到新宿再轉京王線，還是走到環七去搭公車……這種時候就很羨慕自己有交通工具的仁子和楓子呢。」

「機車是Pard小姐的，師父的車也是她媽媽的吧……」

「既然這樣，明年我去考駕照，你去弄一台機車……」

「我……我也沒有駕照啊！」

「哎呀，你不知道嗎？要持有自動車或機車，可不需要有駕照。」

黑雪公主說完嘴角一揚，指尖在空中劃了幾下。

「國中生這樣是有點奢侈，不過去程我們就搭計程車吧。當然我請客。」

「咦……不……不好意思……」

「你就當作是答謝昨晚的飯菜吧。」

說著說著，一輛超小型EV車傳來一陣輕快的馬達聲，開進了聯建住宅前方的道路上。是兩人座的無人計程車。

春雪與黑雪公主坐上車，繫好安全帶，計程車就靜靜地開始行駛。兼作投影螢幕的前擋風玻璃上，顯示著行進路徑與預測抵達時刻。春雪是坐在駕駛座這一邊，但這輛車是完全自動駕駛車，所以眼前沒有方向盤，也沒有踏板。對於玩慣了競速遊戲的春雪來說，不免覺得手腳閒得發癢，但現在不是被雜念困住的時候。

「……Milady她，為什麼會指定現實世界的笹塚呢……」

春雪利用車上沒有司機的好處這麼一問，左邊的黑雪公主就雙手抱胸，沉吟著說：

「唔……照常裡推想，應該是想利用正規對戰空間來接觸……但如果真是這樣，不必指定笹塚，只要指定『澀谷第一戰區』就夠了──也罷，去了就知道。澀一現在是黑暗星雲的領土，我和你都有拒絕挑戰的特權，不會是圈套。」

「就是說啊……──說到領土，這個週末的領土戰爭，我們要防衛澀谷第一、澀谷第二，還有港區第三戰區嗎？」

對於春雪提出的這個新問題，軍團長「唔」了一聲。

「──澀一和澀二，是長城讓渡給我們的，但在與震盪宇宙的戰事結束後要怎麼處理，多半還得再商討。這不是無償讓渡，我們付了超頻點數，所以也實在不爽白白還回去……」

「點數是Graph兄付的就是了。」

「他的點數就是我的點數，我的點數還是我的點數。」

黑雪公主一臉漫不在乎的表情這麼斷定，然後再度皺起眉頭。

「澀谷就先不說，港區第三戰區無疑會受到震盪宇宙攻擊吧。當然前提是他們的陣容可以維持到下個週六就是了……」

「Platinum Cavalier說過，說哪怕五大軍團展開總攻擊，也不會有任何一個團員退團。可是，就算是這樣，也不是說他們所有人就都能每一場對戰都打贏吧。姑且不說『七矮星』，一般團員應該底擋不住高等級玩家的連續挑戰吧。當然了，也有切斷神經連結裝置的全球網路連線這一招可以用，但這樣就會連領土都防守不了……」

「就是這麼回事。一旦總攻擊開始，無論軍團內再怎麼團結，遲早會有一半團員被打得點數全失吧。但願在這之前，儘可能多幾個團員自行退團……」

黑雪公主這麼說完，自嘲似的嘆了一口氣，立刻又說下去：

「害怕諸王的總攻擊，切斷全球網路連線，縮頭不出……這就是我以前做了兩年的事情。要不是你進了梅鄉國中，在虛擬壁球打出不得了的分數，我大概還在過著蟄伏……不，應該說是落魄的日子。這樣的我，也沒有權利對震盪宇宙團員的選擇說三道四就是了……」

「……這我也……不，我才要說……」

春雪用力在膝上握緊雙手，按捺住滿腔衝動的各種情緒，一邊尋找合適的話一邊說下去：

「我才要說，如果不是那一天，學姊出現在虛擬壁球區，找我說話，我到現在仍然會只低頭看著自己腳下過活。要不是學姊給我BRIAN BURST程式，我就不會發現加速世界……不，也不會發現現實世界這麼寬廣。相信震盪宇宙的團員一定也是這樣……所以當然會希望他們能夠發現白之王與加速研究社的所作所為是錯的。」

「嗯……對喔，你說得對……」

黑雪公主喃喃說完，視線仍然注視擋風玻璃外，挪動右手，輕輕握住春雪的左手。

自動駕駛的計程車，開在住宅區狹窄的道路上，一路往西南方行進，在井之頭大道左轉。從這裡到京王線笹塚站，只花了短短五分鐘。下了停好的計程車後，熱鬧的市街噪音就湧了過來。寬廣的人行道旁，有著成排的餐飲店、便利商店與五花八門的各種商店，許多行人來來往往。

「……Milady只指定了『笹塚』對吧？現在離碰頭時間還有十五分鐘……只要繼續等就好了嗎？」

「呃……我問一下。」

春雪叫出郵件軟體，通知對方說已經抵達笹塚後，立刻有了回信。

「啊，說是要我們去位於車站南出口的笹塚圖書館。」

「圖書館……？」

黑雪公主一瞬間皺起眉頭，但立刻點點頭說：

「那我們走吧。既然是在公共設施內，那就確實會有公共攝影機，應該就不需要擔心PK……現實中的攻擊。」

「是啊……」

春雪一邊暗自下定決心，想說即使如此，真有什麼萬一時我可要當學姊的盾牌，一邊開始領頭往前走。

穿越甲州大道，從京王線的高架鐵路底下鑽過後，立刻就可以在右手邊看見一棟灰色的高層複合設施。根據神經連結裝置的導覽，笹塚圖書館位於這棟大樓的四樓。從冷氣很涼的大廳搭上電梯，搭到四樓後，右手邊不遠處就是入口。

春雪和黑雪公主先對看一眼，然後走了進去。

這個比想像中更寬廣的空間，大部分都被閱覽桌占據，書架只有靠裡頭的牆邊有著少少幾排。實體報刊圖書已經幾乎絕種，所以這是理所當然，但由於有著只有在館內可以免費閱讀電子書籍的服務，桌子有六成左右，已經被成年使用者與來念書的學生占據。春雪若無其事地往館內放眼看去，看到貌似國高中生的女生有二十人以上，看不出誰是Rose Milady——甚至看不出她到底有沒有在這裡。左邊的牆上有著一整排用來讓人閱覽視聽資料的隔間，但他們不可能開門查看。

「先坐下再說吧。」

黑雪公主在他耳邊這麼說，於是他點點頭，一起在旁邊的一張桌子旁坐下。先喘一口氣，然後想寄郵件通知已經抵達，但來信圖示快了一瞬間亮起，於是他反射性地敲了下去。

【到圖書館後進四號視聽隔間來。我會在九點三十五分整，解除門鎖三秒鐘。】

「…………」

春雪把郵件軟體設定成可視，往旁一滑。黑雪公主瞥了一眼，看了看現在時間後，沉吟著說：

「唔……這意思就是要我們從隔間裡進行完全潛行，又或者是加速的意思了？要讓現實中的身體不設防，實在令人不放心……但大概也不能不聽對方的話吧。」

「的確……是啊。照理說隔間裡也是會有公共攝影機啦……」

說著說著，對方指定的時間已經漸漸接近，於是兩人同時起身，走向四號視聽隔間——才正要舉步，就發現到如果Milady待在館內，就可以從春雪與黑雪公主的動向，得知他們兩人的真實身分，但事到如今也已經不能退縮。於是他們決定至少走動時小心避免回頭，算準時間站到隔間前面。

門上的指示燈，是閃爍著代表有人使用的紅燈，但就如郵件上所說，到了九點三十五分的瞬間，就轉變為藍色。黑雪公主立刻伸手，拉開了門。

大約一坪大的空間裡空無一人，正中央擺放著一張大型的躺椅，裡頭的桌上設有一台多半是為了非神經連結裝置使用者而準備的平板螢幕。春雪覺得這場面似曾相識，隨即想起。是和「對戰聖地」秋葉原對戰場中所設置的網路咖啡隔間一模一樣。

當時他是和Pard小姐兩個人勉強一起坐在一人用的椅子上，導致緊貼度高得不得了。如果這次也演變成類似的情形……春雪正想到這裡，黑雪公主就在他背上推了一把，自己也走進去，關上了門。緊接著就聽到門上鎖的聲響。

「好了……不知道下一道指令是什麼呢。」

就在黑雪公主喃喃說到這裡的時候。

眼前的躺椅轉了半圈，讓春雪差點尖叫著跳起，但黑雪公主的左手從後啪的一聲摀住他的嘴。然而黑雪公主也把右手當成Black Lotus的劍刃一樣往前伸出。

坐在躺椅上的，是個個子相當小……外表讓人分不太出是國小生還是國中生的女生。制服是明亮的水藍色連身裙款，頭髮是水平剪齊的短髮，臉被瀏海遮住，幾乎只看得見左眼。

這名女學生先默默觀察了僵硬的春雪與黑雪公主兩秒鐘左右，然後以鎮定的聲調說：

「對不起，把你們叫來這種地方。可是，要找不用花錢就可以在現實世界中安全談話的地方，我就只想到這裡。」

她的嗓音有點沙啞，有著與她年紀相稱的稚氣，卻又有著與加速世界中共通的甜美聲調。春雪確信眼前的少女就是Rose Milady，放鬆肩膀的力道。黑雪公主也放下右手，喃喃說道：

「不……移動是沒花什麼工夫，反倒是妳把現實身分暴露在我們面前，可真讓我嚇了一跳。我還以為妳會要我們從這裡進行完全潛行交談或加速。」

「完全潛行交談有危險……對戰空間更危險。要排除追蹤和竊聽的可能，就只能這麼做。」

Milady這麼回答後，雙手拉平裙子的縐褶，從躺椅上站起。

「椅子只有一張，妳坐吧，Lotus。」

黑雪公主一聽，先朝春雪瞥了一眼，然後微微聳肩。

「妳怎麼判斷出我是Black Lotus……問這個問題應該沒有意義吧。」

「因為不管怎麼看，都會覺得妳是Lotus，他是Crow吧？」

被這名年紀多半比自己輕的少女以伶俐的視線看著，春雪縮起了脖子。

「可……可是我想，我跟對戰虛擬角色不太像……」

「這點我們誰也別說誰。」

聽她這麼一說，就覺得的確無法不這麼想。Rose Milady的虛擬角色身材修長苗條，全身長滿了刺，和眼前這個小不點女生的形象……差了沒有一百八十度，也有一百五十度左右。

「呃……請問妳幾年級？」

春雪忍不住問起，Milady就從瀏海的縫隙間瞪了春雪一眼。

「這個情報，你無論如何都需要？」

「不……不是，完全不會說非要不可……」

「國三。」

「咦？」

春雪意想不到，忍不住驚呼出聲。緊接著，Milady的左眼就冒起了精光。

「你咦這聲是什麼意思？」

「這……這個……」

他實在說不出因為我還以為妳國小這種話，勉強說出了一句還算是不痛不癢，但好歹也不算是說謊的回答：

「妳……妳和Raker姊在Highest Level說話時給我的印象，讓我覺得妳好像是高中生……」

「Raker是高中生？」

聽對方緊接著就是這麼一問，春雪才想起不妙，這可洩漏了個人資料，但為時已晚。他朝黑雪公主瞥了一眼，而她只默默聳聳肩膀，於是認命地點點頭。

「是……是的……」

「哼～？那，你呢？」

「我是國二……」

Milady默默將視線一轉，黑雪公主也很乾脆地回答：

「我是國三。」

「原來如此——要把本名也換一換嗎？」

「如果妳想要，也不是不能答應。」

這個回答，讓Milady露出微微思索的表情，但她緊接著就說：「那就請妳答應。」，手指在空中一劃。

她送來的名牌上，用玫瑰紅的明朝體字形，寫著【越賀蒼】。只看漢字不知道怎麼唸，朝底下的羅馬拼音仔細一看，看來讀音是「Koshika Tsubomi」。上面登記的郵件位址，和她用來聯絡春雪的帳號相同。

春雪也送了自己的名牌過去，Rose Milady＝蒼就輕輕點頭，接著看向黑雪公主的名牌，皺起了眉頭。

「……這個真的是本名？雖然是有居民資料網路認證的印章啦……」

「就麻煩當作是這麼回事。要叫我黑雪還是公主都隨妳高興。」

「……那我叫妳黑雪。叫我越賀。」

「叫蒼不行嗎？」

「我討厭這名字。」

「了解。那麼越賀，我要馬上進入正題。」

黑雪公主丟出這麼一句開場白，但並不去坐蒼讓出來的躺椅，仍然靠在隔間的門上說道：

「我想我們要辦的事和妳要辦的事，其實是同一件事。」

「咦？」

忍不住發出驚呼的是春雪。但荅則完全面不改色，回答：「我想也是。」春雪這才總算想起了昨天在Highest Level遭遇到的Rose Milady，所留下的最後一句話。

——我會為了Orchid Oracle，也為了Saffron Blossom，做我該做的事。

「越……越賀姊。」

春雪這麼一呼喚，荅總算把視線拉了過來。

「什麼事？」

「這個……妳的意思也就是說，妳握有某些情報？和救出Oracle姊有關的情報……」

荅聽了後，小小的嘴唇上，露出了這場會談開始以來首次露出的明顯笑意——儘管明顯是苦笑。

「你在現實世界也是一樣急性子啊。我和黑雪的鬥智可都白費工夫了。」

「咦……這個，對不起……」

「沒關係，因為我也一樣想省略開場白——的確，我握有和小蘭……和Oracle現狀有關的幾項情報。我要拿這些情報交換，要你們也提供我情報。」

荅的話，讓春雪小聲倒抽一口氣，但黑雪公主的反應還是一樣冷靜。

「這也得看妳要求的情報種類而定……但基本上這也正合我們的意思。只是，在開始交換情報前，有一件事我想問清楚。」

黑雪公主這麼一說，身體離開門板，走向站在躺椅旁的蒼。黑雪公主以國中三年級的女生而言，身高並不算特別高，但蒼有著會讓人錯以為是國小生的體格，所以一旦面對面站著，身高差距就會相當大。

但蒼以不愧在「七矮星」中排名第三的悠然態度，抬頭看著黑之王。她微微歪頭，像是在說：「怎麼？」

看到她的動作，黑雪公主以非常小聲──卻又能清楚聽見的聲音，對她問起：

「妳像這樣對我們暴露出真實身分，想救出狀似受到Black Vise也就是Ivory Tower囚禁的Orchid Oracle。Rose Milady，我可以當作妳這麼做的意思，就是選擇了背棄震盪宇宙與白之王White Cosmos的路嗎？」

她一問完，春雪就覺得蒼的側臉掠過了一剎那的苦惱。但這些苦惱立刻消失，這位小個子的高等級玩家靜靜地點了點頭：

「……無所謂。比起軍團的大義，我更優先的是Oracle的性命。」

「性命……是吧。這……」

黑雪公主的話說到這裡就停住不說，讓春雪將視線移到自己的劍之主身上。

春雪理解到越賀蒼說出的「性命」這個字眼，指的當然就是Orchid Oracle也就是若宮惠身為超頻連線者的生命。但緊接著蒼就以緊繃的低聲，宣告一個驚人的事實。

「照這樣下去，Oracle在現實世界的性命可能也會有危險。不趕快讓她停止加速，她的靈魂就有可能會回不到身體。」

「靈……靈魂？這話怎麼說？」

黑雪公主瞪大雙眼，荅以戴著幾分急切的表情搖搖頭說：

「說靈魂只是個便於表達的措辭，但憑我的理解度，也只能這麼說。加速中的超頻連線者，是使用建構在BRAIN BURST中央伺服器……別名主視覺化引擎當中的專用量子回路來思考。而在加速結束的同時，就會切斷和這個回路的連線，再讓記憶同步……」

這個解釋，春雪無法輕易嚥下。他將靠在兩人對面牆壁上縮起的身體往前跨出一步，以沙啞的聲音問起：

「請……請等一下。妳說什麼用回路思考，記憶同步……這樣講下來，簡直像是在說，加速中的我們不是用自己的大腦在思考……」

「說穿了就是這麼回事。BB系統就是透過這種方式，來避免大量消耗超頻連線者『靈魂壽命』。和正常超頻登出時相比，被人從物理上拔掉神經連結裝置而停止加速時，會發生些許記憶混濁的情形，就是因為記憶同步程序微微延遲了一下。」

「記憶的……同步……」

這句話讓春雪聯想到的，就是在昨晚的軍團會議上，闊別許久後再度見到的日下部綸。

她是使用在醫院昏睡的親生哥哥日下部輪太的神經連結裝置來進行加速，以Ash Roller這個角色來對戰。但加速中所發生的事情，她似乎只能隱約記得。如果說這理由就是她特異的狀況造成「記憶同步」無法順利運作——

蒼把視線從不發一語的春雪移回黑雪公主身上，繼續剛才的說明：

「現在的Oracle，就是被人利用……不，應該說是被人惡用這個機制，連上了不屬於她自己的量子回路。要是這樣的狀態持續下去，她的靈魂形狀就會扭曲，變得無法進行記憶的同步……不只如此，甚至有可能無法從加速世界回來。」

「妳說會回不來？從脖子上拔掉神經連結裝置也不行嗎？」

「如果拔掉之後，拿得夠遠，說不定可以……但這個情形下，記憶會無法正常同步，有可能對人格造成某種不良影響。我不能冒這種危險，說什麼也得讓Oracle以正常的方式，超頻登出加速世界……」

蒼猛一抬起低垂的臉，抓住黑雪公主的左手。

「我現在能提供的情報就到此為止，接下來輪到你們提供協助了。」

「……知道了。妳想知道Oracle的什麼？」

「也不是想知道……我是想去。去到現實世界的Oracle所在的地方。」

黑雪公主、春雪以及越賀莟走出笹塚圖書館後，在甲州大道上再度搭上計程車。這輛車仍然是自動駕駛類型，但這次不是兩人座，而是前後排都有座位的四人座。春雪坐到副駕駛座，黑雪公主與莟則坐上後排座位。

車子開始行駛後，黑雪公主靜靜地說了：

「原來如此……我還想說為何要指定笹塚，原來妳早就猜到Oracle的家位於這一帶。」

「對。從很久以前，加入震盪宇宙之前，Oracle就曾提過笹塚這棟圖書館。所以我就想到，她家應該就在這附近。」

「唔……可是實際上，Oracle的家……不，應該已經可以告訴妳她的本名了吧。」

黑雪公主喃喃說完，在虛擬桌面上操作了幾下。

「Oracle的本名叫作『若宮惠』。她在我和春雪就讀的杉並區那間國中，參加文藝社，還擔任學生會書記。」

莟盯著多半顯示著惠本名的空間，過了將近十秒鐘，才以非常細小的聲音說：

「若宮……惠……她從以前就很喜歡看書。連在無限制空間裡，也經常捧著不知道從哪兒弄來的一大本書在看……」

「在加速世界？那是怎樣的書？」

聽黑雪公主問起，莟眨了眨眼之後回答：

「記得封面封底都沒有書名，反倒是有各種顏色的玻璃就像補丁似的鑲嵌在上面，非常漂亮。可是，當時的我對書完全沒有興趣，每當Oracle在看這本書，我就會不高興……可是小蘭都不會露出任何不高興的表情，而是會闔上書本，陪我去獵公敵或找商店……」

「……妳似乎說過，Oracle她……惠進了震盪宇宙後，為什麼會點數全失，連妳也不知道，是吧？」

「是啊。有一天她突然消失，即使我問團員，也沒有任何人知情……連Cosmos都不知情。我只能猜想，她大概是在哪兒被很強的公敵攻擊，導致點數全失。Cosmos對悲傷的我承諾說，有朝一日一定要讓小蘭復活……前天的領土戰爭開打前，小蘭真的回來了……」

「但就連那件事，也是白之王與加速研究社陰謀的一部分……是吧——即使讓Oracle點數全失的就是Cosmos自己，我也不會吃驚。就像妳跟Oracle的『上輩』，Saffron Blossom一樣。」

對於黑雪公主這番話，越賀莟什麼都不回答，在座位上抱住雙膝。個子嬌小的莟這麼一抱，看起來就只像個年紀比自己小的小孩，春雪把身體轉回去，凝視著前擋風玻璃。

計程車沿著甲州大道往西行進。梅鄉國中學生名簿上所登記的若宮惠住址，似乎是在距離笹塚約兩公里的杉並區下高井戶町。今天是平日，所以下行車道很空，幾分鐘後就看到車上方向燈閃爍。

他們下了計程車，穿越玉川上水道遺址的綠地，進入住宅區。一間大寺廟的對面，有著一整排漂亮的獨棟住宅，其中一棟就是他們要去的若宮家。黑雪公主和惠感情一直很好，但這還是她第一次來到惠的家，以緊張的神情想去按門鈴，手指卻停在空中，看向站在身旁的荅。

「……越賀，聽妳的說明，惠在前天的領土戰爭結束後，就一直在加速……是這樣沒錯吧。」

「是啊，應該。」

「既然這樣，家人對於惠二十四小時以上都不醒的理由，是如何……不，都來到這裡了，胡思亂想也不是辦法啊。」

她喃喃說完，按下按鈕。

輕快的門鈴聲響起，幾秒鐘後，聽見一個女性嗓音回答。

黑雪公主說明來意後，這位看似母親的女性，就以有點公事公辦的口氣，告知惠從昨天就住院了。

8

這天早上搭的第三趟計程車，距離約六公里，大約花了二十分鐘。

當計程車抵達目的地所在的國立成育醫療研究中心，車子才剛停妥，黑雪公主與萏已經衝出車門。她們兩人勉強忍下想飛奔的衝動而快步行走，春雪也拚命跟上。

不愧是放眼東京都內仍有著數一數二規模的高度專門醫療機構，米色的建築物遠比想像中還要巨大。他們穿越寬廣的一樓大廳，前往住退院窗口。提出惠的母親在玄關前幫她們認證過的會客申請書後，櫃檯立刻交付了三人份的數位會客證，所以他們一邊出示會客證，一邊搭上電梯。在十樓的住院樓層走出電梯，在護理站再度辦理手續後，遵照導覽走在走廊上。

——對喔，和Magenta姊很熟的Avocado Avoider，應該也是住這家醫院。

春雪一邊邁步腦中一邊閃過這樣的念頭，但他總不能在這個時候加速來找對方挑戰。而且他們三人明明應該已經出現在這世田谷第五戰區的對戰名單上，卻完全沒有受到挑戰，可能是因為這裡是人口外流區，再不然就是統治這裡的長城發布過什麼命令。

春雪轉著這樣的念頭走著走著，綠色的導引線就在位於病棟東側的一間病房前消失。門鎖自動解除，門在些微的馬達聲響中開啟。一陣淡淡的甜美香氣，混在消毒水味中漂了過來。

黑雪公主就像結冰了似的一動也不動，萏在她背上輕輕推了一把。兩人踩著生硬的腳步走進去，春雪也跟了過去。

絕對算不上寬廣的病房裡，光線很昏暗，室外光線透過窗簾，柔和地照亮窗邊的病床。放在邊櫃上的小小花瓶裡，插著淡粉紅色的鮮花。從形狀來看，多半是蘭花一類，但春雪認不出詳細的品種。

一名有著輕柔蓬鬆髮型的少女，就在這些花朵的照看下，閉著眼瞼。纖細的脖子上，有著與蘭花同顏色的神經連結裝置。

「……惠……」

黑雪公主喃喃說著，靠近病床，但又不敢伸出手，呆站在原地不動。萏雖然站在病床另一邊，但也同樣停下了動作。她的臉微微一歪，嘴唇一瞬間動了，但聽不出她說了什麼。春雪再度將視線落到病床上。

若宮惠的表情中顯不出痛苦，怎麼看都只像是睡著了。但根據她母親的說法，惠從星期六的傍晚，就一次都不曾清醒過。覺得實在不對勁，是在星期日的早晨。她母親就是在這個時間點叫了救護車，將她送到這間醫院，檢查結果並未發現腦出血等等的異狀，但由於腦波極端趨向慢波，所以決定住院。

她母親對春雪等人說明這些情形時，態度格外平淡，的確令人想不透，但也可能只是擔心得亂了方寸的心理狀態，外顯成漠不關心。春雪他們當然知道惠之所以昏迷不醒的理由，但又不能告知，讓他們十分愧疚。但即使說出來，大概也無法取信於她母親吧。

不管怎麼說，這表示若宮惠從星期六領土戰爭結束的下午四點多到現在，長達四十二小時的時間裡，都一直在加速。在加速世界裡，已經長達一千七百五十天……也就是四年又兩百九十天。春雪當然不曾在裡頭停留這麼長的期間。

黑雪公主似乎也想到了同一件事，再度開口：

「得趕快……趕快阻止惠加速。越賀，妳來到這裡，一定是有什麼打算吧？要怎麼做，才能讓惠安全地醒來？」

「…………」

默默地將手伸進連身裙的口袋，取出一條白色的XSB傳輸線。她一邊將其中一頭連接到惠的神經連結裝置上，一邊看著黑雪公主說：

「小蘭的意識，被困在Wolfram Cerberus所擁有的三個量子回路當中的一個裡。可是小蘭自己的對戰虛擬角色，應該也存在於無限制中立空間裡的某個地方。我們要找到她，讓她從傳送門離開……沒有別的辦法。」

「找到……？可是到底要怎麼……無限制空間，事實上等於是無限廣大啊。」

「所以才要用這直連線路。我沒有時間詳細解釋，但這樣也許就有辦法追蹤到小蘭。如果過了五分鐘我還沒覺醒，就把我的神經連結裝置拔掉。」

蒼說完就毫不猶豫地坐在床邊的地板上。看到她隨時準備加速，春雪趕緊插話：

「請等一下！我……我也去！」

春雪從口袋裡拿出自己的XSB傳輸線，遞出接頭。蒼看到他這樣，從瀏海底下白了他一眼。

「……我用不著跟你直連，也用不著你本身……不過如果你說想來，我倒也不會拒絕。」

說著她接過接頭，連上神經連結裝置。春雪一邊把手上的接頭接上自己的神經連結裝置，一邊朝黑雪公主看了一眼。

相信黑雪公主也滿心想去救惠，但這是不可能辦到的。一進入無限制空間的瞬間，黑雪公主將不會在這間醫院實體化，而是會出現在太陽神印堤的內部，當場被核融合的火焰燒死。

「……學姊，我一定會……」

春雪直視這雙黑水晶眼眸，發下誓言。

「我一定會救出若宮學姊回來。所以，請學姊相信我，等我。」

「……嗯，我當然相信你。」

黑雪公主點點頭，輕輕拍了拍春雪的右臂，然後將視線望向抱著膝蓋坐在地上的蒼。

「越賀……不，蒼。春雪和惠，就拜託妳照顧了。」

「優先順序是小蘭排在前面啦，不過也好，能做的事情我會做。Crow，快點。」

聽她叫到虛擬角色名稱，春雪也趕緊在蒼身旁坐下。蒼立刻開始倒數。

「三、二、一……」

春雪尖銳地深吸一口氣，配合好時間，呼喊：

「「無限超頻！」」

9

「……是『月光』屬性啊……」

聽到這麼一句話而睜開眼睛一看，就看到巨大的月亮浮在漆黑的夜空中。

醫院的建築物化為白色大理石神殿，只剩下圓柱，所有的牆壁都已經消失，所以能夠看到整個寬廣的樓層內部。春雪試著環顧四周，但當然看不到惠，也看不到黑雪公主的身影。

春雪再度咀嚼著連線前的誓言，朝站在身旁的玫瑰紅女性型虛擬角色看了一眼。

包括Highest Level在內，這是他們第三次見面，但不管看幾次，都覺得她的模樣非常有特色。苗條到極限的手腳與軀幹上，有著閃閃發光的尖銳棘刺，將「美麗的玫瑰有刺」這句警語體現得無以復加。如果和虛擬角色造型相似的Magenta Scissor並肩站在一起，想必會更加上相，但大概暫時是不會有這個機會。

春雪正茫然想著這些念頭，Rose Milady就用有一半都被華麗捲髮遮住的鏡頭眼，白了春雪一眼。

「Silver Crow，對女性型虛擬角色這樣盯著看，可是很失禮的。」

「是……是滴，對不起。」

春雪反射性地立正站好之餘，想到剛剛那句台詞就是那個小巧可愛的越賀莟……一想到這裡，就覺得一陣莞爾。但他預感到一旦這個想法被看穿，多半就會受到慘痛的教訓，所以也就不多說。轉而一邊將視線望向視野開闊的神殿外緣，一邊問起：

「那……那請問……接下來我們要怎麼查出Oracle的所在？」

「可以想見的方法有兩個。」

「咦，有……有這麼多……？」

「一個你應該也想得到。」

聽她這麼一說，春雪才想起昨天軍團會議上，自己和黑雪公主談過的話。當時他們兩人想著的是鐵匠商店，但原理是一樣的。

「妳該不會是指……Highest Level？」

「沒錯。」

貴婦虛擬角色點點頭，看向神殿外一整片蒼白的夜景。

「只要轉移到『上頭』，就可以俯瞰整個Mean Level。可是要從數量龐大的光點中，找出小蘭一個人，是難上加難……」

「就是……說啊。而且每次找到覺得有可能是的光點，就得離開Highest Level，實際去查看……」

「真到了最後關頭，我是有覺悟這麼做，但我們和Lotus約好的五分鐘，在這邊是三天又十一小時二十分鐘……要是到處跑來跑去，這點時間轉眼間就會過去。所以在去Highest Level之前，我要試另一個方法。」

「是……是什麼方法……？」

春雪朝Milady的側臉一問，得到的答案卻出他意料之外。

「就是『占卜』。」

「占……占卜～？」

「話先說在前面，我可不是要在這裡翻塔羅牌或是烤龜殼。」

Milady先加上這句開場白，然後說聲：「我們上屋頂。」就開始朝神殿正中央走去。春雪跟上一看，就看見貫穿整棟建築物的螺旋梯。他們爬著這果然也是用大理石打造的樓梯上了三層樓，來到神殿的屋頂。

周圍並沒有很高的建築物，也就可以把月光空間裡那美得如詩如畫的風景盡收眼底，讓春雪忍不住嘆了一口氣。以前他和「掠奪者」Dusk Taker決戰的舞台，也是月光屬性，那場苦戰的記憶還鮮明地留在記憶中，但這並不損及月光照耀下的神殿群之美。

另一邊的Milady，則像是要強調她沒空看風景看得出神，開始接二連三地破壞寬廣的屋頂上排列得井然有序的圓柱。春雪也趕緊加入拆柱的行列，填補必殺技計量表。

透過破壞地形物件來填補計量表的效率很差，但這兒矗立著多得數不清的柱子，所以不到三分鐘就集滿了整條計量表。春雪回到快了一步充填完畢的Milady身旁後，這位貴婦虛擬角色高高舉起了有著成排深紅棘刺的右手，手掌朝天，慢慢唸出招式名稱。

「『花朵占卜（Flower Divination）』。」

緊接著，她的手掌發出略帶紫色的粉紅色閃光，春雪在銀色面罩下瞇起了眼睛。

光迅速收斂，但並未消失，在手掌上形成一個大大的花蕾。花迅速綻放，開出大朵玫瑰，只如過眼雲煙的綻放了一瞬間，就開始凋零。

灑向空中的幾十片花瓣，在空中飄了好一會兒後，明明沒有風吹過，卻排成一列，飛往建築物外。Milady目送這條閃閃發光的花帶離開，喃喃說道：

「東北東……你也要記住花瓣飛走的方向。」

「好……好的——該不會Oracle姊就在那個方向上……？」

「不知道，這終究只是占卜。剛才所用的招式，會告訴我『我現在需要的東西』在哪裡。」

「需要的東西……」

「若是在正規對戰，雖然也要視空間屬性而定，但差不多就是充填計量表類的物品、武器、交通工具等等。所以……那些飛走的花瓣，也可能只是被這類物件吸引過去。實際上，我從昨天到今天早上，不管占卜了幾次都是這樣。可是，我現在在現實世界中和小蘭直連。現在也只能相信這個聯繫會引導花瓣，一路追過去。」

說著Milady準備再度走向階梯，春雪趕緊叫住她……

「可……可是Milady姊，已經看不到那些花瓣了說……」

「那些花瓣會無視地形飛走，沒辦法一路追下去。只能記住方向，然後定期使用招式。總之我們就先下到一樓，然後沿著醫院前面的世田谷大道往東……」

春雪挑到這裡，就用力張開背上的銀翼。

「既然這樣，就由我來送Milady姊！只要全速飛行，說不定就追得上剛剛的花瓣。」

他迫不及待地伸出雙手，讓Milady上身微微退開，狐疑地看了春雪一眼。

「你說送我……具體來說，要怎麼送？」

「咦？呃，這個……該怎麼說，就是抱起來……」

春雪這話一說完，就大大嘆了一口氣。他心想，再怎麼說，要沒頭沒腦就對直到日前還是敵人的對象來個橫抱，實在是不太妙，還是改請她抓住自己的腳，正要開口提議之際……

Milady全身的棘刺突然發出唰一聲清脆的聲響，收進裝甲內部。接著她對傻了眼的春雪踏上一步，舉高雙手說：「那，就麻煩你抱了。」

「好……好的。」

春雪點點頭，把右臂靠上Milady的背，讓她苗條的身體往後傾斜，然後用左手小心翼翼地抬起她的雙腳。等橫抱姿勢穩動後，就用比平常弱了五成左右的力道振動翼片，起飛。

上升了大約二十公尺後，朝東北東方向凝神觀看，覺得似乎微微有粉紅色光芒在閃爍。他朝著這多半得在夜晚空間才看得到的光芒開始飛行。

飛了大約十秒鐘後，Milady喃喃說道：

「哼~……所以這就是加速世界唯一的飛行能力啊……」

「其……其實似乎不是那麼稀有啦。『七矮星』的Platinum Cavalier之前也在飛……」

春雪這麼一回答，貴婦就哼了一聲。

「『害羞鬼(Bashful)』的飛馬，是靠一種叫作『幻想轡繩(Mystical Reins)』的強化外裝來讓牠聽話。那不是他自己的能力。」

「是喔……——這個物品，是對任何公敵都能馴服嗎？」

「怎麼可能。原則上只能馴服一對一打贏的對手……所以，幾乎所有神獸級公敵都不可能。當然對太陽神印堤也不管用。」

「說得也是啊……」

春雪點點頭，將視線望向前方的小小光點。

所幸這些花瓣的移動速度似乎並不怎麼快，用以節省計量表為優先的節能飛行，也勉強可以慢慢追上。他揮開雜念，讓意識專注在眼前的任務上。

「……那些花瓣，已經飛了挺遠的距離說。既然這樣，似乎就不會是被各種物品給吸引過去……而且月光空間裡，本來就幾乎都不會湧現什麼可用的物品……」

「就是啊……只是……」

Milady說到這裡，一瞬間欲言又止，然後看向行進方向的右側，說了下去：

「……其實我對可能囚禁小蘭的地方，心裡多少有個底。可是，總覺得方向漸漸偏了……」

「咦……妳說的地方是哪裡？」

「你應該就曾經闖進去過一次。是港區第三戰區的永恆女學院……是震盪宇宙的大本營，也是我就讀的學校。」

「咦！」

春雪驚呼時用力過猛，右手微微一滑，Milady的身體晃了一下。

「呀！」

貴婦發出惹人憐愛的尖叫，用右手抱住春雪的脖子。

「你……你也幫幫忙，抱穩一點好嗎！要是從這個高度摔下去，就算是我也會受傷的！」

——光是不會死就夠厲害了。

但這句話春雪沒說出口，只連連點頭。

「對……對不起，我有點嚇一跳……——這麼說來，妳在現實世界裡穿的那件水藍色連身裙，就是永女的制服了吧。」

「是『恆女』。」

「咦？」

「把永恆女學院簡稱為『永女』的人，會被累積一百三十年的詛咒給纏上，你最好小心點。」

「啊……好……好的……」

春雪再度點頭，拉回話題。

「——的確，如果Oracle姊是被人囚禁，關在震盪宇宙大本營的可能性應該很高……可是……」

他微微拉高高度，讓視線掃過眼底的純白街景。

「……如果說那條路是環七，交錯的那個像是水道橋的部分是首都高澀谷線……方向的確偏掉了啊。花瓣似乎不是飛向港區第三，是朝澀谷第一戰區的方向飛。」

「是啊。越過澀谷，就是青山、赤坂，然後是……禁城……」

Milady說到這裡，春雪差點再度全身僵硬，趕緊雙手用力抱穩。

「難道說……Oracle是在禁城？如果是這樣，只憑我們兩個突破不了禁城啊！」

「……我想這實在不太可能。我聽說神器The Luminary的特殊能力『王權神授（Divine Right）』對四神不管用。」

「這就是……馴服了印堤的能力，是吧。」

「是啊，是撐起白之王計畫的，重要拼片之一……」

「…………計畫？」

Milady說出的這個字眼，硬是在耳邊繚繞不去，讓春雪喃喃複誦。

「妳說的計畫，到底是……」

但Milady不回答，右手指向前方。

「你看，花朵要越過澀谷車站了。不知道要飛到哪裡去……」

「但願不是禁城啊……」

春雪只好這麼回答，朝必殺技計量表瞥了一眼。從1級升到5級，連選了四次的飛行能力強化，讓他巡航時的油耗也大有改善，但抱著Milady從世田谷一路飛到澀谷，計量表已經消耗了六成以上。這一帶在地上徘徊的公敵也很多，所以希望盡量不要下去……他一邊想著這些，一邊自言自語似的說：

「只是話說回來……這能力真是不可思議。Milady需要的東西……這是由誰來決定的啊……？」

「應該是BB系統吧。現在的我，不需要武器或任何物品，只要小蘭能夠平安回來，那就夠了。如果可以，要我今天在這裡點數全失，我也在所不惜……」

Milady抓著春雪脖子的手，微微加重了力道。

Orchid Oracle——若宮惠是黑雪公主的好友。但對Rose Milady來說，彼此都是Saffron Blossom的「下輩」，也就是情同姊妹。有多名「下輩」是「最初百人（Originator）」才有的權利，所以在春雪他們的世代，已經絕對無法親身感受到同樣的情誼——

「……Chrome Falcon的記憶裡……」

春雪一提起這個名字，Milady全身微微一震。

「Saffron曾經這麼說過。說雖然不知道要花多少時間，但想收更多『下輩』，組織一個互助軍團，有朝一日，希望讓加速世界的每個人都能在歡笑中玩這個遊戲……不管是Milady姊，還是Oracle姊，我想妳們就是Saffron的希望。所以……所以我……」

春雪說到這裡，言語能力已經撐不住，沒辦法把滿腔的熱忱化為言語，只能反覆進行淺淺的呼吸。

啪。

啪、啪。Milady用有點生硬的動作，拍了拍春雪的脖子。

「也對……我好歹也是超頻連線者，怎麼可以說點數全失也無所謂。我要救出小蘭，一起回到Lotus身邊。所以，你也要助我一臂之力。把當初打贏我的力量借給我。」

「哪……哪裡……那個時候，有Lead跟Bell幫我，但真的還是很驚險……──啊！」

聽到春雪的驚呼，Milady也迅速把頭轉朝前方。

發出粉紅色光芒的花帶，在數百公尺前方緩緩下降。花瓣所向之處，矗立著一棟格外巨大的高樓。雖然和周圍的建築物都一樣成了白堊的神殿，但那像是由多片牆板組成而成的外牆十分眼熟。

「那……該不會是中城大樓……？」

「看來是啊……為什麼會往那種地方……」

有好一會兒，春雪與Milady就這麼默默看著這被月光照亮的巨塔。

東京中城大樓，是加速研究社設置ＩＳＳ套件本體，並派以The Luminary馴服的大天使梅丹佐鎮守的地方。但梅丹佐──當然只是第一型態──在黑暗星雲的總攻擊下被擊破，ＩＳＳ套件本體也被黑雪公主破壞。此後加速研究社就放棄了中城大樓這個據點……本來他以為是這樣。

兩人視線所向之處，花瓣群劃出螺旋軌道，往中城大樓的屋頂下降，然後就像煙火似的閃出光芒而消失。

「……看來，是非去不可了。」

「總覺得有不好的預感就是了……」

春雪嘴上這麼回答，但已經下定決心。必殺技計量表剩下兩成，如果摻雜滑翔，就算稍微加快速度，也飛得完這段距離。

「……我們上。」

春雪輕聲說完，提高了金屬翼片的振動速度。他加快速度，撕裂灑落的月光，夜空中蒼白聳立的巨塔轉眼間愈來愈近。春雪當然打算朝屋頂降落，所以準備進入降落路線，只是……

「先停下來！」

Milady突然以壓低的聲音呼喊，於是他趕緊放慢速度。

「請……請問是怎麼了？」

「屋頂上有公敵。」

「咦！」

春雪一邊轉為懸停，一邊仔細看去，但寬廣的屋頂上，只突起一座小小的尖塔，沒有東西在動。若說有什麼東西在，就是在這尖塔的影子裡——

「…………啊！」

春雪總算辨認出來，抱著Milady的雙臂下意識地加重了力道。

有個比濃密的影子更黑的人影，緊貼著尖塔側面，悄悄站立。輪廓是人型，但從這個距離，無法判斷是公敵還是個子高大的超頻連線者。

「妳……妳怎麼知道那是公敵……？」

「仔細看頭。」

春雪照她的話，將視線集中在輪廓的頭部。結果就在灑落於屋頂的月光反照下，覺得似乎有那麼短短一瞬間，有一道環狀的銀光閃了一下。

「啊……好像有個像王冠的……」

春雪的聯想被自己的這句話接起，再度驚呼：

「那個……該不會是，The Luminary的……」

「錯不了。The Luminary是兩件一組的強化外裝，由寶冠（Diadem）與權杖（Sceptrum）組成。從寶冠產生用來馴服公敵的荊冠，再用權杖控制。權杖可以暫時讓渡給其他超頻連線者，但最終所有權是由裝備寶冠的人……也就是由白之王擁有。」

「兩件……一組。這麼說來，Black Vise和Platinum Cavalier拿的杖，都不是The Luminary的本體吧……」

「就是這麼回事。我不曾看過Cosmos把寶冠交給別人。」

「如果是這樣……這中城大樓裡，不只有那個黑色的公敵，還有拿著權杖的震盪宇宙團員……？」

對於春雪這句話，Milady想了幾秒鐘之後回答：

「有可能辦到的，多半只有擁有『減速能力』的Black Vise就是了……但據我所知，Vise已經拉了五個王一起死，一直沒有復活。畢竟要讓他復活，哪怕只有幾分鐘，總是得把印堤暫時挪走，一旦這個舉動被諸王察覺到，讓他們擺脫無限EK，那就一切都白忙一場。我想你們應該也有用某些手段在監視印堤的動向吧？」

「這……這麼說也是沒錯啦……」

實際上在監視印堤的，是長城旗下的Graphite Edge，但春雪並未解釋得這麼清楚，只點了點頭。Milady也沒有起疑的跡象，看著這離了大約三百公尺的中城大樓說下去：

「我想，在白之王與Black Vise的計畫達到最終階段之前，印堤都不會移動。所以，如果想救出Lotus與其他諸王，你們最好當作唯一的方法就是擊破印堤。」

再次出現的「計畫」這個字眼留在腦海中揮之不去，但春雪現在並不追問，只說：

「是啊……我們也正在這個前提下商議攻略方法。而且……這還只是我自己在想，但我想只要能夠救出Oracle姊，離擊破印堤可能就會近了一步……」

「噢……你是指Oracle的『範式變革（Paradigm Revolution）』吧。你是打算把空間變成『大海』之類的屬性，來澆熄印堤的火吧？」

「是……是啊，因為雖然我不知道招式名稱，但聽說過Oracle姊有這樣的必殺技……只是，也有人說太陽神印堤的火焰用水澆不熄，所以也不知道會不會順利就是了……」

「印堤的火焰用水澆不熄是真的。你連這都知道了，為什麼還這麼想？」

聽Milady問起，春雪勉強把腦中模糊的念頭碎片拼湊成形。

「呃……我想印堤就算不怕水，也絕對不是喜歡水。因為以往無限制空間變遷成『大海』或『暴風雨』的時候，印堤都不會現身吧？我覺得這當中就有著攻略的鑰匙……」

「哼~……原來如此啊。我也和天照討論過各種攻略印堤的可能，但我們從一開始就排除了水攻。也許有朝一日還是得去見一見樓陀羅啊……」

Milady先自言自語似的喃喃說到這裡，輕輕搖了搖頭，再度凝視中城大樓。

「不，現在重要的不是印堤，是那座塔。我們不能靠近屋頂，但外牆上有幾個開口，也許可以找到地方進去。」

「咦……我們不能聯手打倒屋頂的公敵嗎？」

「那多半是神獸級公敵『英靈戰士（Einherjar）』，是他們從英靈殿迷宮（Valhalla Dungeon）挪到這兒來的……是不至於說我們兩個聯手也絕對打不贏，但會費上不少工夫。而且在找到小蘭之前，我不想打草驚蛇。」

第一次聽到的專有名詞二連發，讓春雪不由分說地大感興趣，但他覺得現在不是追問的時候，於是忍下來點點頭。

「我明白了……可是照那樣子看來，塔裡多半也會有被馴服的公敵啊。The Luminary可以同時馴服多隻公敵，屋頂上卻只有一隻，多半是不想讓這棟大樓引人注目……而且，我們也還不確定Oracle就在中城大樓裡。」

「的確是這樣。可是，我相信『花朵占卜』的引導，以及我和小蘭的情誼。至少，既然他們會讓那麼高階的公敵鎮守這裡，就可以確定那座塔裡有蹊蹺……有著某些對震盪宇宙的計畫而言很重要的東西。」

都聽到這裡，也已經沒有必要敘述否定的意見。春雪深深點頭，跟著再次注視這座白堊巨塔。

「我明白了……那我們就從外牆找地方進去。我是覺得最好還是盡量找高一點的入口……」

「也對。只是，太接近屋頂，就會被英靈戰士發現。記得這大樓的高度是兩百五十公尺，所以……也對，找個從上面算來大概四分之一高度的地方進去吧。」

「了解。」

春雪先深呼吸一次，然後張開翅膀。他幾乎完全關掉推力，以無聲的滑翔接近中城大樓。

就如Milady所說，化為神殿的高樓牆上，有著隨機開出的開口。換作是「鋼鐵」或「煉獄」空間，光找入口應該都得花上不少工夫。春雪一邊感謝Milady抽中月光空間的強運，一邊以低速從大樓繞到北側。

結果北側由上算來四分之一左右的高度上，就有個小小的開口。春雪默默一指，Milady也點了點頭，於是他先下降到比屋頂低的高度，一邊避開公敵的視線一邊接近。接著用上勉強剩下五％左右的必殺技計量表來減速，飛進開口處著地。

他立刻查看四周，但感覺不出有動靜。於是呼出一口氣，正要站起之際。

「可以放我下來了。」

聽到這句輕聲細語，春雪才發現自己還把Milady橫抱在懷裡。換作是前不久的春雪，多半已經反射性地縮起雙手，讓她摔到地上，但他驚險地避免了這種悲劇，彎下腰讓Milady的腳碰到地板。

「……謝了，Crow。」

Milady道謝後站起，走遠幾步，讓雙手在身前交叉。唰的一聲輕響，無數棘刺再度伸出，恢復了滿身棘刺的外型。

說不定就和黑之王的「手」一樣，費了不少工夫，才練到可以自由收放那些棘刺……春雪一邊想著這樣的念頭，一邊再度環顧四周。

兩人所站的位置，是在沿著外牆往左右延伸的通道半程。內部的牆壁也是以白色大理石砌成，如果春雪與Milady全力毆打，有可能打得壞，但吵鬧的聲響應該會引來新的公敵。眼前他們只能沿著地形探索。

「先找往上的樓梯吧。我覺得剛才花瓣會被吸往屋頂，是因為我要找的東西位於大樓的高樓層。」

「說得也是……記得黑雪公主她們破壞的ＩＳＳ套件本體，也是設置成把位於這棟大樓四十五樓的傳送門包住的狀態。首先就往那兒去看看如何？」

「知道了。我走前面，後方的警戒就麻煩你了。」

兩人相視微微點頭，開始往通道南方奔跑。

東京中城大樓共有五十四樓，他們是從上面算來大約四分之一的高度入侵，所以現在位置應該在四十樓上下。離四十五樓只有五層樓，只要找到樓梯，一口氣就能爬上去。

如果在那兒找到Orchid Oracle，要從位於同一樓的傳送門離開，將是輕而易舉。但願Oracle一定要在裡面……春雪一邊對加速世界的天神如此祈禱，一邊往Milady背後跟上。

寬廣的通道在約二十公尺前方折往左邊。Milady在轉角處停步，背先貼到牆上，然後窺看前方。接著縮回身體，以緊繃的聲音輕聲說：

「二十五公尺前方有個寬廣的大廳，有一隻公敵……一隻英靈戰士站在那兒。感覺應該也會有樓梯，但要不被公敵發現就溜過去，大概是辦不到。」

「呃……這英靈戰士，和之前防守永……不，我是說防守恆女的騎士型公敵一樣嗎？如果是那個，我是曾經打過……」

「噢，那是巨獸（Beast）級公敵『瓦良格人（Varjager）』。當然是強敵沒錯，但英靈戰士是瓦良格人的三倍強。不過，都來到這裡了，也只能想辦法應付……所幸，防守這座大樓的英靈戰士，有個本來不存在的弱點。」

「咦……」

三倍這個說法讓春雪有點退縮，正想反問是什麼弱點，但在即將開口時猜到了。

「對……對喔……就是The Luminary的荊冠吧。只要能破壞那玩意兒，公敵應該就會暫時停止行動……」

「沒錯。只是話說回來，這當然不簡單……而且要避免讓它把聲響弄大，就得一個人絆住公敵的動作，另一個人一擊就加以破壞。而且也不能用心念，因為會把其他樓的英靈戰士也吸引過來。」

「不用心念，一擊破壞……是嗎？」

春雪一邊在Milady身旁，把背往大理石牆上貼，一邊試圖回想從屋頂上的陰影裡窺見的英靈戰士模樣。就體型來說，倒也算不上巨大……身高頂多兩公尺左右，但相當於他在永恆女學院打過的騎士型公敵三倍強，卻是非同小可。憑現在的春雪要把這樣的對手絆住，哪怕只是一秒鐘，很遺憾的是依然有困難。然而——

「……破壞，我可能還行……」

春雪喃喃一說，Milady就以略顯狐疑的視線看過來。

「真的？就算看起來纖細，那可是神器的分身，耐久值相當高的。」

「我……我明白……」

以前他試圖破壞操縱梅丹佐第一形態的荊冠時，以用心念強化過的貫手，也非得打個幾十次不可。但現在的春雪，有和英靈戰士同屬神獸級公敵——不，是更高階的「四聖」，借給他力量。

「——我行。我會辦到。」

春雪握緊雙手這麼一說，Milady也緩緩點頭。

「知道了，那，破壞就交給你。我來絆住它的動作……但是不能用心念，所以我想頂多只能讓它完全靜止三秒鐘左右。」

「夠了。」

春雪這麼一斷定，就小聲唸出語音指令。

「著裝，梅丹佐之翼。」

一道純白的光芒貫穿神殿天花板灑下，在春雪的背上形成了新的翅膀。Milady看到這有如刀劍般鋒銳的白色翅膀，瞪大了鏡頭眼，小聲驚嘆：

「這……是大天使梅丹佐的翅膀吧。我都不知道還有這種壓箱寶。」

「除了真的需要的時候以外，平常我都會避免動用，但我想現在就是時候……」

「…………」

Rose Milady沉默了兩秒鐘左右之後，以更小的聲音說：

「……我要更正。」

「更……更正什麼？」

「更正在小蘭的病房裡，我說用不著你的那句話。多虧你跟我一起來……憑我一個人實在……」

春雪聽到這裡，舉起右手打斷Milady的話。

「這句話，等救出Oracle姊之後我再聽妳說……我們上吧。」

「也對。」

兩人相視點頭，同時深呼吸一口氣。Milady蹬地而起，衝向轉角後的通道。

緊接著遠方就傳來鏗一聲金屬聲響，緊接著是沉重而堅硬的腳步聲。春雪也從藏身處衝出，凝視通道遠方。

神獸級公敵「英靈戰士」，模樣有如身披漆黑鎧甲的亡靈。頭盔裡有著具備實體的黑暗在蠢動，只有雙眼發出藍色鬼火似的光。左手持用滿是傷痕的鳶形盾，右手拿著刀刃嚴重缺損的長劍。然而春雪直覺地了解到，一旦被這把劍砍中，即使是屬於金屬色角色的Silver Crow，也會輕易地被砍斷手腳。

這死神般的公敵猛衝而來，Rose Milady卻正面展開對峙。她舉起右手，用最低限度的音量呼喊：

「『華麗串刺（Ornate Skewering）』！」

從Milady腳下迸出的玫瑰色光芒，以驚人的速度沿著地板竄出，命中了英靈戰士。

鏗一聲堅硬的聲響響起，多條紅色藤蔓往上竄升，纏在騎士身上。藤蔓竄上頭部後，緊接著就在極為尖銳的金屬聲響中，從藤蔓各處伸出針一般尖銳的棘刺，刺上騎士的鎧甲。

「就是現在！」

Milady喊出這句話時，春雪已經將高高舉起的左手往下揮。

「『連禱（Ectenia）』！」

位在左側的梅丹佐之翼化為一道光束，眼看就要穿進英靈戰士的頭盔，在銀色荊冠上打個正著——

就在要擊中的瞬間，騎士怒吼：

「瓦嚕嚕嚕嚕！」

騎士發出幾乎震破人耳膜似的怪聲，右手有了動作。刺在上頭的無數棘刺撕開了鎧甲，濺出紅色的傷害特效光，但公敵彷彿絲毫感覺不到痛楚，舉起長劍，彈開了連禱的光。

「還沒……完呢！」

春雪右手一揮，把右邊的梅丹佐之翼也發射出去。這次不是走直線軌道，而是從英靈戰士左臂的方向劃出弧線飛去，微微掠過牆壁後急轉彎，從死角痛擊了銀色荊冠。

啪鏗一聲雷鳴般的破壞聲響。像是由無數鉤針組成的荊冠四分五裂，散在地上後漸漸消失。

緊接著，英靈戰士頭盔裡的鬼火消失，整個身體就像斷了線的傀儡一樣垂下頭。困住它全身的玫瑰藤蔓消失後，公敵就這麼跪到了地上。

「快跑！」

Milady大喊的同時，春雪也蹬地而起。

英靈戰士仍然靜止不動，但春雪直覺地知道。知道這個公敵馬上就會重新開機，擺脫The Luminary的控制，再度對春雪他們展開攻擊。如果能夠把梅丹佐召喚到這裡，也許她就可以像上次在永恆女學院那樣，幫忙把公敵非攻性化（Non-Active），但除非等到她在楓風庵自我修復完畢，否則春雪都不打算妨礙她休眠。

眼看兩人就要從英靈戰士身旁飛奔而過，這時公敵發出了低吼聲。

「瓦嚕……」

春雪幾乎全身冰冷，但仍按捺住恐懼，把翅膀的推力也給用上，加快了速度。這一來他差點追過了Milady，於是反射性地伸出右手，抓住她小小的手腕。來到寬廣的大廳後，右側可以看見大型的樓梯，於是毫不遲疑地往上跑。

在樓梯間平台一轉彎，就再也看不見英靈戰士，但他完全不會想放慢速度。一步踩三階地持續飛奔，往樓上跑。所幸這裡沒有看見公敵，於是繼續轉折，持續往上。四十二樓、四十三樓……通過四十四樓時，Milady在背後大喊：

「可……可以了，停下來！」

「啊……好……好的……」

春雪放慢奔跑的速度，在下一個平台停下腳步。這一停下，全身一口氣變得沉重，讓春雪差點當場癱軟在地。但就在他膝蓋即將觸地之際，右手被她一拉，這才勉強撐住。

抬頭一看，Rose Milady在面罩上透出拿他沒轍占了一半，其他占了一半的神情，低頭看著春雪。

「Silver Crow，你這人真夠怪的了。敢叫同伴把你連著我一起砍，有膽識在關鍵時刻做出那麼高精度的單點攻擊，卻又嚇得一開溜就停不下來，最後還軟腳。」

「這……這個……對不起……」

「不用道歉，你的攻擊很漂亮。我的拘束不夠牢靠，讓你的第一下被擋開，你卻立刻打出第二招，可真嚇了我一跳。」

「我……我不是不相信Milady姊。只是太忘我，就像自動打出的那樣……」

「我哪有說這種話？」

Milady再度露出拿他沒轍的表情，瞪向樓梯前方。

「……好了，這上頭就是我們要去的四十五樓了。也許那兒又部署了英靈戰士……如果有，這次可能就得打倒了……」

「是啊……」

春雪喃喃說完，拚命想擠出能夠打倒那駭人死神騎士的方法。忽然間，他想起了先前看到Milady所施展的拘束招式，問起：

「對了……剛才那招叫作『華麗串刺』的必殺技，跟我在領土戰爭中挨到的心念，呃……是叫『祕密花園(Secret Garden)』嗎？跟那招很像說。」

「虧你還記得。沒錯……祕密花園，是剛才那個必殺技的升級版。」

「那種玫瑰藤絞得有夠緊，讓我完全不能動彈。心念會引來公敵這我是知道……但四十五樓應該有傳送門。如果找到Oracle姊，到時候就算動用心念，大概也不要緊吧？因為只要定住英靈戰士的動作，再跟Oracle姊一起衝進傳送門就行了。」

「說得……也是……」

Milady緩緩點頭，轉身看了春雪一眼。

「……接下來也只能臨機應變了。如果遇到只要定身就夠的狀況，我也會毫不遲疑地施展祕密花園。只是……」

「只是……？」

「……沒有，沒事。我們差不多該行動了。」

「…………好的。」

Milady的臉上似乎有著些許懸念，但這些神情立刻消失，轉而露出的是堅定的決心。她拉著仍然牢牢握住的春雪右手，踩著小心翼翼的步伐，開始慢慢爬上剩下的最後幾階樓梯。在三週前進行的大天使梅丹佐攻略戰之後，春雪為了救出被Black Vise擄走的仁子，移動到了永恆女學院，因此並未參加黑雪公主、楓子、晶與謠在中城大樓與ＩＳＳ套件本體的激戰。一切結束之後，他聽說了詳細情形，但這次還是他第一次將親眼看到設置了傳送門的四十五樓。

當然由於空間屬性不一樣——上次是晚霞會永久持續的「黃昏」——大樓內部的裝潢應該也會不一樣。然而，基本構造應該是共通的。四十五樓有著寬廣的大廳，裡頭有著傳送門。即使大廳有新的英靈戰士在防守，只要Milady能夠困住對方十秒鐘，不，只要五秒鐘就夠，要逃到傳送門並不困難。一切的成敗，全看能不能在被英靈戰士鎖定前，發現Orched Oracle……

春雪想到這裡，忽然有了新的點子，於是輕聲細語地叫住了走在前面的Milady。

「那個，Milady姊……」

「什麼事？」

「衝進四十五樓之前，再用一次『花朵占卜』如何？我覺得光是能夠得知Oracle姊大概的位置，都可以讓作戰的成功率大大提升。」

「的確是啊。」

Milady站在比春雪高兩階處，點了點頭後，又搖了搖頭。

「可是，很遺憾，我在醫院補充的必殺技計量表，幾乎都在發出剛剛那招串刺時用完了。如果打壞牆壁，多少可以補充，但我又不想發出太大的聲響。」

「啊……對喔，說得也是……」

聽她這麼一說，春雪才想到自己的必殺技計量表也剩下不到兩成。破壞英靈戰士的荊冠時是累積到了一些，但一樣十分欠缺。換作是一般對戰，打到對手或挨打的過程中也會迅速累積，但在無限制空間裡，就得不放過任何機會，積極補充計量表，否則遇到緊要關頭，往往就會陷入困境。

但老是想著拿不到的東西也不是辦法，只能靠手上有的牌來取勝……不管是正規對戰、領土戰爭，還是在無限制空間，這點都沒有兩樣，乃是BRAIN BURST的基本原則。

「……我剛才也說過，接下來只能遇到再說。我們只先決定行動的優先順序，然後就持續以Improvisation行動。Crow，你打贏過我，應該辦得到的。」

「我……我剛剛也說過，我沒覺得有打贏……還有妳說Impro什麼來著的，那是什麼？」

他這麼一問，Milady做出身體一歪的動作，在嘆息聲中回答：

「就是即興。這種事情你很拿手吧？」

「也不是說拿手啦……可是，我會盡力。等衝進四十五樓的大廳後，找出Oracle姊，抱著她衝進傳送門。就算有公敵在，也要盡可能以避戰或絆住為優先，儘可能避免戰鬥……這樣可以吧？」

「可以。如果要我補充……就是你要把救出小蘭放在比我更優先。如果我叫你先走，你就不要猶豫，要和小蘭一起進傳送門。」

「可……可是…………」

春雪正要回答說這種事情他辦不到，但Rose Milady的一雙鏡頭眼，透出比他們在領土戰爭對峙時更認真的光芒，讓他什麼話都再也說不出口。

於是他把幾十秒前說的話又說了一次。

「……我會盡力。」

「靠你了。那……我們上。」

Rose Milady輕聲說完，轉過身去，開始沿著最後二十階樓梯往上跑。

終於來到的四十五樓，地板與走廊的裝潢與樓下一樣，氣氛卻顯得格外冰冷，讓春雪微微發抖。

橫越樓梯廳的通道上，看不見公敵的身影。正面的牆上有著一座門板對開式的大門，門後多半就是傳送門所在的大廳。想來Orchid Oracle就是被囚禁在後頭。

兩人默默相視點頭，穿越樓梯廳來到門前。春雪試著將頭盔側面貼到冰冷的大理石表面，但聽不見任何聲響。

Milady也在左側做出一樣的舉動，一瞬間搖了搖頭，然後指了指門。這意思應該是說，既然什麼都聽不見，也就只能開門看看。春雪點點頭，把右肩和左手抵在大理石上。Milady豎起三根手指，依序收起中指、食指，最後拇指也折起的瞬間……

「…………！」

春雪用力在門上一推。

厚重的大理石震動，發出沉重的摩擦聲，開始往內開啟。春雪暗自呼喊拜託安靜點，但他當然奈何不了無機物。推著左側門板的Milady也以緊迫的神情讓視線掃向後方。如果有公敵聽到這聲響而從樓梯出現，那就只能分頭逃走，但現在他們絕對不想這樣。

充滿緊張的幾秒鐘過去，門終於開到兩人可以同時通過的寬度。他們迅速溜進門內，用背把門推回去，同時查看狀況。

寬廣。

多半是一整層的面積都用在這大廳，左右寬度達到三十公尺，縱深更有五十公尺左右。牆上有著數十個縱向狹長開孔的窗戶，讓月光在地板上照成條紋狀。正面前方有著藍色脈動的一整團橢圓形光芒……傳送門。只要去到那裡，就能夠逃出這有著亡靈騎士徘徊的大樓。

然而，傳送門前面矗立著一個黑影，彷彿要阻礙他們做出這樣的舉動。漆黑的鎧甲，額頭上有著銀色荊冠——是被馴服的英靈戰士。和他們在四十樓打過的個體不同的是，這個黑影背上有著破爛的披風，左手拿的不是盾牌，而是有鎖鍊的帶刺鐵球……也就是所謂釘頭鎚。右手的長劍也大了一號。

「指揮官級……！」

春雪一邊聽著Milady沙啞的驚呼，一邊繼續觀察室內。就在他為了尋找Orchid Oracle的身影，將視線朝向右側牆壁的中央附近時。

他在一根從地板延伸到天花板的巨大圓柱底下，看到了人影。

個子比Silver Crow小了些……就只看得出這點。因為人影被一種粗得反常的鎖鍊，從頭到腳一圈圈纏住，綁在背後的柱子上。從鎖鍊的縫隙間，勉強看得出部分苗條的手腳與軀幹，但只靠反射的月光，看不出裝甲的顏色與形狀。

但在這個狀況下，應該要判斷那就是Orchid Oracle吧。春雪想到這裡，朝著站在身旁左側的Milady小聲呼喊：

「找到了！」

而Milady也在完全一樣的時機乎喊：

「找到了！」

可是——

Milady所指的方向，不是春雪找到人影的右側，而是左側的牆壁。春雪急忙凝神一看，發現聳立在對稱位置的圓柱底下，也有一個虛擬角色被鐵鍊一圈圈牢牢纏住。體型大小也和春雪找到的虛擬角色幾乎一樣。

「咦……？」

春雪發出驚呼的同時，Milady似乎也發現了被綁在右側柱子上的另一個俘虜。「怎麼回事？」Milady驚呼，春雪下意識地抓住她的右手說：

「既然這樣，也只能兩個都救了！我去砍斷右邊虛擬角色身上的鎖鍊，Milady姊去左邊……」

「不，辦不到。」

她的聲調中，有著深沉的苦惱與焦慮。

「那鎖鍊的優先度高得反常。即使用上心念，也沒辦法輕易切斷……切到一半，公敵就會有動作了。」

「…………！」

春雪在護目鏡下咬緊牙關，朝鎮守在傳送門前的英靈戰士指揮官看了一眼。現在他們似乎勉強處在公敵的攻性化（Aggro）範圍外，但只要朝被困的虛擬角色靠近幾步，公敵肯定會立刻有所反應，衝殺過來。

「怎……怎麼辦……」

春雪茫然呆立，Milady用力反握他的左手。

「——非打不可了。」

「咦……」

「我們要打倒那個英靈戰士，然後切斷鎖鍊。除此之外，沒有辦法救出小蘭……雖然我不知道這兩個人裡面哪個才是她。」

「說得……也是啊。」

的確，別無其他辦法。

先離開大樓，從其他傳送門回到現實世界，等加強過陣容之後再度攻進這裡，這樣的選擇並非不可行。然而在破壞四十樓那隻英靈戰士頭上荊冠的時間點，他們的入侵行動就有可能已經被震盪宇宙察覺。等他們下次來到這裡，說不定大樓已經空無一物，又或者不只是公敵，連「七矮星」也在這兒等著他們。最好當作救出Orchid Oracle的機會，就只有現在這一刻。

「我明白了，我們就打吧。心念呢……？」

「我想極力避免使用。盡量忍著別用。」

「了解。」

兩人結束最低限度的溝通後，春雪放開了Milady的右手。他這隻手碰上左腰，唸出新的語音指令：

「著裝，『輝明劍』。」

左掌中發出白銀的光芒，光芒凝聚，形成一把細長的劍。

Milady見狀，微微一笑說道：

「是之前斬了我的劍吧。期待它會和當時一樣鋒利。」

春雪不以言語回答，而是用右手緩緩拔出劍。

默默相視點頭。

兩人全力蹬地而起。

10

四天前，春雪曾在禁城內，和巨大的武者公敵打過。

那不是單打獨鬥，而是與Trilead Tetraoxide並肩作戰，而且武者的能力值也是相當於巨獸級。即使如此，只要稍有鬆懈，多半就會被巨大的太刀砍個正著，當場斃命。這次也是身旁有個幾乎和Lead一樣靠得住的高等級玩家在，但敵人卻也是比禁城武者公敵更高階的神獸級。本來應該是個要以十幾二十人的集團來圍攻的對手。

所以春雪自認在展開攻擊前，就已經充分覺悟到這個敵人不好應付。

但戰鬥開始後短短五秒鐘，他就深深體認到自己的認知還太天真了。

「沃啦啊！」

吼叫聲音揮來的鐵球，掠過春雪的左肩砸在地上，以爆炸般的衝擊力砸出一個大洞。

「嗚……！」

春雪踉蹌著用背上的翅膀往後跳開，躲開這有如散彈般擴散的大理石碎片。明明並未被打個正著，但只是三次些許的接觸，就讓體力計量表被磨掉了一成以上。而且春雪的攻擊尚未有一次命中。

應付英靈戰士主武器——右手大劍的Milady，也同樣陷入苦戰。她和春雪一樣，儘管並未被打個正著，但光是斬擊的壓力就讓她受到傷害，所以無法輕易接近。Milady的主武器是從雙手伸出的棘刺鞭，比春雪更能從遠距離攻擊——實際上也已經命中多次，但只讓指揮官公敵厚實的鎧甲上多了幾道抓痕，多達四段的體力計量表只減少了幾個像素的長度。要用物理攻擊打倒這個強敵，就得盯上鎧甲的縫隙，或是想辦法扯下鎧甲。

「沃嗚！」

英靈戰士也像是對這兩個蹦蹦跳跳的敵人不耐煩似的大吼一聲，高高舉起右手劍與左手鐵球。春雪與Milady立刻後跳。兩件武器砸在地板上，讓龜裂與衝擊波同時擴散開來，絆住他們腳步的同時，也打在裝甲上。體力計量表又被削減了五％左右。

「這樣下去只會愈來愈糟啊……」

Milady喃喃說完，春雪迅速提議：

「只要破壞荊冠，它的動作也會停下來吧……」

「就算停下短短五六秒，我們也沒辦法在那麼短的時間內打完四條血條。而且不管是四十樓的英靈戰士還是這傢伙，我總覺得它們的動作比原本要慢了些。我想多半是被The Luminary

馴服，讓它們的反應變遲鈍。」

「這……這麼說來……要是破壞荊冠，這傢伙還會變得更強……」

彷彿聽見了春雪的驚呼聲。

維持雙手下擺姿勢靜止不動的英靈戰士指揮官慢慢起身。頭盔下的兩團蒼白鬼火晃了晃。

神獸級公敵。是除了鎮守禁城四方門的超級公敵「四神」以外，無限制中立空間中最強的存在。連梅丹佐與天照等「四聖」，就分級上也屬於神獸級。乃是自古以來將無數超頻連線者變成死亡標記的加速世界主宰。

……我不知不覺間眼高於頂了。好幾次突破禁城的朱雀門，又曾擊破梅丹佐的第一型態，所以連神獸級都敢小看了。明明過去的勝利，全都是靠著別人的力量得來的。

春雪為時已晚地自覺到自身的無力，正要垂頭喪氣，Milady就強而有力地拍了拍他的背。

「Crow，怕是無所謂，但放棄可不是超頻連線者該做的事。英靈戰士的確很強……比我想像中還強。可是我們還有勝機。」

「勝機……在哪？」

「英靈戰士是死去的勇者靈魂。鎧甲的胸甲部分底下有著靈魂，只要能夠破壞靈魂，一擊就能打倒。我一開始沒說，是因為這作戰沒有威力強大的槍械就辦不到……可是，你就砍得開它的鎧甲。只要你能砍出一點縫隙，我就會把靈魂給拉出來。」

「由我來…………」

春雪頻頻搖頭。

「……辦不到的。我連對方的手腳都碰不到，哪有辦法砍到胸甲……」

「破綻由我來製造。我會不管三七二十一，施展『祕密花園』。可是，如果開出紅、藍、黃以外顏色的玫瑰，你就什麼也別想，立刻從傳送門逃走。」

「咦……開出其他顏色的花，會怎麼樣？」

「沒時間解釋了——要來了。」

Milady的呼喊，與英靈戰士的吼叫重合在一起。

「沃嚕啊啊啊啊啊！」

英靈戰士高高舉起大劍與釘頭錘，猛然開始奔跑。這驚人的壓力讓春雪不由得退後半部，但Milady反而右腳跨上一大步，舉起收納了長鞭的右手，呼喊：

「——『祕密花園』！」

Rose Milady的虛擬身體，解放出更加濃密的深紅過剩光。光瞬間擴散在大理石的表面，讓一整片地板長出層層疊疊的綠葉。

往前衝刺的英靈戰士腳下，無數藤蔓往上攀，纏上黑色的鎧甲。騎士身體猛然往前一斜，但並不停止前進。它憑蠻力扯斷藤蔓，踢散葉子，逼近春雪他們。眼看再五步，Milady就會進入大劍的攻擊範圍。四步、三步——兩步。

就在這時，爬到騎士頸子上的藤蔓上，隨處長出了淚滴型的花蕾。這些花蕾無聲無息地戰放，張開鮮豔的黃色花瓣……

——黃色！

——上啊！

春雪對自己這麼一呼喊，揮開迷惘與恐懼，全力衝了出去。他用翅膀高高躍起，以雙手高舉輝明劍。目標是英靈戰士的胸甲，上面的某一點——

然而。

「——！」

意料之外的事態，讓春雪瞪大了雙眼。

春雪先前曾經以「將斬擊威力集中在極小的一點上」這樣的邏輯，切斷了Glacier Behemoth的犄角與Rose Milady的棘刺。精確地用銳利的刀刃捕捉到尖角或棘刺的頂點，將衝突點發生的威力提升到極限，讓劍刃滑進去似的加以斬斷。

然而，英靈戰士的胸甲純粹由流暢的曲面構成，完全不存在尖銳的部分。這將使春雪那還沒有名稱的劍術無法發揮作用。

——怎麼辦？要不管三七二十一就往正中央砍嗎？不，這樣絕對會被彈回來。得找出一個點，一個就好，找到能讓威力集中的地方……要找出「紋理」啊。

春雪的思考與知覺速度達到極限，時間的流動變得緩慢。空氣的密度與黏稠度增加得像是液體一樣，視野變小，轉為蒼藍。

在哪裡，在哪裡，在哪裡在哪裡在哪裡在哪裡…………

——還要找該砍哪裡，就表示你還差得遠啊，Silver Crow。

忽然間聽到這麼一句話，讓春雪大驚失色，立刻想環顧四周。但他的身體不動。英靈戰士高舉大劍的巨大身軀占據了他的整個視野，除此之外什麼都看不見。

——要將「極大」施加在「極微」上。這個理路是對的。可是Crow啊，這只不過是我的劍法「Omega流」的出發點。

……O……Omega流？

……你到底是誰？

幾乎靜止的時間中，春雪朝著這過去也曾聽過好幾次的神祕說話聲呼喊。

——我嗎？我的名字叫「Centaurea Sentry」。不過對你而言，另一個名字大概比較熟悉吧。第三代Chrome Disaster，那就是我。

……咦咦！

春雪更加驚愕，在思念中驚呼。

……第……第三代……說是被藍之王Blue Knight討伐的那個……？

——別讓我想起不痛快的事情。我話先說在前面，那是我把面子作給Knight那小子。這種事不重要。Silver Crow啊，你不是想砍了那大家火嗎？

……想……想啊。可是我找不到「紋理」。

——所以我才說你還差得遠。你也差不多得進到下個階段才行了。

——「極微」說穿了就是極小的一點。在刺或角之類的先端找出這一點，是輕而易舉……可是你想想，無論曲線的弧度多平緩，只要曲率不是零，跟直線都只會有一個接點。那就是極小的一點……你看，「紋理」豈不是有無限多個可用？

……那……那麼，想砍的東西是完美的平面或凹面的時候該怎麼辦？

——到時候為師會再教你，現在你先專心對付眼前的敵人。英靈戰士的鎧甲很硬，很厚……但既然是曲面，就能夠在上面找出「極微」。你只要懷著絕對的確信揮劍就好。

……絕對的確信，我哪有……

——要有自信。你可是被譽為加速世界最強劍法，旁門左道的極致「Omega流無遺劍」的唯一繼承人啊。

說完最後這句話，神祕的聲音就消失了。

「我可不記得自己何時成了這種可疑劍法的繼承人啊！」但時間的流動再度開始加速，不讓春雪有機會喊出這句話。染藍的視野漸漸找回原來的色澤，空氣的黏度降低，從液體變回氣體——

「沃嚕啊啊啊啊啊！」

英靈戰士指揮官拖著藤蔓，高高舉起大劍。

在公敵全身盛開的黃色玫瑰，花瓣一邊飄散，一邊迸發出耀眼的電擊。大量的火花在鎧甲表面流竄，停住了騎士的動作。是Rose Milady的心念「祕密花園」的效果。春雪先前中的是以棘刺造成物理傷害的紅玫瑰，而黃玫瑰似乎是會產生電擊。

這一瞬間——我一定會好好利用！

「喔喔喔！」

春雪在犀利的呼喝聲中，輝明劍往下一劈。

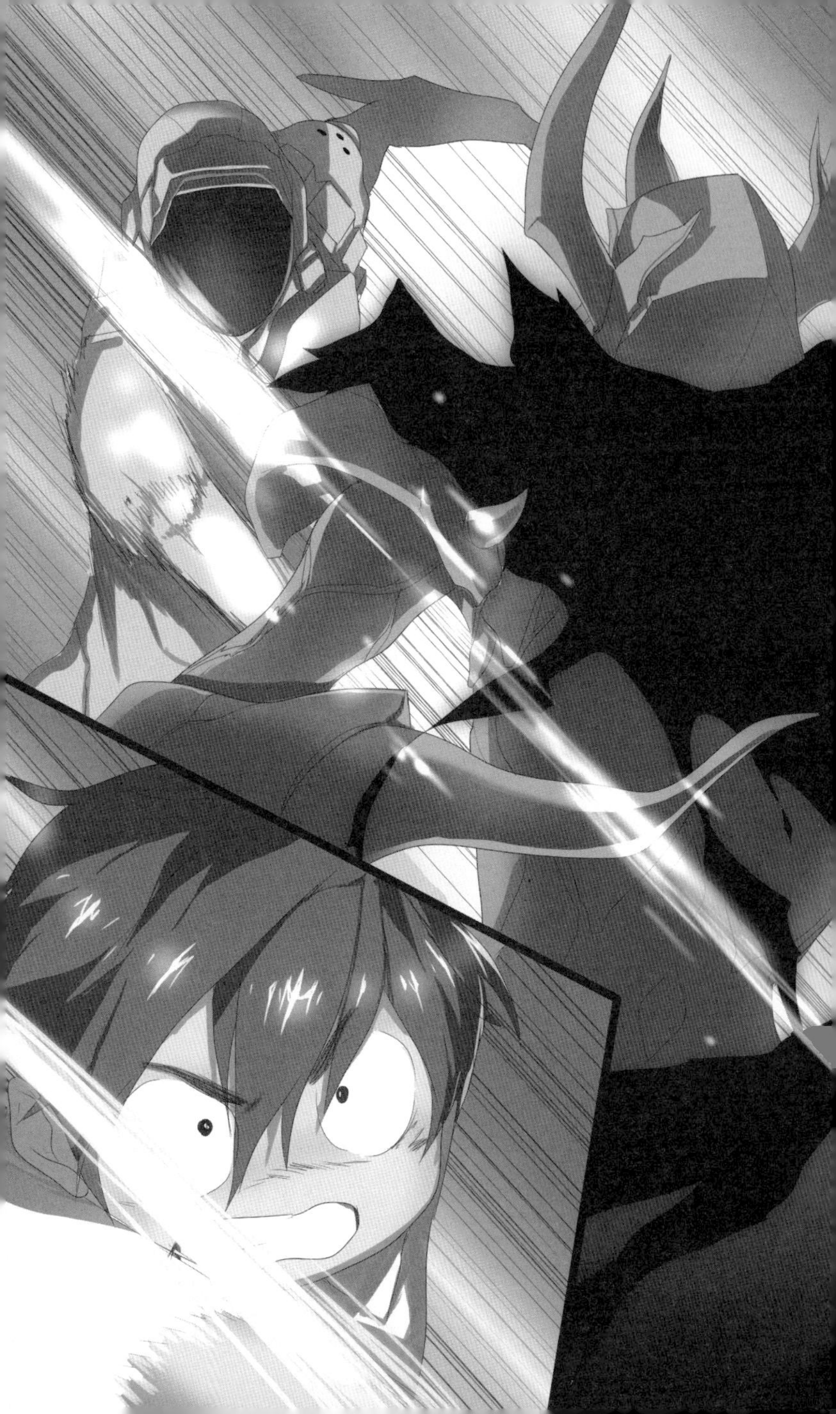

刀尖碰上了漆黑胸甲最隆起的部分。他將知覺的解析度提升到極限，將威力只集中在刀刃與鎧甲接觸的一個點上。

用極大，斬斷極微。

傳到雙手上的阻力一瞬間從最小轉為最大，又轉為最小。輝明劍發出不像斬斷金屬，反而像是劈開竹子似的清脆聲響，在厚實的胸甲上劈開了五公分左右的破口，刀刃往正下方穿出。

公敵體力計量表的第一段，削減了一成左右。

考慮到一共有四條，這只是小小的損傷。

但春雪開始落下後，後方就有個東西伸來，掠過他的左肩。是Rose Milady的鞭子。像針一樣尖銳的前端，穿進了英靈戰士胸甲上砍出的那只有幾公釐寬的縫隙，隨即抽了出來。

緊接著，所有薔薇凋零，電擊也隨即消失，但公敵仍高舉著劍不動。春雪著地後，將視線硬生生從英靈戰士高大的身軀上扯開，看向後方的Milady。

她左手伸出的長鞭前端，捲住了一團蒼白燃燒的火焰。那肯定就是先前她所說的「弱點」──英靈戰士的靈魂。Milady左手使勁一揮，鞭子呼嘯生風地往地上一砸，藍白色火焰化為無數火花飛散。

春雪戰戰兢兢地回頭一看，公敵的體力計量表一口氣消滅到第四條──神獸級公敵，英靈戰士指揮官，一身漆黑鎧甲應聲分解，軟倒在地。

「贏……了……？」

春雪嘴上喃喃問起，到現在還無法相信，茫然看著消融在空氣中的大堆鎧甲，結果……

「可沒時間發呆了！」

Milady繞到春雪前面，指著大廳右側的柱子大喊：

「Crow去救那邊的對戰虛擬角色！我去左邊！」

「好……好的！」

春雪深深點頭，重新提振精神。打倒英靈戰士並不是這場任務的目的。他們必須分秒必爭地盡快救出Orchid Oracle，從傳送門逃脫。

他右手仍然握著輝明劍，在綠葉已經消失的地板上奔跑。

即使來到圓柱一公尺前方，還是看不出這個被粗鐵鍊纏了很多圈的人物，到底是不是Oracle。他心想應該先切斷鐵鍊，於是看準目標舉起劍。Milady說得沒錯，這鐵鍊看起來堅固無比，但應該不會比英靈戰士的鎧甲還硬。

「……哼！」

在尖銳的呼氣中劈下的輝明劍，卻只濺出大量火花而彈開。鐵鍊的表面只多了淺淺的傷痕。

「奇……奇怪……」

他慌張地又反覆砍了兩三次，但結果還是一樣。總覺得似乎聽見第三代Disaster也就是Centaurea Sentry的嘆氣聲，於是先從鐵鍊前走開一步。

重要的不是力量，也不是速度。Omega流的真髓，是在於斬斷最該斬斷的一個點。只要能夠看出「紋理」，說得極端點，甚至不需要揮砍……照理說是這樣。

春雪放鬆肩膀的力道，讓輝明劍的劍尖輕輕放上鋼鐵鎖鍊。他感受這極微的接觸點，想像刀刃溜進去……

一陣穿透的手感中，劍沉入鎖鍊，往正下方穿出。

他收劍入鞘，從切斷處往左右扳。有著超高優先度的鎖鍊仍繼續抗拒，但沒過多久，這一環就在尖銳的彎折聲中碎裂，緊接著，整條鐵鍊都發出唰唰聲落地。

就在這時。

「小蘭！」

後方傳來尖叫般的叫聲，春雪急忙回頭一看。仔細看去，發現Milady跪在圓柱底下，雙手抱著一個粉紅色的虛擬角色。儘管那註冊商標般的帽子並不存在，但胸前大大的絲帶與禮服狀的裝甲，都無疑屬於Orchid Oracle。

……太好了。

這樣的安心感，

……那，這邊這位是誰？

以及這個疑念同時湧上心頭，讓春雪再把頭轉回來。然後當場目瞪口呆。

從鐵鍊中被放出來，靠著圓柱站立的，是個全身呈鈍銀色，水桶腰的身體上長著細細手腳的——機器人。

不，看起來像機器人的對戰虛擬角色也不稀奇。廣義來看，包括Silver Crow在內，幾乎所有對戰虛擬角色，都可以說有著機器人風格的造型。但對戰虛擬角色有著一個共通點，就是形形色色的裝甲內部，都有著「虛擬人體」的灰色裸體，就連全身像是由水構成的Aqua Current也不例外。

但現在存在於春雪眼前的機器人，一部分軀幹與關節，都只由金屬外殼與管線構成，看不見虛擬人體。這是對戰虛擬角色絕對不會有的造型。

「請問……你是誰啊？」

春雪戰戰兢兢地一邊問起，一邊看向機器人的臉，當場又是一陣驚愕。

像是披著連衣帽，造型單純的頭部上頭，牢牢套著一種由無數銀色鉤針組成的冠——被他們在這座塔裡已經看過好幾次的The Luminary的荊冠。機器人虛擬角色對春雪的話會沒有反應，也許原因就出在這荊冠上，但若真是如此，那就表示The Luminary那可怕的能力「王權神授」，精神支配力不但對公敵有效，還能發揮在超頻連線者身上……

「什麼東西……這不是『Drone』嗎？」

忽然間聽到背後傳來這麼一句話，讓春雪又回過頭去。

Rose Milady站著，珍重地將Orchid Oracle橫抱在懷裡。Oracle的裝甲嚴重破損，但頭上並未戴著荊冠。春雪急忙對Milady問起：

「請……請問，Oracle姊還好嗎？她的意識……」

「她沒有意識……因為小蘭現在被連到了Cerberus的量子回路上。可是，只要進了傳送門，正常進行超頻登出，現實世界的小蘭應該就會醒來。」

「是……是嗎？太好了……那，請Milady姊先離開。雖然不知道這個人是誰，但我先救了他再脫身……」

「這不是人，應該說不是超頻連線者啊。」

聽Milady這麼說，春雪再度張大了嘴，戰戰兢兢地問起：

「咦……那……那麼，是公敵嗎？」

「也不是。這個人是Drone，也就是商店店員。是無限制空間的NPC。你沒去過商店嗎？」

「是……是啊，沒去過……學姊禁止我去……」

春雪一邊回答，一邊仔細看看這銀色的機器人。

不是公敵，也不是超頻連線者，是NPC。聽她這麼一說，就覺得這不具侵略性的造型的確有這味道。可是，謎卻愈來愈深。震盪宇宙到底是為了什麼目的，要馴服商店店員，還囚禁在這種地方呢？

「呃……既然是店員，也就不是危險人物吧？」

「只要我們不主動攻擊。而且店員有無敵屬性，沒有體力計量表，所以攻擊也沒有意義就是了。」

「那解開它頭上的冠，應該沒關係吧？」

春雪這麼一問，Milady一瞬間露出思考的模樣，然後點了點頭。

「我想應該不要緊。」

「那麼……」

他拔出左腰的輝明劍，把劍尖抵在荊冠的鉤針上。這荊冠的強度應該比乍看之下要高，所以他再度存想「極微」，斬斷物件的「紋理」。

霹的一聲輕響，被切斷的鉤針落到地上。接著剩下的鉤針也落下，消失。

「Silver Crow，我問你。」

聽到她從背後呼喚，春雪一邊收劍入鞘，一邊轉身。

「什……什麼事？」

「你砍我的時候，還有剛才砍英靈戰士的鎧甲時，我都想到……你這一手功夫，是自己練出來的嗎？還是Lotus教你的？」

「咦……學……學姊當然教了我很多啦……」

但實際上春雪似乎另有一位劍術師父。就是那神祕的「Omega流」師父Centaurea Sentry。但想到要不要說出這個名字，春雪就有了遲疑。畢竟Centaurea Sentry自己說自己是第三代Chrome Disaster。要是被人知道他能夠和在很久以前就點數全失的第三代交流，難保不會又被人懷疑他身上還留有Disaster的因子。

「Crow，你，莫非……」

就在Milady踏上一步的時候，背後傳來了奇怪的聲響。

「┼┼┼┼┼……？」

聽起來像是電子噪音，但明顯感覺得出是某種言語。發出這段言語的，就是不知不覺間重新開機的機器人，也就是「Drone」。它從帽子底下的半圓形鏡頭眼閃爍白色的光芒，繼續對春雪說話：

「┼┼┼┼……？」

只是對方問歸問，春雪當然完全聽不懂。正當他一頭霧水……

「它問說是不是你救了它。」

「咦……？」

春雪將視線轉到Milady身上，問說：

「妳……妳聽得懂這個人說的話？」

「算是啦，我當超頻連線者當這麼久，可不是白當。我看你最好回答它吧。」

「可……可是我又不會說Drone語……」

春雪嘴上這麼說，但還是轉身面向機器人，用日語說：

「破……破壞你頭上那個圈圈的是我沒錯啦。」

「┼┼┼┼┼┼┼」

「它說謝謝。」

「哪……哪裡，不客氣。可是……你怎麼會在這種地方。為什麼被抓來？」

對於春雪的問題，Drone像人類那樣攤開細細的雙手。背後的Milady幫忙翻譯電子噪音。

「回到久違的東京，結果遇到一個白色尖頭虛擬角色。解決了他的委託後，頭上突然就被套了個怪東西，身體就動彈不得了……它是這麼說的。」

「白色……尖頭。會是Ivory Tower嗎……」

「也許吧……如果真是這樣，不知道他是跟這個Drone買了什麼？然後，又為什麼要把它囚禁在這種地方……？」

Milady的疑問，春雪當然也無法回答。他再度看向Drone，想了想之後問起：

「呃，你是開什麼店，賣什麼的？」

「┼┼┼┼┼┼┼，┼┼┼┼┼」

Milady將Drone的電子噪音翻譯為日語。

「它說它是流浪的鐵匠，史密斯先生……——咦，鐵匠？說到鐵匠，就是那個傳說中的鐵匠？原來真的存在……！」

Milady大為驚愕，而春雪所受到的衝擊恐怕足足是她的三倍。

在無限制空間流浪的鐵匠。太陽神印堤攻略作戰最重要的因素，同時也是接下來黑暗星雲……不，是五大軍團所有團員紅了眼要找出來的「商店」，現在就站在他眼前。

既然這樣，這個疑似Ivory Tower的對戰虛擬角色叫鐵匠做了什麼，也就很容易推測。他一定是為The Luminary賦予耐熱性能，讓它即使處在印堤的火焰當中也不會熔毀。然後，為了不讓其他超頻連線者也依樣畫葫蘆，就用剛請鐵匠改造完的The Luminary支配了鐵匠，送到這中城大樓來，和Orchid Oracle一起囚禁。

「呃，呃……呃……」

看到春雪一張嘴又開又合的不知道在說什麼，Drone也就是「史密斯先生」再度發出了電子聲。

「┼┼┼？┼┼┼┼┼」

「它問你說有沒有什麼生意要找他做？沒有的話它又要去旅行了……」

「生……生意……」

春雪先喃喃說完，然後讓頭部進行超高速的上下往返運動。

「有……有啊！有有有！麻煩幫我強化武器！」

他說到這裡，才發現不對。

昨天的會議上，已經決定要請鐵匠強化的，是Trilead Tetraoxide所持有的神器「The Infinity」。然而Lead現在不在這裡。從傳送門回到現實世界，聯絡上他，請他連進無限制空間，在裡頭會合，再度來到這裡……理論上可行，但即使Lead立刻做出回應，內部時間多半也已經經過整整一天以上。鐵匠未必會在這裡等上那麼久……

春雪心想雖然希望渺茫，但還是問問看再說，正要開口詢問。

Milady還抱著沒有意識的Oracle，這時突然把頭迅速轉朝向大門，發出緊繃的呼喊：

「不妙……公敵從樓梯上來了。有三隻……不對，還更多。應該是對我的心念起了反應。Crow，如果你有事情要找鐵匠，已經沒有時間了。」

「嗚……嗚嗚……」

春雪又苦悶了一秒鐘，然後下了決定。以後也許還找得到鐵匠，也可能這就是最後一次機會。既然如此，儘管會違背軍團的計畫，但也只能這麼做了。

他把握在右手上的輝明劍往前伸出，大喊：

「拜託，請強化這把劍！」

「＋＋＋＋＋＋＋」

鐵匠Drone發出電子聲後，春雪眼前顯示出紫色的視窗。所幸這狀似武器強化選項清單的字串是以日語標示。物理攻擊力強化、耐久力強化、賦予火焰屬性、強化抗腐蝕能力……結果在琳瑯滿目的清單相當下方，有著他要的項目。

「這……這個！麻煩給我這個『高熱屬性無效』！」

「₡₴₭¥」

強化選單上面，跳出一個新的小視窗。春雪對於上面顯示的超頻點數金額也沒仔細看，就要按下ＯＫ鈕之際，才整個人定住。

「咦…………」

他高速反覆眨眼，用食指數著零的個數。

不夠。根本不夠。

春雪現在6級，為了升上躋身高等級玩家行列的7級，累積了相當大量的超頻點數。這一花下去，會讓他與拓武的對戰約定變得遙遠，但既然是為了印堤討伐戰，他不惜把這些點數都投注進去……可惜他有這樣的覺悟，但對方要求的點數卻幾乎高達他現有點數的三倍。

雖然覺得太離譜了，但仔細一想，要求讓武器不怕高熱，也是非常離譜。冷靜判斷也許就會覺得這價錢很公道，但付不起就是沒轍。

他就像溺水的人連稻草都想抓住，正要問鐵匠是否接受分期付款，但Milady搶先一瞬間湊過來看視窗，說道：

「哇，這什麼鬼價錢……高熱無效？那當然會貴了。沒事幹嘛搞這種強化……」

她一句話說到這裡，隔了一剎那的停頓後，立刻又說了下去：

「不，想也知道，是為了擊破太陽神印堤啊……──那，我可不能假裝不知道……」

「咦……？」

春雪正啞口無言，Milady只用左手扶著Oracle，右手伸向視窗。

「我幫你付。」

說完就毫不遲疑地按下ＯＫ鈕。結算音效響起，視窗全部消失。

「咦！可……可可可是，那麼高的天價……」

「這件事晚點再說，趕快把劍拿給鐵匠！離新的英靈戰士上來，剩下不到一分鐘了！」

被她以嚴厲的聲音催促，春雪也只能照辦。他再次遞出輝明劍，鐵匠就以左手隨手接過，莫名地就地跪坐下來。

緊接著機器人發出鏘鏘鏘幾聲帥氣的聲響，下半身開始變形。出現的是一個方形的工作台——不，應該是鐵砧。

接著右手也變形，鋼板外殼多次旋轉與展開，形成一個直徑約二十公分的巨大鐵鎚。

「────」

鐵匠發出像是在告知它要開工的電子聲後，朝著設置在鐵砧上的輝明劍，以草率得用粗暴來形容也不為過的手法，將鐵鎚揮了下去。鏗！鏗！鏗！每當金屬聲響爆出，就有無數星形火花濺開，落到地板上彈跳後消失。春雪一邊心驚膽戰地心想，這鍛打該不會有可能失敗或大失敗而造成武器損失吧，一邊在旁看著，結果第十次擊打，濺出了格外燦爛的火星——

深紅色的光芒籠罩住了輝明劍。光芒實在太刺眼，讓春雪忍不住想撇開臉，但他仍拚命固定視線。光芒漸漸淡去，隨後消失。

「────」

鐵匠在一聲像是在說久等了的電子聲中，遞出了春雪的愛劍，他戰戰兢兢地接下。

外觀上幾乎看不到任何改變，然而從某些角度照來的光，會讓劍身像是微微發出偏紅的光。要說這樣是否就能承受印堤的超高熱，還真讓春雪有點難以置信，但他也沒有方法可以弄個清楚。

鐵匠再度發出清脆的鏗鏘聲，變回了人型。它依序看看兩人，發出道別的電子聲後，腳底噴出火焰起飛。以噴射橫越大廳，穿破左邊牆上的窗戶，飛往夜空的遠方。

「那……那個……非常謝謝你！」

春雪先朝鐵匠大喊，然後對Milady也深深一鞠躬。

「Milady姊，也真的很謝謝妳。雖然我想得花不少時間，但妳剛才代墊的點數，我一定會……」

還清兩個字尚未出口，Milady就大喊：

「要來了！」

緊接著，一陣爆炸般的巨響中，大廳的大門猛力打開。黑暗的深處，有著四五隻英靈戰士蠢蠢欲動。

「快跑！」

Milady再度呼喊，朝著大廳深處的傳送門開始奔跑，春雪也急忙追去。死神騎士群從背後踏出地鳴聲進逼。他沒有餘力回頭，但感覺得到這些公敵的殺氣化為冰冷的觸手，伸過來想抓住虛擬角色。春雪卯足剩下的精神力，追上Milady後，將她連著Oracle一起用雙手抱住，然後張開梅丹佐之翼。

一陣猛烈得全身幾乎都要散了似的加速。藍色的傳送門迅速接近。

衝了進去。
視野全白。

11

一邊感受著消毒水與花朵的氣味，一邊慢慢睜開眼睛。

最先看到的，是一雙湊到僅有三十公分距離，盯著春雪臉上看的黑水晶眼眸。春雪什麼話都說不出口，和她對看了一會兒，她那淺色的嘴唇就顫抖著似的動起，以細小的聲音呼喚：

「春雪……」

春雪和Rose Milady也就是越賀莟，在無限制中立空間活動的時間，大約是一個小時。起初他們還做了要花到三天以上的心理準備，所以可以說是比預期中更快達成了目標，但相信對黑雪公主而言，春雪他們連線進去的三秒鐘半，肯定是無比漫長。

「學姊……」

春雪感受到胸中一股熱流上衝，出聲呼喚，想接著說些什麼，卻又說不出口。因為坐在身旁的莟猛然站起。XSB傳輸線受到拉扯，讓春雪也急忙站起，拔掉接頭。

莟彷彿已經不把他們兩人看在眼裡，往病床探出上半身，湊過去看著躺在床上的若宮惠的臉。春雪與黑雪公主也站到她身旁。

惠仍然持續沉睡。

她那美得令人震驚的臉上沒有表情。呼吸也極為平靜，若不是薄薄的毯子微微起伏，甚至令人懷疑她是不是還活著。

五秒。十秒。

惠沒有醒。

Milady確實抱著Oracle衝進了傳送門。在那個時間點上，惠應該就已經完成超頻登出，擺脫了捕捉住她意識的量子回路。那，為什麼？

「…………惠。」

黑雪公主輕聲呼喚，輕輕握住惠從毯子下露出的右手。

「回來吧，惠。妳在沖繩救了我，所以這次我要救妳。我要把妳從折磨妳的一切事物中解放出來，讓妳跟我一起歡笑。所以…………」

黑雪公主似乎說不下去，縮起嬌小的背，把額頭貼到惠的右手上。

蒼則慢慢將自己探往病床上的身體站直，退開了一步，又一步。她像是無法接受惠不醒來的事實，微微搖了搖頭。

春雪忘我地站到她們兩人中間，右手按在黑雪公主背上，左手握住蒼的右手。

「不用擔心……若宮學姊一定會醒。呼喚Milady姊占卜花瓣的，一定就是若宮學姊……所以，所以……她一定會……」

就在這時——

春雪感覺到病房內的空氣微微一晃。有人說話的聲音，遙遠，細小，溫和地響起。

——來，小蘭，起床時間到了……

春雪看見了她閉著的眼瞼上長長的睫毛，微微顫動。

她的眼睛慢慢地，慢慢地睜開。隔著窗簾照進的光，在一雙淡咖啡色的眼睛上閃閃搖曳。

她眨了一次，兩次……又一次。

她轉動眼睛，看向黑雪公主。微微張開的嘴唇，發出不成聲的話語。

「…………公主……」

深深垂著頭的黑雪公主肩膀一震。

她慢慢地，慢慢地起身。一看到惠的臉，再度全身顫抖。

「惠。」

黑雪公主呼喚好友的名字，惠對她露出小小花朵綻放般的微笑。先輕輕點點頭，然後轉動視線。她直視春雪後，彷彿對加速世界發生了什麼事情全都懂了般，輕聲說了一句：「謝謝你」。

接著再次轉動的眼睛，看向了萘。

她白嫩的臉上，露出不可思議的表情，但這也只維持了一瞬間。

「Milady……Rosy？」

惠對萘這麼呼喚後，彷彿得到了絕對的確信，又叫了一聲。

「Rosy，我們終於，見到面了……」

春雪轉動視線，看向站在左邊的萘。

她的臉被長長的瀏海遮住，看不到表情。但微微露出的下顎，已經蓄著透明的水珠。水珠無聲無息地滴下，在地上濺開。水滴彷彿沒有止盡，滴個不停。

「……小蘭。」

就在她終於叫出這個名字之後。

萘立刻在積了自己淚水的地板上一蹬，小小的身體撲向病床。她把臉埋進惠的懷裡，露出細小的嗚咽聲。

嗚咽立刻轉變為幼童似的哭聲。不知不覺間，惠的臉也濕了。她牢牢抱住嚎啕大哭的萘，用又哭又笑的表情連連點頭。

春雪用握緊的左手，用力擦了擦眼睛，然後抬頭看向窗簾外的天空。

預報明明說今天一整天都是陰天，雲朵的縫隙間卻有著通透的藍天。

黑雪公主退開一步，手放上春雪右肩。春雪覺得什麼話也不用說，就只是感受著這隻手的溫暖與柔軟，一心一意地看著那有如土耳其玉的蒼翠天空。

（待續）

後記

感謝各位讀者看完《加速世界》第23集〈黑雪公主的告解〉。

又讓大家等了非常久。21↓22集隔了十一個月，而這次隔了十個月，所以步調算是快了一點點，但一年一本這點還是老樣子，所以今後希望可以再加速。

至於內容，也要跟各位讀者說聲對不起！我在上一集的後記裡寫說：「希望在下一集就可以和白之團做個了結！」，但別說白之團了，連太陽神印堤都還沒能打倒。雖說是因為在這一集裡，寫了我一直覺得有一天一定要寫的黑雪公主出生祕辛，而且印堤相關的事情也有了微妙的進展，所以第24集終於時機成熟，將要開始攻略……我是打算這樣。只是總覺得白之團的團員也不會袖手旁觀……

另外也提一下黑雪公主。我很多地方都是後來才追加設定，但就這一集提到的事情而言，則是從執筆寫第一集的時候就決定的。黑雪公主有著不愛惜自己身體的傾向，還有明明受到性命垂危的重傷而住院，雙親卻不來探病，也都是因為有這個設定。只是當我還在投稿網站上連載第1集的劇情時，是想著一集就結束，沒打算要寫下去，所以連我也沒想到由黑雪公主親口說出這個真相的時刻會來臨。能夠走到這一步，也是拜各位讀者將近十年來對《加速世界》的支持。雖然還不確定整個系列的完結是不是已經近了，但今後我也會朝結局繼續努力，還請繼續給予支持與愛護！

那麼那麼。

為了填滿空白，就提一下我的近況……本來我是這麼打算，但完全沒有東西可以寫！也沒什麼好玩的事情！本來打算要在今年前半年，至少來一趟機車長途旅行，但不知不覺間外頭已經成了灼熱空間屬性，對機車騎士不友善的季節已經來臨。我在去年年底終於買下了已經想要好幾年的車種，本來打算等天氣變暖和，就要騎個痛快，沒想到變得實在太暖……現在是覺得等到了秋天一定要成行，但相信到時候又會不知不覺間就到了冬天吧。各位讀者也是一樣，有什麼想做的事情，就別說什麼「有一天」，不馬上去做，永遠都會錯失良機的！

這些事情寫著寫著，發現連寫謝詞的時機也差點錯失了。每一集都以美妙的插畫讓作品熱鬧非凡的ＨＩＭＡ老師，真的非常感謝您。還有也要感謝在日程上被我添了天大麻煩的三木氏和安達氏！第24集我會多加努力的！

二〇一八年七月某日　川原 礫

發條精靈戰記 天鏡的極北之星 1~13 待續

Kadokawa Fantastic Novels

作者：宇野朴人　插畫：竜徹　角色原案：さんば挿

馬修與波爾蜜訂婚卻引發陸軍與海軍爭端!?
為引導帝國邁向正途，伊庫塔展開行動！

決定與波爾蜜結婚的馬修，對泰德基利奇家與尤爾古斯家之間發生的糾紛頭疼不已。長期的治療結束後，哈洛以士兵身分回歸。托爾威與父兄一起重振精神。女皇夏米優舉辦帝國國民議會，試圖樹立新政治。伊庫塔為引導卡托瓦納帝國展開行動——

各 **NT$180~300/HK$55~90**

青春豬頭少年不會夢到嬌憐外出妹

Kadokawa Fantastic Novels

作者：鴨志田 一　插畫：溝口ケージ

「我想讀哥哥上的高中。」
花楓下定決心，朝未來跨出一步！

咲太迎接高中二年級第三學期到來的這時候，長年熱愛看家的妹妹花楓說出沒對任何人透露過的祕密。咲太明知這是極為困難的選擇，還是溫柔地支持著花楓──「楓」託付的心意由「花楓」承接，朝未來跨出一步的青春豬頭少年系列第八彈！

各 **NT$220~260/HK$68~78**

噬血狂襲 1~17 待續

Kadokawa Fantastic Novels

作者：三雲岳斗　插畫：マニャ子

獅子王機關準備派出第四真祖的新任監視者。
此時出現了容貌與雪菜一樣的神祕少女——

琉威與優乃跟出現在絃神島的未知魔獸交戰而身負重傷。妃崎霧葉向想幫琉威他們報仇而鬥志高昂的雫梨提議雙方聯手。另一方面，獅子王機關準備派出第四真祖的新任監視者。雪菜聽聞此事，難掩動搖。這時，出現了容貌和雪菜一樣的神祕少女——！

各 **NT$180~280/HK$50~85**

魔法科高中的劣等生 1~25 待續

Kadokawa Fantastic Novels

作者：佐島 勤　插畫：石田可奈

達也與光宣，超凡的兩名魔法師終於對峙。
同一時間，STARS爆發叛亂要暗殺莉娜？

遭十三使徒戰略級魔法襲擊的達也與深雪好不容易生還。然而水波一如昔日保護達也的穗波同樣陷入生死關頭。此外，為了應保護的事物與自身願望，光宣尋求禁忌的寄生物之力，與達也對峙。同時，STARS爆發叛亂要暗殺莉娜？魔法師的未來將何去何從——

各 **NT$180~280/HK$50~76**

國家圖書館出版品預行編目資料

加速世界. 23, 黑雪公主的告解 / 川原礫作；邱鍾仁譯. -- 初版. -- 臺北市：臺灣角川, 2019.05
面；　公分

譯自：アクセル.ワールド. 23, 黒雪姫の告白
ISBN 978-957-564-912-8(平裝)

861.57　　　108003827

Kadokawa Fantastic Novels

加速世界 23
黑雪公主的告解

（原著名：アクセル・ワールド 23 ―黑雪姬の告白―）

2019年5月8日 初版第1刷發行
2023年9月13日 初版第3刷發行

作者：川原礫
插畫：HIMA
日版設計：BEE-PEE
譯者：邱鍾仁

發行人：岩崎剛人
總編輯：蔡佩芬
副總編輯：朱哲成
美術設計：吳佳昫
印務：李明修（主任）、張加恩（主任）、張凱棋

發行所：台灣角川股份有限公司
地址：104台北市中山區松江路223號3樓
電話：（02）2515-3000
傳真：（02）2515-0033
網址：www.kadokawa.com.tw
劃撥帳戶：台灣角川股份有限公司
劃撥帳號：19487412
法律顧問：有澤法律事務所
製版：尚騰印刷事業有限公司
ISBN：978-957-564-912-8